Coleção LESTE

Fiódor Dostoiévski

DOIS SONHOS
O sonho do titio
Sonhos de Petersburgo em verso e prosa

Tradução, posfácio e notas
Paulo Bezerra

editora 34

EDITORA 34

Editora 34 Ltda.
Rua Hungria, 592 Jardim Europa CEP 01455-000
São Paulo - SP Brasil Tel/Fax (11) 3811-6777 www.editora34.com.br

Copyright © Editora 34 Ltda., 2012
Tradução © Paulo Bezerra, 2012

A FOTOCÓPIA DE QUALQUER FOLHA DESTE LIVRO É ILEGAL E CONFIGURA UMA
APROPRIAÇÃO INDEVIDA DOS DIREITOS INTELECTUAIS E PATRIMONIAIS DO AUTOR.

Títulos originais:
Diádiuchkin son e *Peterbúrgskie snovediénia v stikhakh i prózie*

Imagem da capa:
A partir de gravura de Oswaldo Goeldi
(autorizada sua reprodução pela Associação Artística Cultural
Oswaldo Goeldi - www.oswaldogoeldi.com.br)

Capa, projeto gráfico e editoração eletrônica:
Bracher & Malta Produção Gráfica

Revisão:
Cecília Rosas, Cide Piquet,
Camila Boldrini, Alberto Martins

1ª Edição - 2012 (3ª Reimpressão - 2024)

CIP - Brasil. Catalogação-na-Fonte
(Sindicato Nacional dos Editores de Livros, RJ, Brasil)

Dostoiévski, Fiódor, 1821-1881

D724a   Dois sonhos: O sonho do titio e Sonhos de
Petersburgo em verso e prosa / Fiódor Dostoiévski;
tradução, posfácio e notas de Paulo Bezerra —
São Paulo: Editora 34, 2012 (1ª Edição).
240 p. (Coleção Leste)

ISBN 978-85-7326-504-0

Tradução de: Diádiuchkin son e
Peterbúrgskie snovediénia v stikhakh i prózie

1. Literatura russa. 2. O sonho do titio.
3. Sonhos de Petersburgo em verso e prosa.
I. Bezerra, Paulo. II. Título. III. Série.

CDD - 891.73

DOIS SONHOS

O sonho do titio 9

Sonhos de Petersburgo em verso e prosa 187

Posfácio do tradutor 224

Traduzido do original russo *Pólnoie sobránie sotchniênii v tridtsatí tomákh* (Obras completas em trinta tomos) de Dostoiévski, Leningrado, Ed. Naúka, tomo II, 1972 (*O sonho do titio*); tomo XIX, 1979 (*Sonhos de Petersburgo em verso e prosa*).

As notas da edição russa estão assinaladas com (N. da E.); as notas do tradutor, com (N. do T.).

O SONHO DO TITIO
(Das crônicas de Mordássov)[1]

[1] Como a onomástica é importantíssima na obra de Dostoiévski, Mordássov provavelmente deriva de *morda*, que significa "focinho", "fuças", "cara", sugerindo "nas fuças", "na cara" etc. (N. do T.)

I

Mária Alieksándrovna Moskaliova é, claro, a primeira-
-dama de Mordássov, e quanto a isto não pode haver nenhuma dúvida. Ela se porta de um modo como se não precisasse
de ninguém, mas, ao contrário, todos precisassem dela. É
verdade que quase ninguém gosta dela e muitos até a odeiam
sinceramente; mas, por outro lado, todos a temem, e é disto
que ela necessita. Tal necessidade já é um sinal de alta política. Por que, por exemplo, Mária Alieksándrovna, que adora mexericos e passa em claro a noite inteira do dia em que
não se inteira de alguma novidade — como é que, a despeito
de tudo isso, consegue se portar de tal modo que não passa
pela cabeça de quem a olhe que essa destacada senhora é a
primeira mexeriqueira do mundo, ou pelo menos de Mordássov? Ao contrário, fica a impressão de que em sua presença
os mexeriqueiros deveriam sumir; deveriam corar e tremer
como colegiais diante do senhor professor, e a conversa não
deveria versar senão sobre as matérias mais elevadas. Ela, por
exemplo, sabe coisas tão graves e escandalosas sobre algumas pessoas de Mordássov, que basta contá-las no momento
oportuno e prová-las, como é capaz de provar, que um terre-
moto como o de Lisboa sacudirá Mordássov. Entretanto,
mantém-se muito calada sobre esses segredos, só os revelará
num caso extremo e não os contará senão às amigas mais
íntimas. Fica só na intimidação, insinua que está a par, e
prefere manter um homem ou uma senhora em permanente

O sonho do titio

pavor a dar o golpe de misericórdia. Isto é inteligência, é tática! Mária Alieksándrovna sempre se distinguiu entre nós por seu impecável *comme il faut*,[2] que todos tomam como modelo. No tocante ao *comme il faut* ela não tem concorrentes em Mordássov. Por exemplo, sabe aniquilar, estraçalhar, destruir uma concorrente com uma simples palavra qualquer, e disso somos testemunhas; entretanto, finge que nem se deu conta de como pronunciou tal palavra. Sabe-se que esse traço já é apanágio da mais alta sociedade. Em linhas gerais, em todos esses truques ela supera o próprio Pinetti.[3] Tem um imenso círculo de relações. Muitos dos que visitavam Mordássov saíam entusiasmados com sua recepção e depois até mantinham correspondências com ela. Alguém chegou a lhe escrever um poema, que ela, cheia de orgulho, mostrava a todo mundo. Um literato de fora lhe dedicou uma novela e a leu num sarau em casa dela, o que produziu um efeito extraordinariamente agradável. Um cientista alemão, que veio de Karlsruhe com o propósito de investigar uma espécie particular de verme com chifres existente em nossa província e escreveu quatro tomos *in-quarto* sobre esse verme, ficou tão fascinado com a recepção e a amabilidade de Mária Alieksándrovna, que até hoje mantém com ela uma correspondência respeitosa e ética da própria cidade de Karlsruhe. Comparavam Mária Alieksándrovna até com Napoleão, em certo sentido. É claro que eram seus inimigos que o faziam por brincadeira, visando mais à caricatura que à verdade. Contudo, reconhecendo todo o estranho dessa comparação, atrevo-me, não obstante, a fazer uma cândida pergunta: por que,

---

[2] Em francês no original. Literalmente, "como manda o figurino"; no presente caso, traquejo social, habilidade de comportar-se em sociedade. (N. do T.)

[3] Giovanni (ou Joseph) Pinetti (1750-1800), mágico muito popular em sua época, nascido na Itália e morto na Rússia. (N. da E.)

alguém me diga, Napoleão acabou tendo vertigens quando galgou as máximas alturas? Os defensores da velha dinastia[4] atribuíam isto ao fato de que Napoleão, além de não descender da família real, não era nem um *gentilhomme* de boa espécie; por isto, é natural que tenha se assustado com a própria altura que galgara, recobrando a memória do seu verdadeiro lugar. Apesar da evidente engenhosidade dessa hipótese, que lembra os tempos mais brilhantes da antiga corte francesa, ouso acrescentar de minha parte: por que Mária Alieksándrovna nunca e em nenhuma circunstância será acometida de vertigem e continuará sendo sempre a primeira-dama de Mordássov? Houve casos, por exemplo, em que todo mundo dizia: "Bem, e agora, como Mária Alieksándrovna vai agir em tão difíceis circunstâncias?". Mas essas difíceis circunstâncias vinham, passavam, e nada! Tudo continuava bem, como antes, e quase até melhor que antes. Todos se lembram, por exemplo, de como seu marido Afanassi Matvêitch[5] perdeu o emprego por incapacidade e debilidade mental, provocando a ira do inspetor-geral que viera cuidar do caso. Todos pensavam que Mária Alieksándrovna fosse cair em desânimo, humilhar-se, pedir, implorar — em suma, baixar a cristinha. Nem sombra disso: Mária Alieksándrovna compreendeu que não adiantava mais pedinchar, e deu tal jeito em suas coisas que não perdeu nem um pingo de sua influência na sociedade, e sua casa continuou sendo a primeira casa de Mordássov. Anna Nikoláievna Antípova, mulher do promotor e inimiga jurada de Mária Alieksándrovna, já cantava vitória. Mas quando percebeu que era difícil descon-

[4] Partidários da dinastia dos Bourbon, desentronizada na França em 1893. Os adeptos da monarquia nutriam um profundo ódio a Napoleão I, que consideravam um usurpador, e procuravam desqualificá-lo, negando-lhe a condição de *gentilhomme*, isto é, de cavalheiro e nobre. (N. da E.)

[5] Hipocorístico de Matvêievitch. (N. do T.)

certar Mária Alieksándrovna, deu-se conta de que esta lançara suas raízes muito mais fundo do que antes se imaginava.

Aliás, já que o mencionamos, diremos algumas palavras sobre Afanassi Matvêitch, esposo de Mária Alieksándrovna. Em primeiro lugar, trata-se de um homem muitíssimo bem-apessoado e até seguidor de preceitos muito bons; mas em situações críticas fica meio atrapalhado e com ar de boi olhando palácios. É de uma imponência fora do comum, sobretudo nos jantares de aniversário, quando usa sua gravata branca. Entretanto, toda essa imponência e esse ar bem-apessoado só duram até o instante em que começa a falar. Aí, que me desculpem; nem a gente tapando os ouvidos! Decididamente, não merece pertencer a Mária Alieksándrovna; é opinião geral. Até no emprego só conseguiu se manter graças à genialidade de sua esposa. No meu insignificante entendimento, há muito tempo ele devia estar espantando pardais na horta, I á e só lá ele poderia ser de uma utilidade verdadeira e indubitável para os seus compatriotas. E por isso Mária Alieksándrovna agiu à perfeição ao deportar Afanassi Matvêitch para a sua aldeia nos arredores da cidade, a três verstas de Mordássov, onde ela possui cento e vinte almas[6] — diga-se de passagem, toda a fortuna, todos os recursos com que mantém com tanto mérito a nobreza de sua casa. Todos entendiam que ela só mantinha Afanassi Matvêitch a seu lado para que ele trabalhasse e recebesse vencimentos e... outras rendas. Quando, porém, ele deixou de receber os vencimentos e as rendas, foi de pronto afastado como imprestável e por sua absoluta inutilidade. E todos elogiaram Mária Alieksándrovna por sua clareza de julgamento e firmeza de caráter. Na aldeia, Afanassi Matvêitch leva a vida na flauta. Fui visitá-lo e passei com ele uma hora inteira bastante agradável.

---

[6] Assim eram chamados os camponeses servos na Rússia pelo menos até 1861. (N. do T.)

Ele experimenta suas gravatas brancas, engraxa com as próprias mãos as suas botas, não por necessidade, mas tão somente por amor à arte, porque gosta que suas botas brilhem; toma chá três vezes ao dia, adora tomar banho, e vive satisfeito. Lembram-se daquela história infame, que um ano e meio atrás armaram em nossa cidade sobre Zinaída Afanássievna, filha única de Mária Alieksándrovna e Afanassi Matvêitch? Zinaída é, sem nenhuma dúvida, uma beldade, tem uma excelente educação, mas está com vinte e três anos e até hoje continua solteira. Entre as causas com que se explica por que Zina[7] continua solteira, considera-se que uma das principais são aqueles boatos obscuros sobre umas estranhas relações que um ano e meio atrás ela mantivera com um professorzinho do distrito — boatos esses que até hoje não silenciaram. Até hoje se fala de certo bilhete de amor escrito por Zina e que teria andado de mão em mão em Mordássov; mas me digam: quem viu tal bilhete? Se andou de mão em mão, onde então se meteu? Todo mundo ouviu falar dele, mas ninguém o viu. Eu, pelo menos, nunca encontrei ninguém que tivesse visto tal bilhete com seus próprios olhos. Se o senhor insinuar isso a Mária Alieksándrovna, ela simplesmente não o entenderá. Agora, suponha que de fato tenha havido alguma coisa e Zina escreveu o bilhete (e penso até que foi isso mesmo o que aconteceu): que habilidade da parte de Mária Alieksándrovna! como conseguiu abafar, dissimular um caso escandaloso, embaraçoso! Nenhum vestígio, nenhuma insinuação! Hoje Mária Alieksándrovna nem liga para essa vil calúnia; mas, por outro lado, talvez só Deus saiba como trabalhou para preservar intocada a honra de sua única filha. Mas também se entende por que Zina está solteira: que pretendentes existem por aqui! Para Zina se casar, só com um

---

[7] Diminutivo de Zinaída. (N. do T.)

O sonho do titio

príncipe herdeiro. Alguém já viu a beldade das beldades? É verdade, ela é orgulhosa, orgulhosa demais. Dizem que Mozglyákov lhe propôs casamento, mas é pouco provável que isso dê em casamento. Quem é esse Mozglyákov? Verdade que é jovem, nada feio, almofadinha, possui cento e cinquenta almas não hipotecadas, é de Petersburgo. Mas acontece que, em primeiro lugar, não é bom da bola. É leviano, falastrão, anda com umas ideias modernas! Ademais, o que são cento e cinquenta almas, sobretudo diante dessas ideias modernas? Esse casamento não há de acontecer!

Tudo o que o benévolo leitor leu até agora foi por mim escrito há uns cinco meses, só por enternecimento. Antecipo-me a confessar que sou um pouco parcial com Mária Alieksándrovna. Gostaria de escrever algo como um encômio a essa magnífica senhora e representar tudo isso em forma de uma carta jocosa a um amigo, a exemplo das cartas outrora escritas durante a velha, mas graças a Deus sem volta, idade de ouro da *Siévernaya Ptchelá*[8] e outras publicações periódicas. Mas como não tenho nenhum amigo e, além disso, sofro de uma timidez literária congênita, minha obra acabou ficando mesmo na mesa, a título de experimentação literária da pena e como lembrança de um divertimento tranquilo nas horas de ócio e prazer. Passaram-se cinco meses, e de repente houve um acontecimento surpreendente em Mordássov; num dia de manhã bem cedo, o príncipe K chegou à cidade e hospedou-se em casa de Mária Alieksándrovna. As consequências dessa chegada foram incalculáveis. O príncipe passou apenas três dias em Mordássov, mas esses três dias deixaram lembranças fatais e inesquecíveis. Digo mais: em certo sentido, o príncipe provocou uma reviravolta em nossa cidade. O relato dessa reviravolta constitui, é claro, uma das

---

[8] *Abelha do Norte*, jornal político e literário russo que circulou em Petersburgo entre 1837 e 1864. (N. do T.)

páginas mais memoráveis das crônicas de Mordássov. Foi essa página que eu, enfim, depois de certa hesitação, resolvi elaborar em forma literária e levar ao julgamento do respeitabilíssimo público. Minha narrativa contém a história completa e notável da ascensão, da glória e da queda solene[9] de Mária Alieksándrovna e de toda a sua família em Mordássov: o tema é digno e sedutor para um escritor. Claro está que antes de tudo é preciso explicar o que há de surpreendente no fato de ter o príncipe K chegado à cidade e se hospedado em casa de Mária Alieksándrovna — mas para isso, é claro, preciso dizer algumas palavras também sobre o próprio príncipe K. É o que farei. Além disso, a biografia desse homem é absolutamente necessária também para a continuidade do nosso relato. Então, mãos à obra.

[9] Eco irônico do romance de Balzac *História da grandeza e da decadência de César Birotteau*, escrito em 1837. (N. da E.)

II

Começo pelo fato de que o príncipe K não era lá grande coisa e, quando então olhávamos para ele, vinha-nos involuntariamente a ideia de que no mesmo instante ele ia desmoronar de tão vetusto que era, ou melhor, tão gasto. Em Mordássov sempre se contavam sobre esse príncipe coisas extremamente estranhas, do mais fantástico conteúdo. Diziam até que o velhote estava louco. Todo mundo achava particularmente estranho que, sendo ele um senhor de terras com quatro mil almas, um homem de linhagem conhecida, que, se quisesse, poderia exercer uma influência considerável na província, vivesse em sua magnífica fazenda isolado como um perfeito eremita. Muitos conheciam o príncipe desde uns seis ou sete anos antes, quando de sua estada em Mordássov, e asseguravam que naquela época ele não conseguia suportar a solidão e não tinha nenhuma aparência de eremita. Eis, não obstante, tudo o que pude saber a seu respeito da fonte mais fidedigna.

Outrora, em sua juventude, o que, aliás, fazia muito tempo, o príncipe entrou brilhantemente na vida, cultivou o hedonismo, arrastou a asa, morou várias vezes no exterior, cantou romanças, fez trocadilhos e nunca se distinguiu por uma capacidade intelectual brilhante. Naturalmente, dilapidou toda a sua fortuna e na velhice viu-se de repente quase sem um copeque. Alguém lhe sugeriu que fosse para a sua aldeia, que já começava a ser vendida em leilão. Ele foi para lá e veio a Mordássov, onde passou exatos seis meses. A vida da província lhe agradou muitíssimo e durante esses seis meses ele esbanjou tudo o que lhe restava, até os últimos cacos, continuando a cultivar o hedonismo e estabelecendo vários tipos de intimidades com as senhoras da província. Além disso, era um homem boníssimo, claro que não sem certos modos peculiares aos príncipes, modos que, aliás, em Mordássov eram considerados apanágio da mais alta sociedade, e por isso, em vez de enfado, até produziu efeito. As senhoras, em particular, viviam em permanente êxtase com seu amável visitante. Conservaram-se muitas lembranças curiosas. Contava-se, a propósito, que o príncipe passava mais da metade do dia fazendo sua toalete e parecia todo feito de fragmentos. Ninguém sabia quando e onde ele conseguira desintegrar-se tanto. Usava peruca, bigodes, suíças e até cavanhaque — tudo postiço, até o último fio de cabelo, de uma magnífica cor preta; passava pó de arroz e ruge diariamente. Asseguravam que ele, de certa forma, regulava com molas as rugas do rosto e que essas molas ficavam especialmente escondidas nos seus cabelos. Asseguravam ainda que ele usava espartilho, porque perdera uma costela sabe-se de que lado ao pular desajeitadamente de uma janela durante uma de suas aventuras amorosas na Itália. Claudicava da perna esquerda; diziam que essa perna era postiça e que a verdadeira lhe havia sido quebrada em alguma outra aventura em Paris, mas em compensação ele ganhara uma nova, especial, experimental. Aliás, o que é que não se conta sobre uma pessoa? Uma coisa, porém, era certa: seu olho direito era de vidro, embora feito com muita arte. Os dentes também eram uma composição. Passava dias inteiros lavando-se com diferentes águas patenteadas, perfumando-se e passando cremes. Há, não obstante, lembranças de que então o príncipe já começava a ficar visivelmente decrépito e um tagarela insuportável. Parecia que sua carreira chegava ao fim. Todos sabiam que ele não

O sonho do titio

tinha mais nenhum copeque. E súbito, para surpresa geral, morreu-lhe então uma parenta próxima, uma velha no auge da decrepitude, com residência permanente em Paris, e de quem ele jamais poderia esperar herança; um mês exato antes do seu falecimento, ela enterrou seu legítimo herdeiro. De modo inteiramente inesperado, o príncipe tornou-se seu legítimo herdeiro. Quatro mil almas de uma excelente fazenda, a exatas sessenta verstas de Mordássov, ficaram só para ele, sem divisão. Num abrir e fechar de olhos, ele se preparou para concluir seus negócios em Petersburgo. Na despedida de seu hóspede nossas senhoras lhe ofereceram um magnífico jantar, por subscrição. As pessoas se lembram de que o príncipe estava tomado de uma alegria encantadora e nesse último jantar fez trocadilhos, gracejou, contou as mais inusitadas anedotas, prometeu vir o mais rápido possível para Dukhánovo (a fazenda que acabara de adquirir) e deu a palavra de que, após seu retorno, em sua fazenda haveria constantes festas, piqueniques, bailes, cascatas de fogos. Um ano inteiro depois de sua partida, as senhoras discutiam sobre essas festas prometidas, esperando por seu amável velhote com uma enorme impaciência. Durante a espera fizeram até visitas a Dukhánovo, onde havia uma antiga casa senhorial e um jardim com acácias podadas em forma de leões, outeiros artificiais, reservatórios por onde passavam canoas com estátuas de turcos de madeira tocando pífaros, com caramanchões, com pavilhões, *monplesir*[10] e outras diversões.

Por fim o príncipe regressou mas, para surpresa e frustração geral, nem entrou em Mordássov, instalando-se em

---

[10] A nobreza russa, especialmente a de província, tinha a mania de usar palavras estrangeiras a torto e a direito, nem sempre adequadas ao contexto da fala. É o caso desse *monplesir*, russificação do francês *monplaisir*, "meu prazer", para dar a ideia de distração, divertimento. É evidente a intenção caricaturesca de Dostoiévski. (N. do T.)

sua Dukhánovo como um perfeito eremita. Corriam estranhos boatos, e, em linhas gerais, a partir desse momento a história do príncipe se torna obscura e fantástica. Em primeiro lugar, contava-se que em Petersburgo as coisas não lhe haviam corrido inteiramente bem, que, diante da debilidade mental do príncipe, alguns de seus parentes, futuros herdeiros, estavam pleiteando certa tutela sobre ele, provavelmente por receio de que mais uma vez ele esbanjasse tudo. E mais: uns acrescentavam que quiseram até interná-lo num manicômio, mas que algum de seus parentes, um fidalgo importante, teria intercedido por ele, mostrando com clareza a todos os outros que o pobre príncipe já estava metade morto e postiço e provavelmente logo morreria por inteiro, e então a fazenda ficaria para eles, sem ser necessário recorrer ao manicômio. Torno a repetir: o que não se conta, sobretudo entre nós, aqui em Mordássov? Tudo isso, segundo dizem, deixou o príncipe terrivelmente assustado, a tal ponto que mudou completamente de caráter e tornou-se um eremita. Alguns habitantes de Mordássov, movidos pela curiosidade, foram à casa dele parabenizá-lo, mas ou não chegaram a ser recebidos ou o foram de um modo sumamente estranho. O príncipe nem chegou a reconhecer seus antigos conhecidos. Afirmava-se que nem sequer quis reconhecê-los. O governador também o visitou.

Voltou com a notícia de que, a seu ver, o príncipe estava mesmo um pouco doido; mais tarde, quando se lembrava de sua visita a Dukhánovo, sempre fazia uma careta azeda. As senhoras manifestavam sua indignação em altos brados. Soube-se, enfim, de uma coisa muito importante, ou seja: que o príncipe estava sob o domínio de uma tal Stiepanida Matvêievna, uma desconhecida, sabe Deus que tipo de mulher, que tinha vindo com ele de Petersburgo, era gorda e idosa, andava metida num vestido de chita e com as chaves na mão; que o príncipe obedecia a ela em tudo como uma criança e não se atrevia a dar um passo sem sua permissão; que ela inclusive lhe dava banhos com as próprias mãos; mimava-o, carregava-o no colo e o entretinha como a uma criança; que, enfim, ela afastava dele todas as visitas, sobretudo os parentes, que pouco a pouco haviam começado a visitar Dukhánovo para sondar. Em Mordássov muito se discutia sobre essa incompreensível relação, sobretudo as senhoras. Acrescentava-se a tudo isso que Stiepanida Matvêievna exercia sobre a fazenda uma administração ilimitada e despótica; despedia administradores, feitores, criados, recolhia as rendas; mas que administrava bem, de sorte que os camponeses abençoavam o seu destino. Quanto ao próprio príncipe, soube-se que passava seus dias quase inteiros fazendo a toalete, experimentando perucas e fraques; que passava o resto do tempo com Stiepanida Matvêievna, jogava com ela os seus trunfos, deitava cartas, de raro em raro saía para passear a cavalo em sua mansa égua inglesa, e que, ademais, Stiepanida Matvêievna sempre o acompanhava em carruagens fechadas para alguma eventualidade — porque o príncipe ia montado mais por coquetismo, pois mal conseguia se manter na sela. Às vezes viam-no a pé, de casaco de inverno e chapéu de palha de abas largas, um xale feminino cor-de-rosa no pescoço, monóculo sobre o olho de vidro e com uma cesta de palha na mão esquerda para colher cogumelos, flores do campo, centáureas; Stiepanida Matvêievna era sua infalível companhia nesse momento e eles eram seguidos por dois agigantados criados e uma charrete para alguma eventualidade. Quando um mujique passava por ele e, parando ao lado, tirava o chapéu fazendo-lhe uma reverência profunda acompanhada de um "Bom dia, paizinho príncipe, senhor príncipe, nosso solzinho vermelho!", o príncipe imediatamente fixava nele seu lornhão, balançava a cabeça com amabilidade e lhe dizia em tom carinhoso: "*Bonjour, mon ami, bonjour!*". Muitos boatos semelhantes corriam em Mordássov; não havia jeito de esquecerem o príncipe: morava numa vizinhança tão próxima! Qual não foi a surpresa geral quando, numa bela manhã, espalhou-se o boato de que o príncipe, o eremita, o excêntrico, aparecera pessoalmente em Mordássov e se hospedara em casa de Mária Alieksándrovna! Foi um deus nos acuda. Todo mundo aguardava explicações, todos se perguntavam: o que significa isto? Outros já se dispunham a ir à casa de Mária Alieksándrovna. Todos consideravam a chegada do príncipe algo monstruoso. As senhoras trocavam bilhetes, visitavam-se, enviavam suas arrumadeiras e seus maridos para assuntar. Parecia particularmente estranho o fato de que o príncipe se hospedara logo em casa de Mária Alieksándrovna, e não de outra pessoa. A mais despeitada de todas era Anna Nikoláievna Antípova, porque o príncipe vinha a ser algo como seu parente distante. Entretanto, para resolver de vez todas essas questões, é necessária uma forçosa ida à casa da própria Mária Alieksándrovna, e pedimos ao benévolo leitor a gentileza de nos acompanhar. É verdade que neste momento ainda são apenas dez horas da manhã, mas estou certo de que ela não se recusará a receber seus conhecidos íntimos. A nós, pelo menos, ela receberá sem falta.

III

Dez horas da manhã. Estamos em casa de Mária Alieksándrovna, na Bolcháya Úlitsa, naquele cômodo que a anfitriã chama de "meu salão" em situações solenes. A casa de Mária Alieksándrovna tem ainda *boudoir*.[11] Esse salão tem o assoalho bem pintado e papéis de parede com desenhos sofríveis. No mobiliário, bastante desajeitado, predomina o vermelho. Há uma lareira, sobre ela um espelho, diante do espelho um relógio de bronze com um Cupido de muito mau gosto. No espaço que fica entre as duas janelas há dois espelhos já desencapados. Em umas mesinhas situadas à frente dos espelhos há mais um relógio. Junto à parede posterior, um belíssimo piano de cauda comprado para Zina: Zina é música. Perto da lareira acesa ficam as cadeiras, dispostas segundo as cores até onde é possível; entre elas há uma pequena mesa. No outro extremo da sala há outra mesa, coberta por uma toalha de uma brancura deslumbrante, sobre a qual ferve um samovar de prata e vê-se um bom conjunto de chá. O samovar e o chá estão sob os cuidados de Nastácia Pietrovna Zyáblova, uma senhora que mora com Mária Alieksándrovna na condição de parenta distante. Duas palavras sobre esta senhora. É viúva, passa dos trinta anos, morena, rosto de cor fresca e vivos olhos castanhos escuros. No todo não chega a ser feia. É de temperamento alegre e muito

---

[11] Gabinete ou camarim particular para senhoras, elegantemente ornamentado. (N. do T.)

dada a risadas, bastante astuta, naturalmente mexeriqueira e habilidosa em suas armações. Tem dois filhos que estudam em algum lugar. Ela ainda gostaria muito de casar-se. Porta-se de maneira bastante independente. Seu marido era oficial do exército. A própria Mária Alieksándrovna está sentada junto à lareira no melhor dos estados de ânimo e num vestido verde-claro que lhe cai bem. Está muitíssimo contente com a vinda do príncipe, que neste momento cuida de sua toalete no andar superior. Ela está tão alegre que nem procura esconder sua alegria. Em pé diante dela exibe-se um jovem, que conta alguma coisa cheio de ânimo. Vê-se pelo olhar que deseja agradar suas ouvintes. Tem vinte e cinco anos. Suas maneiras seriam passáveis, mas ele cai constantemente em êxtase e, além disso, demonstra grande pretensão ao humor e à graça. Está muito bem-vestido, é louro, nada feio. Mas já nos referimos a ele: é o senhor Mozglyákov, rapaz muito promissor. Mária Alieksándrovna acha que ele tem a cabeça meio oca, mas lhe dispensa uma excelente acolhida. É um pretendente à mão de sua filha Zina, por quem, segundo diz, é loucamente apaixonado. A todo instante dirige-se a Zina, tentando, com seus gracejos e alegria, arrancar-lhe um sorriso dos lábios. Mas são visíveis a frieza e o desdém com que ela o trata. Neste momento ela está à parte, ao piano, folheando um calendário com seus dedinhos. É uma daquelas mulheres que provoca o encanto entusiástico de todos quando aparece em sociedade. É bonita até não mais poder: alta, morena, de olhos lindos, quase completamente negros, esbelta, de um busto vigoroso e lindo. Tem ombros e braços de formato clássico, pernas tentadoras, porte de rainha. Hoje ela está um pouco pálida; mas, em compensação, seus intumescidos lábios rubros, admiravelmente desenhados, entre os quais brilham como um colar de contas seus miúdos dentes regulares, aparecerão em seus sonhos se pelo menos uma vez na vida os senhores tiverem olhado para eles. A expressão do seu rosto é séria e severa. *Monsieur* Mozglyákov parece temer seu olhar fixo; ao menos, fica meio espantado quando ousa fitá-la. Ela revela em seus movimentos um descuido altaneiro. Veste um traje branco simples de musselina. A cor branca lhe cai magnificamente; aliás, tudo lhe cai bem. Usa no dedinho um anel feito dos cabelos de alguém; a julgar pela cor, não foram dos da mãe; Mozglyákov nunca se atreve a lhe perguntar: de quem são esses cabelos? Nesta manhã Zina está particularmente calada e até triste, como se algo a preocupasse. Em compensação, Mária Alieksándrovna está disposta a falar sem parar, embora de quando em quando também dirija à filha um olhar especial, desconfiado, mas, por outro lado, o faz às furtadelas, como se também a temesse.

— Estou tão contente, tão contente, Pável Alieksándrovitch — ela chilreia — que estou disposta até a gritar isto da minha janela para todos e cada um. Já não falo da encantadora surpresa que o senhor nos fez, a mim e a Zina, ao chegar aqui duas semanas antes do prometido; isso fala por si! Estou contentíssima pelo fato de o senhor ter trazido para cá este amável príncipe. Sabe o senhor como eu gosto desse velhote encantador!? Não, não sabe! o senhor não vai me entender! o senhor é jovem, não vai entender o meu entusiasmo, por mais que eu procure assegurá-lo! Sabe o senhor o que ele foi para mim antes, uns seis anos atrás, estás lembrada, Zina? Aliás, me esqueci: naquela ocasião estavas na casa de tua tia... O senhor não vai acreditar, Pável Alieksándrovitch: eu era a orientadora dele, uma irmã, uma mãe! ele me obedecia como uma criança! Havia qualquer coisa de ingênuo, de terno e requintado na nossa relação; algo como que pastoril... já nem sei como denominá-lo! É por isso que minha casa é a única de que hoje ele se lembra com gratidão, *ce pauvre prince*![12]

---

[12] "Esse pobre príncipe", em francês no original. (N. do T.)

Sabe, Pável Alieksándrovitch, que o senhor talvez o tenha salvado trazendo-o para minha casa? Durante esses seis anos pensei nele com aflição. O senhor não vai acreditar: até sonhei com ele. Dizem que aquela mulher monstruosa o enfeitiçou, o destruiu. Mas até que enfim o senhor o arrancou das suas tenazes! Não, é preciso aproveitar a ocasião e salvá-lo por completo! Mas me conte outra vez como o senhor conseguiu tudo isso? Descreva-me da forma mais detalhada todo o seu encontro com ele. Até pouco tempo, levada pela pressa, só prestei atenção ao principal, ao passo que todos esses pormenores, esses pormenores são o que constitui, por assim dizer, a verdadeira seiva! Gosto imensamente de pormenores, até mesmo nos casos mais importantes presto atenção nos pormenores... mas... ele ainda continua com sua toalete!

— Mas é tudo aquilo que eu já contei, Mária Alieksándrovna! — emendou Mozglyákov com disposição, pronto para contar até pela décima vez, o que era um deleite para ele. — Viajei a noite inteira, naturalmente passei a noite inteira sem dormir, a senhora pode imaginar a minha pressa! — acrescenta ele, olhando para Zina —, numa palavra, praguejei, gritei, exigi cavalos, cheguei até a cometer um desatino numa estação por causa dos cavalos; se fosse publicar isto daria um verdadeiro poema ao gosto moderno! Aliás, deixemos isto de lado! Exatamente às seis horas da manhã chego à última estação, em Iguichovo. Transido de frio, nego-me a aquecer-me, grito: cavalos! Assustei a chefe da estação, que estava com uma criança de colo: parece que agora ela está sem leite... O raiar do sol estava encantador. Sabe, o pó da neve sacudida pelos cascos dos animais fica vermelho, prateado! Não presto atenção a nada; numa palavra, ando em disparada. Levei os cavalos comigo: tomei-os de um assessor de colegiado e por pouco não o desafiei para um duelo. Disseram-me que um quarto de hora antes um príncipe partira da estação em seus próprios cavalos; havia pernoitado lá.

O sonho do titio

Mal termino de ouvir, tomo minha carruagem, saio voando, como se tivesse perdido as estribeiras. Em Fiet[13] há qualquer coisa neste sentido, numa de suas elegias. A exatas nove verstas da cidade, em plena curva para o deserto de Svietozior, vejo que aconteceu algo surpreendente. Uma enorme carruagem está tombada, o cocheiro e dois criados perplexos à sua frente, enquanto de dentro dela se ouvem gritos e bramidos dilacerantes. Pensei em passar ao largo: que fique aí tombada, não sou desta freguesia! Mas prevaleceu o lado humanitário que, segundo expressão de Heine, mete seu nariz em toda parte. Paro. Eu, meu cocheiro Semion, também uma alma russa, corremos para ajudar, e assim nós seis[14] finalmente levantamos a carruagem, pusemo-la sobre os pés, que ela, é verdade, não tem porque é sobre molas. Ainda recebemos a ajuda de uns mujiques que transportavam lenha e iam para a cidade, e dei-lhes uma gorjeta para a vodka. Pensei: na certa é aquele mesmo príncipe! Olho: meu Deus! é ele mesmo, o príncipe Gavrila. Veja só que encontro! Grito-lhe: "Príncipe! titio!". Ele, é claro, quase não me reconheceu à primeira vista; aliás, quase reconheceu no mesmo instante... da segunda vista. Mas eu lhe confesso que mesmo agora ele mal entende quem sou eu e, ao que parece, me toma por outro, e não por um parente. Eu o encontrei uns sete anos atrás em Petersburgo; mas, é claro, naquela ocasião eu era um menino, fiquei com ele na memória: deixou-me impressionado; mas como é que ele haveria de se lembrar de mim? Apresento-me; ele me abraça com efusão, mas, por outro lado, treme todo por causa do susto e chora, palavra, chora: vi isto com meus próprios olhos! Mesmo assim acabei por convencê-lo a se transferir para a minha carruagem e vir passar ao menos um

---

[13] Afanassi Fiet (1820-1892), um dos maiores poetas líricos russos do século XIX. (N. do T.)

[14] Em seu afã de jactar-se, Mozglyákov erra o número. (N. do T.)

dia em Mordássov para criar ânimo e descansar. Ele concorda incondicionalmente... Declara-me que está indo para o deserto de Svietozior visitar o hieromonge[15] Missail, que respeita e estima; mas quanto a Stiepanida Matvêievna? — no ano passado ela me expulsou de Dukhánovo com uma vassoura de gravetos; Stiepanida Matvêievna recebeu uma carta com a notícia de que em Moscou havia alguém de sua família exalando o último suspiro: o pai ou a mãe, não sei exatamente quem, nem me interessa saber; pode ser até que fosse o pai e uma filha juntos, pode ser, com o acréscimo de mais algum sobrinho que trabalha no setor de bebidas... Em suma, ela ficou tão envergonhada que resolveu separar-se do seu príncipe por uns dez dias e saiu voando para a capital a fim de embelezá-la com a sua presença. O príncipe passou um dia, passou mais outro, experimentou suas perucas, passou creme, pintou o cabelo e o bigode, quis deitar as cartas; mas ficou de mãos atadas sem Stiepanida Matvêievna! Requisitou cavalos e saiu à toda para o deserto de Svietozior. Algum dos criados da casa, temendo a invisível Stiepanida Matvêievna, ensaiou atreve-ser a objetar; mas o príncipe não deu o braço a torcer. Partiu ontem depois do almoço, pernoitou em Iguichovo, partiu da estação ao raiar do dia e em plena curva da estrada que conduz à casa do hieromonge Missail voou da carruagem, quase caindo num barranco. Salvei-o, convenci-o a ir procurar nossa amiga em comum, a estimadíssima Mária Alieksándrovna; ele diz que a senhora é a mais encantadora de todas as damas que ele já conheceu, e eis que estamos aqui, e o príncipe está lá em cima cuidando de sua toalete com o auxílio do seu camareiro, que não se esqueceu de trazer consigo e nunca esquecerá em nenhuma situação, porque aceita antes morrer que aparecer diante das damas sem certos pre-

[15] Monge ortodoxo recluso em mosteiro, que lembra o nosso monge recoleto. (N. do T.)

paros, ou melhor, correções. Eis toda a história! *Eine aller-liebste Geschichte!*[16]

— Que humorista ele é, Zina! — exclama Mária Alieksándrovna depois de ouvi-lo —, com que encanto narra! Mas, ouça-me, Paul, uma pergunta: explique-me direitinho seu parentesco com o príncipe! O senhor o chama de tio?

— Juro que não sei, Mária Alieksándrovna, como e em que consiste meu parentesco com ele: parece que é por parte de Adão e Eva, não é pelo lado consanguíneo, mas por outro qualquer. Nisto não tenho nenhuma culpa; a culpa de tudo isso cabe a minha tia Aglaia Mikháilovna. Aliás, minha tia Aglaia Mikháilovna não faz outra coisa senão contar a parentela na ponta dos dedos; foi ela que me obrigou a procurar o príncipe em Dukhánovo no ano passado. Ela é que devia ter ido! Eu o chamo pura e simplesmente de tio; e ele responde: eis todo o nosso parentesco, pelo menos até o dia de hoje...

— Mesmo assim repito que só Deus poderia lhe sugerir trazê-lo diretamente para minha casa! Tremo só de imaginar o que poderia ter acontecido com ele, coitado, se tivesse ido para a casa de alguém mais que não a minha. Aqui em nossa cidade iriam apropriar-se dele, esquartejá-lo, devorá-lo. Iriam cair sobre ele como sobre uma mina, como sobre lavras de ouro, vai ver que até o roubariam. O senhor não pode imaginar a gentinha voraz e avarenta que há por aqui, Pável Alieksándrovitch.

— Ah, meu Deus, para a casa de quem mais haveria de trazê-lo senão para a sua, Mária Alieksándrovna! — secundou Nastácia Pietrovna, a viúva que servia o chá. — Não seria para a casa de Anna Nikoláievna, o que a senhora acha?

---

[16] "Uma história encantadora!", em alemão no original.

— Entretanto, por que ele está demorando tanto a descer? É até estranho — diz Mária Alieksándrovna, levantando-se impaciente.

— O titio? Ora, acho que ele ainda vai ficar mais cinco horas se vestindo lá em cima! Além disso, como ele não tem mais memória nenhuma, talvez tenha até se esquecido de que veio visitá-la. É uma pessoa muito surpreendente, Mária Alieksándrovna!

— Ah, basta, por favor, o que é isso?

— Nada de "que é isso", Mária Alieksándrovna, é a pura verdade. Porque ele é uma semicomposição, e não um homem. A senhora esteve com ele seis anos atrás, ao passo que eu estive há uma hora. Ora, ele é um semidefunto! É apenas a lembrança de um homem; esqueceram-se de sepultá-lo! Tem olhos postiços, pernas experimentais, é todo sobre molas e fala sobre molas!

— Meu Deus, como o senhor, não obstante, é um cabeça de vento, como consigo ouvi-lo! — exclama Mária Alieksándrovna, assumindo um ar severo. — Como é vergonhoso para o senhor, um jovem, parente, referir-se dessa maneira a um velhote respeitável! Isso já sem falar de sua bondade sem precedentes — e a voz dela ganha uma expressão um tanto comovente —, lembre-se de que ele é, por assim dizer, um remanescente de nossa aristocracia. Meu amigo, *mon ami*! Compreendo que o senhor diga leviandades por causa de umas novas ideias das quais o senhor não para de falar. Mas, meu Deus! Eu mesma sou adepta dessas suas novas ideias! Compreendo que o fundamento da sua tendência é nobre e honesto. Percebo que nessas ideias novas há qualquer coisa de sublime; mas nada disso me impede de enxergar também o aspecto bem claro e, por assim dizer, prático da questão. Vivo neste mundo e já vi mais do que o senhor e, enfim, sou mãe e o senhor ainda é jovem! Ele é um velhote e por isso o senhor o acha risível! E mais: da última vez o senhor disse

O sonho do titio

29

até que tem a intenção de alforriar os seus camponeses e que é preciso que se faça isto em benefício do século, e tudo porque o senhor encheu a cabeça com leituras de um tal de Shakespeare! Acredite, Pável Alieksándrovitch, há muito tempo seu Shakespeare é coisa do passado, e se ressuscitasse, com toda a sua inteligência, não iria entender nem uma linha de nossa vida! Se existe algo de cavalheiresco e majestoso em nossa sociedade atual, isto existe precisamente na casta superior. Um príncipe é príncipe até dentro de um saco, até numa choupana um príncipe se sentirá como se estivesse no palácio! Veja o marido de Natália Dmítrievna: por pouco não construiu um palácio para si, e mesmo assim é apenas o marido de Natália Dmítrievna e nada mais! E a própria Natália Dmítrievna, mesmo com cinquenta crinolinas em cima do corpo, ainda assim continua a mesma Natália Dmítrievna, e nada acrescenta ao que é. O senhor também é, em parte, representante da casta superior porque descende dela. Eu também não me considero estranha a ela, e mau filho é aquele que mancha o seu ninho! Mas, não obstante, o senhor mesmo compreenderá tudo isso melhor do que eu, *mon cher Paul*! e então esquecerá o seu Shakespeare. Estou lhe fazendo previsões. Estou certa de que nem agora neste momento o senhor não está sendo sincero, mas apenas seguindo a moda. Aliás, acabei tagarelando. Fique aqui, *mon cher Paul*, que eu mesma vou lá em cima ver como está o príncipe. Talvez ele precise de alguma coisa, e essa minha gentinha...

E Mária Alieksándrovna saiu apressadamente da sala, pensando em sua gentinha.

— Mária Alieksándrovna parece muito contente porque o príncipe não foi para a casa daquela emperiquitada Anna Nikoláievna. Ora, ela sempre afirmou que era parenta dele. Pois agora deve estar arrebentando de despeito! — observou Nastácia Pietrovna; mas, ao perceber que ninguém lhe respondia, a senhora Zyáblova olhou para Zina e Pável

Alieksándrovitch, no mesmo instante adivinhou tudo e saiu da sala como se fosse tratar de alguma coisa. Aliás, recompensou-se imediatamente, parando atrás da porta e escutando a conversa.

No mesmo instante Pável Alieksándrovitch dirigiu-se a Zina. Estava em terrível agitação; sua voz tremia.

— Zinaída Afanássievna, a senhora não estará zangada comigo? — proferiu com uma voz tímida e suplicante.

— Com o senhor? Por quê? — disse Zina, corando de leve e erguendo para ele seus maravilhosos olhos.

— Por eu ter vindo cedo, Zinaída Afanássievna! Não aguentei e não pude esperar mais duas semanas... cheguei até a sonhar com a senhora. Voei para cá a fim de saber o meu destino... mas a senhora está de cenho franzido, zangada! Será que nem agora vou ficar sabendo de nada decisivo?

Zinaída de fato estava de cenho franzido.

— Eu esperava que o senhor tocasse nesse assunto — respondeu ela, tornando a baixar os olhos, com voz firme e severa, mas na qual se percebia irritação. — E como essa espera estava sendo muito pesada para mim, então, quanto mais rápido se resolver, melhor será. O senhor mais uma vez exige, ou seja, pede uma resposta. Permita-me que eu a repita para o senhor, porque a minha resposta é a mesma de antes: espere! Repito-lhe que ainda não decidi e não posso lhe dar a promessa de que serei sua esposa. Isto não se exige à força, Pável Alieksándrovitch. Mas, para tranquilizá-lo, acrescento que ainda não estou lhe dizendo um não definitivo. Observe mais uma coisa: ao lhe dar neste momento a esperança de uma resposta favorável, faço isto unicamente por condescendência com sua impaciência e sua intranquilidade. Repito que quero permanecer absolutamente livre em minha decisão, e se enfim eu lhe disser que recuso sua proposta o senhor não deverá me acusar de que lhe dei esperanças. Portanto, está avisado.

O sonho do titio

— Então, o que, o que quer isso dizer? — exclamou Mozglyákov com voz queixosa. — Será esperança? Poderei acalentar ao menos alguma esperança de suas palavras, Zinaída Afanássievna?

— Lembre-se de tudo o que eu lhe disse e acalente tudo o que lhe aprouver. Isto é com o senhor! Mas eu nada mais acrescento. Ainda não estou lhe dizendo não, estou dizendo apenas: espere. Mas lhe repito que me reservo o pleno direito de recusar sua proposta se me der na telha. Observo mais uma coisa, Pável Alieksándrovitch: se o senhor veio antes do prazo estabelecido para minha resposta com o fim de agir por vias indiretas, acalentando a esperança de uma proteção *alheia*, quando mais não seja de minha mãe, por exemplo, o senhor cometeu um grande erro de cálculo. Neste caso eu lhe diria um não direto, está ouvindo? Mas agora basta. E, por favor, até o momento apropriado não me mencione uma única palavra sobre esse assunto.

Todo esse discurso foi pronunciado com secura, firmeza e desembaraço, como se tivesse sido estudado previamente. *Monsieur Paul* sentiu que ficara na mão. Neste momento voltou Mária Alieksándrovna. Quase no mesmo instante a senhora Zyáblova apareceu atrás dela.

— Parece que ele vai descer nesse instante, Zina! Nastácia Pietrovna, prepare depressa um novo chá! — Mária Alieksándrovna estava até um pouco agitada.

— Anna Nikoláievna já mandou pedir notícias. Sua Ániutchka[17] correu para a cozinha a fim de xeretar. Agora é que a outra vai ficar furiosa! — informou Nastácia Pietrovna, lançando-se ao samovar.

— E o que é que eu tenho a ver com isso! — disse Mária Alieksándrovna, respondendo à senhora Zyáblova por cima

---

[17] Diminutivo de Anna. (N. do T.)

dos ombros. — Como se me interessasse saber o que pensa a sua Anna Nikoláievna! Acredite, não vou mandar ninguém xeretar na cozinha dela. E me surpreende, decididamente me surpreende que a senhora esteja sempre me considerando inimiga da coitada da Anna Nikoláievna, aliás não só a senhora como todo mundo na cidade. Conto com seu testemunho, Pável Alieksándrovitch! O senhor conhece a nós duas; o que me levaria a ser sua inimiga? A primazia? Mas sou indiferente a essa primazia. Que fique com ela, que seja a primeira! Serei a primeira a procurá-la, a felicitá-la por sua primazia. E por fim tudo isso é injusto. Intercederei por ela, sou obrigada a interceder por ela! Ela está sendo caluniada. Por que vocês todos a atacam? Ela é jovem e gosta de andar bem-vestida — por que será? Mas, a meu ver, é melhor bem-vestida do que outra coisa qualquer; veja o caso de Natália Dmítrievna, que gosta de coisas tão esquisitas que dispensa comentário. Seria por que Anna Nikoláievna vive de fazer visitas e não consegue ficar em casa? Mas meu Deus! Ela não recebeu educação nenhuma e para ela, evidentemente, é difícil abrir um livro ou ocupar-se de alguma coisa dois minutos seguidos. Fica com coquetismo e flertando da janela com todo mundo que passa pela rua. Mas por que lhe asseguram que ela é bonitinha quando só tem um rosto branco e mais nada? É risível quando dança, concordo. Mas por que lhe asseguram que ela dança magnificamente a polca? Usa umas toucas tecidas em rede e uns chapéus impossíveis, no entanto, que culpa tem de Deus não ter lhe dado gosto, mas, em vez disso, tanta credulidade? Assegure a ela que fica bem pregar nos cabelos um papel de bombons e ela o pregará. É mexeriqueira, mas isto é um hábito daqui: quem não é mexeriqueiro em nossa cidade? Suchílov a visita com suas suíças de manhã e de tarde, por pouco não o faz à noite. Ah, meu Deus, também, pudera: o marido fica trunfando até às cinco da manhã! Além disso, há tantos maus exemplos em nossa

O sonho do titio

cidade! Por fim, isso *talvez* ainda seja calúnia. Numa palavra, sempre, sempre a defenderei!... Mas, meu Deus, aí vem o príncipe! É ele, ele! Eu o reconheço! Eu o reconheço entre milhares! Enfim o vejo, *mon prince*! — bradou Mária Alieksándrovna e precipitou-se ao encontro do príncipe, que aparecia.

IV

Numa primeira e rápida visada não se consegue achar esse príncipe um velho, e só com o olhar mais próximo e mais fixo percebe-se que se trata de um cadáver sobre molas. Todos os recursos da arte foram empregados para vestir essa múmia como jovem. Admiráveis peruca, suíças, bigode e cavanhaque da mais magnífica cor preta escondem metade do rosto. Tem o rosto coberto de ruge e pó de arroz com uma arte tão extraordinária, que nele quase não há rugas. Onde se meteram? — não se sabe. Veste-se em absoluta conformidade com a moda, como se tivesse saído de um quadro na moda. Usa algo como um fraque ou coisa parecida, palavra que não sei exatamente o quê, só sei que é algo da última moda e perfeito, confeccionado para visitas matinais. As luvas, a gravata, o colete, a camisa branca e tudo o mais são de um frescor deslumbrante e de fino gosto. O príncipe claudica um pouco, mas claudica com tanta habilidade que é como se isto fosse uma necessidade da moda. Usa monóculo sobre o mesmo olho que já é de vidro. O príncipe se encharca de perfumes. Ao conversar, arrasta especialmente algumas palavras, talvez por incapacidade senil, talvez porque tenha todos os dentes postiços ou para dar mais importância ao que diz. Pronuncia algumas sílabas com uma doçura incomum, realçando particularmente a letra "e". Ao dizer "da"[18] acaba

[18] "Sim", em russo. (N. do T.)

pronunciando "dde", só que com um pouco mais de doçura. Em todas as suas maneiras há algo negligente, decorado, como uma continuidade de todo o aspecto almofadinha de sua vida. Mas se, em linhas gerais, manteve-se alguma coisa de sua antiga vida de almofadinha, manteve-se de modo meio inconsciente, como manifestação de uma educação vaga, de velhos tempos vividos e perdidos que, ai de nós!, não será trazida de volta por nenhuma cosmética, por espartilhos, perfumarias e cabeleireiros. Por isso faremos melhor se reconhecermos de antemão que, se o velhote ainda não perdeu o juízo, há muito tempo perdeu a memória e a todo instante se atrapalha, repete-se e até se embrulha todo na mentira. Precisa-se inclusive de habilidade para falar com ele. Mas Mária Alieksándrovna confia em si mesma e ao ver o príncipe entra num êxtase inexprimível.

— Mas o senhor, o senhor não mudou nada! — exclama ela segurando o hóspede por ambas as mãos e sentando-o numa poltrona confortável. — Sente-se, sente-se, príncipe! Seis anos, seis anos inteiros sem nos vermos e nenhuma carta, nenhuma linhazinha durante todo esse tempo! Oh, como o senhor é culpado perante mim, príncipe! Como tive raiva do senhor, *mon cher prince*! Mas vamos ao chá, ao chá! Ah, meu Deus! Nastácia Pietrovna, o chá!

— Agradeço, a-gra-de-ço, cul-pa-do! — ceceia o príncipe (esquecemo-nos de dizer que ele ceceia um pouco, mas o faz como que seguindo a moda). Cul-pa-do! Imagine que ainda no ano passado eu quis sem falta vir aqui — acrescenta ele, correndo o lornhão pela sala. — Mas me assustaram: disseram que aqui havia có-le-ra.

— Não, príncipe, não houve cólera aqui — disse Mária Alieksándrovna.

— O que houve aqui foi mortandade de gado, titio! — interfere Mozglyákov com o intuito distinguir-se. Mária Alieksándrovna o mede com um olhar severo.

— Pois é, mor-tan-da-de ou alguma coisa desse gênero... por isso fiquei no meu lugar. Bem, e como vai seu marido, minha amável Anna Nikoláievna? Continua com sua pro--mo-to-ria?

— N-não, príncipe — diz Mária Alieksándrovna, gaguejando um pouco. — Meu marido não é pro-mo-tor...

— Aposto que meu tio se confundiu e está tomando a senhora por Anna Nikoláievna Antípova! — exclama o esperto Mozglyákov, mas no mesmo instante cai em si, ao notar que antes dessas explicações Mária Alieksándrovna já parecia muito desgostosa.

— Pois é, pois, Anna Nikoláievna, e... e... (estou esquecendo tudo!). Pois é, Antípovna, Antí-povna mesmo — confirma o príncipe.

— N-não, príncipe, o senhor está muito enganado — diz Mária Alieksándrovna com um sorriso amargo. — Não sou absolutamente Anna Nikoláievna e, confesso, nunca iria esperar que o senhor não me reconhecesse! O senhor me surpreendeu, príncipe! Sou sua antiga amiga, Mária Alieksándrovna Moskaliova, príncipe, lembra-se de Mária Alieksándrovna?...

— Mária Aliek-sán-drovna! imagine só! E eu su-pu-nha justamente que a senhora fosse (como se chama?), ah sim! Anna Vassílievna... *C'est délicieux!*[19] Quer dizer que eu me enganei. E eu pensava, minha amiga, que a senhora estava me le-van-do para a casa dessa Anna Matvêievna. *C'est charmant!*[20] Aliás, isto acontece frequentemente comigo... Amiúde eu me engano. Em geral sempre estou satisfeito com o que quer que aconteça. Então a senhora não é Nastácia Vas--sílievna. In-te-res-san-te...

---

[19] "É maravilhoso!", em francês no original. (N. do T.)

[20] "É encantador!", em francês no original. (N. do T.)

O sonho do titio

— Mária Alieksándrovna, príncipe, Mária Alieksándrovna! Oh, como o senhor é culpado perante mim. Esquecer sua melhor, melhor amiga!

— Pois é, me-lhor amiga... *pardon, pardon!* — ceceia o príncipe olhando para Zina.

— Esta é minha filha Zina. Vocês ainda não se conhecem, príncipe. Ela estava fora quando o senhor esteve aqui, lembra-se do ano?

— Essa é sua filha! *Charmante, charmante!* — balbucia o príncipe olhando pelo lornhão com ar cobiçoso para Zina. — *Mais quelle beauté!*[21] — murmura ele, pelo visto impressionado.

— O chá, príncipe — diz Mária Alieksándrovna, chamando-lhe a atenção apara o cossaco postado à sua frente com a bandeja nas mãos. O príncipe pega uma xícara e examina um garoto de faces rechonchudas e rosadas.

— Ah-ah-ah, esse é o seu menino? — diz ele. — Que menino bo-ni-ti-nho!... e-e-e, é verdade que tem um bom com-por-ta-men-to?

— Mas, príncipe — interrompe depressa Mária Alieksándrovna —, ouvi falar de um acontecimento mais que terrível! Confesso que fiquei desconcertada com o susto... O senhor não terá se machucado? Veja só! Não se pode negligenciar com isso.

— Deixaram-me cair! deixaram-me cair! O cocheiro me deixou cair! — exclamou o príncipe com um ânimo incomum. — Eu já pensava que tinha chegado o fim do mundo ou alguma coisa parecida e, confesso, fiquei tão assustado que, Santo Deus, vi estrelas ao meio-dia. Não esperava, não espe-rava! de maneira nenhuma eu es-pe-ra-va. E tudo isso por culpa do meu cocheiro Fe-o-fil! Deposito toda a minha

---

[21] "Mas que beldade!", em francês no original. (N. do T.)

confiança em ti, meu amigo: tome as providências e descubra direitinho. Estou cer-to de que ele a-ten-tou contra a minha vida.

— Está bem, está bem, titio! — responde Pável Alieksándrovitch. — Vou descobrir tudo. Só que, ouça, titio! Perdoe-o por hoje, hein? O que o senhor acha?

— Não o perdoo por nada! Estou certo de que ele atentou contra minha vida. E também Lavrenti, que eu deixara em casa. Imagine: anda com a cabeça cheia de umas tais ideias novas! E com mania de negar... Em suma: um comunista no pleno sentido da palavra! Já tenho até medo de me deparar com ele.

— Ah, que verdade o senhor disse, príncipe — exclama Mária Alieksándrovna. — O senhor não vai acreditar como eu mesma estou sofrendo por causa dessa gentinha imprestável! Imagine: acabei de substituir dois dos meus homens e, confesso, são tão tolos que simplesmente temo ficar da manhã à noite com eles, o senhor não acredita como são tolos, príncipe!

— Pois é, pois é! Mas, confesso-lhe que até gosto quando os criados são meio tolos — observa o príncipe que, como todos os velhos, fica contente quando ouvem servilmente a sua tagarelice. — Isso, de certa forma, fica bem a um criado, e até constitui a sua digni-dade se ele é franco e tolo. É claro que só em alguns casos. Por isso, a im-po-nên-cia que se estampa em seu rosto chega a ser maior, mais so-lene; numa palavra, a primeira coisa que eu exijo de um *homem* é a po-li-dez. Veja, eu tenho o meu Te-ren-ti. Tu te lembras de Te-ren-ti, meu amigo? Foi só olhar pra ele pela primeira vez que já previ: terás de ser porteiro! É fe-no-me-nalmente tolo! tem ar de boi olhando palácios! Só que de gravata branca e todo engalanado produz efeito. Fiquei gostando sinceramente dele. Às vezes olho para ele e fico embevecido: decididamente está escrevendo uma dissertação, tão importante é o ar que tem!

O sonho do titio

— Numa palavra, é o verdadeiro filósofo alemão Kant ou, ainda mais certo, um peru cevado. Absolutamente *comme il faut* para um serviçal!...

Mária Alieksándrovna ri com o mais extasiado fervor e até bate palmas. Pável Alieksándrovitch a repete com toda sinceridade: o tio o diverte extraordinariamente. Nastácia Pietrovna também caiu na risada. Até Zina sorriu.

— Mas quanto humor, quanta alegria, quanta espirituosidade há no senhor, príncipe! — exclama Mária Alieksándrovna. — Que preciosa capacidade de captar o traço mais sutil, mais engraçado!... E sumir da sociedade, enclausurar-se por cinco anos inteiros! com semelhante talento! Mas o senhor podia escrever, príncipe! O senhor podia repetir Fonvízin,[22] Griboiêdov,[23] Gógol!...[24]

— Pois é, pois é! — diz o príncipe, cheio de satisfação —, posso re-pe-tir... e, sabe, antigamente fui de uma espirituosidade incomum. Até escrevi um *vaudeville* para ser encenado... Com algumas estrofes encantadoras. Aliás, nunca foi encenado.

— Ah, como seria encantador ler! Sabes, Zina, isso agora vem a propósito! Aqui em nossa cidade está se pensando em montar um teatro — para uma contribuição patriótica, príncipe, a favor dos feridos...[25] eis onde entraria o seu *vaudeville*!

— É claro! Estou até disposto a voltar a escrever... aliás, já o es-que-ci completamente. Mas, pelo que me lembro, tinha dois ou três trocadilhos daqueles (e o príncipe beijou a

[22] Denis Fonvízin (1745-1792), autor dramático russo. (N. do T.)

[23] Aleksandr Griboiêdov (1795-1829), dramaturgo russo. (N. do T.)

[24] Nikolai Gógol (1809-1852). (N. do T.)

[25] Referência à guerra da Crimeia, aliás, a única em toda essa novela, o que mostra que o tempo de sua ação situa-se entre 1854 e 1856. (N. da E.)

própria mão)... Em linhas gerais, quando estive no ex-te-ri-or, fiz um verdadeiro *fu-ro-re*. Lembro-me de Lord Byron. Éramos amigos íntimos. Dancei admiravelmente a *krakowiak*[26] no Congresso de Viena.[27]

— Lord Byron, titio, tenha dó, titio, o que está dizendo?

— Pois é, Lord Byron. Se bem que talvez não tenha sido Lord Byron, mas outro qualquer. Isso mesmo, não foi Lord Byron, mas algum polaco! Acabo de me lembrar direitinho. Aquele po-la-co era o-ri-gi-na-líssimo: fazia-se passar por conde, mas depois se descobriu que era um *kuhmister*.[28] No entanto dançava en-can-ta-do-ra-mente a *krakowiak* e acabou quebrando o pé. Na ocasião cheguei a escrever uns versos:

> *Dançou nosso po-la-co*
> *A krakowiak...*

E aí... e aí, bem, o que aconteceu depois, não me lembro.

> *E como o pé quebrou*
> *De dançar ele parou.*

— Oh, titio, foi isso mesmo o que aconteceu? — exclama Mozglyákov, cada vez mais inspirado.

— Parece que foi assim — responde o titio — ou alguma coisa semelhante. Aliás, pode ser até que nem tenha sido assim, só que os versinhos saíram muito bons... No geral, alguns acontecimentos me caíram no olvido. É por causa das minhas ocupações.

---

[26] Dança nacional polonesa. (N. do T.)

[27] O Congresso de Viena realizou-se entre setembro de 1814 e junho de 1815, depois da vitória da coalizão de potências europeias contra Napoleão. (N. da E.)

[28] Do alemão *Küchenmeister*, isto é, chefe de cozinha. (N. do T.)

— Diga-me, príncipe, quais foram as suas ocupações durante todo esse tempo que passou isolado? — interessa-se Mária Alieksándrovna. — Penso com tanta frequência no senhor, *mon cher prince*, que, confesso, estou ardendo de impaciência por saber disso com mais detalhes...

— Do que me ocupei? Bem, sabe, no geral tenho muitas o-cu-pa-ções. Quando a gente está descansando; sabe, às vezes eu estou caminhando, imagino coisas várias...

— Na certa o senhor tem uma imaginação fortíssima, não é, titio?

— Sumamente forte, meu caro. Às vezes imagino cada coisa que depois até fico sur-pre-so! Quando estive em Kadúiev... *À propos*!, parece que eras o vice-governador de Kadúiev, hein?

— Eu, titio? Tenha dó, o que está dizendo! — exclama Pável Alieksándrovitch.

— Imagine, meu amigo! Todo esse tempo eu estava te confundindo com o vice-governador e pensando: o que aconteceu com ele, que de uma hora para outra parece que ficou com o rosto todo diferente?... O outro, sabes, tinha um rosto tão im-po-nen-te, inteligente, era um homem de uma inteligência in-co-mum e estava sempre com-pon-do versos sobre diferentes casos. Assim, de lado, ele se parecia um pouco com um rei de ouros...

— Não, príncipe — interrompe Mária Alieksándrovna —, juro que o senhor vai se destruir com uma vida como essa! Trancar-se durante cinco anos em isolamento, não ver ninguém, não ouvir nada! Ora, o senhor é um homem liquidado, príncipe! Pergunte a qualquer um que lhe seja dedicado e ele lhe dirá que o senhor é um homem liquidado!

— Será possível? — exclama o príncipe.

— Eu lhe asseguro; eu lhe falo como amiga, como sua irmã! Eu lhe falo assim porque o aprecio, porque para mim a memória do passado é sagrada! Que vantagem eu teria em ser hipócrita? Não, o senhor precisa mudar radicalmente de vida, senão vai adoecer, se esgotar e acabar morrendo...

— Ah, meu Deus! Será que vou morrer tão breve? — exclama o príncipe, assustado. — Imagine que a senhora adivinhou: ando por demais atormentado pela hemorroida, sobretudo de uns tempos para cá... e quando tenho ataques, então, é sur-pre-en-den-te quando me vêm esses sintomas (vou descrever com todos os detalhes para a senhora)... Em primeiro...

— Titio, o senhor conta isso em outra ocasião — interfere Pável Alieksándrovitch —, porque agora... será que não é hora partir?

— Pois é! vamos deixar para outra ocasião. Talvez não seja tão interessante ouvir isso. Estou imaginando... Mas mesmo assim é uma doença demasiado curiosa. Há vários episódios... Lembre-me, meu amigo, à noite, para que eu lhe conte um caso nos mí-ni-mos de-ta-lhes.

— Mas ouça, príncipe, o senhor devia tentar se tratar no exterior — tornou a interromper Mária Alieksándrovna.

— No exterior! Pois é, pois é! Sem falta vou ao exterior. Lembro-me que quando estive no exterior, vinte anos atrás, lá havia diversões ad-mi-rá-veis. Estive a ponto de me casar com uma viscondessa francesa. Eu estava perdidamente apaixonado e desejava dedicar a ela toda a minha vida. No entanto, foi outro que se casou com ela, e não eu. E foi um caso meio estranho: eu me afastei apenas por duas horas e o outro triunfou, um barão alemão; pouco tempo depois passou uma temporada num manicômio.

— Contudo, *cher prince*, é por isso que lhe digo que o senhor precisa pensar com seriedade em sua saúde. No exterior existem uns médicos... e, além disso, o que é que custa uma mudançazinha de vida? O senhor precisa largar, ao menos por um tempo, a sua Dukhánovo.

— For-ço-sa-men-te! Há muito tempo tomei a decisão e, sabe, estou pensando em me tratar com hi-dro-pa-tia.

— Hidropatia?

— Hidropatia. Uma vez já me tratei com hi-dro-pa-tia. Eu me encontrava numa estação de águas. Estava lá uma fidalga moscovita, seu sobrenome já esqueci, só sei que era uma mulher extraordinariamente poética, tinha uns setenta anos. Ainda estava acompanhada de uma filha, de uns cinquenta anos, viúva, que tinha uma mancha branca no olho. Ela também quase chegava a falar em versos. Depois houve al-gu-ma desgraça com ela: num ataque de fúria matou uma criada e foi processada. Pois bem, acharam de me tratar com água. Confesso que eu não tinha doença nenhuma; mas começaram a me importunar: "Trata-te, trata-te, trata-te!". Por delicadeza comecei a beber água, pensando: de fato a-li-via. Bebi-bebi, bebi-bebi, acabei bebendo uma cachoeira inteira e, sabe, essa hidropatia é uma coisa util e foi de enorme utilidade para mim, de sorte que se enfim não a-do-eci, eu lhe asseguro que é porque estava com a saúde mais do que perfeita...

— Eis uma observação absolutamente justa, titio! Diga-me uma coisa, titio: o senhor estudou lógica?

— Meu Deus! que perguntas o senhor faz? — observa Mária Alieksándrovna com severidade e escandalizada.

— Estudei, meu amigo, só que faz muito tempo. Também estudei filosofia na Alemanha, um curso inteiro, no entanto esqueci tudo o que estudei. Porém... confesso... vocês me assustaram tanto com aquelas doenças, que... estou perturbado. Aliás, vou indo...

— Mas para onde o senhor vai, príncipe? — exclama surpresa Mária Alieksándrovna.

— Num instante, num instante... Vou apenas anotar uma ideia nova... *au revoir*...

— Como é que é? — exclama Pável Alieksándrovitch, caindo na gargalhada.

Mária Alieksándrovna perde a paciência.

— Não entendo, decididamente não entendo do que o senhor está rindo! — começa ela com ímpeto. Rir de um velhote respeitável, de um parente, rir de cada palavra dele, valendo-se de sua bondade angelical! O senhor me deixa ruborizada, Pável Alieksándrovitch. Agora me diga: a seu ver, em que ele é cômico? Não vejo nada de risível nele.

— Porque ele não reconhece as pessoas, porque às vezes varia!

— Mas isso é consequência da vida terrível que vinha levando, dessa horrível reclusão de cinco anos sob a vigilância daquela mulher dos infernos. Precisamos ter compaixão, e não rir dele. Ele não chegou nem a me reconhecer; o senhor mesmo foi testemunha. Isto, por assim dizer, já exige que se faça algo! Decididamente, precisamos salvá-lo! Sugiro que ele vá para o exterior apenas na esperança de que talvez largue aquela... barraqueira!

— Sabe de uma coisa? Precisamos casá-lo, Mária Alieksándrovna! — exclama Pável Alieksándrovitch.

— Outra vez! Isso mostra que o senhor é mesmo incorrigível, *monsieur* Mozglyákov!

— Não, Mária Alieksándrovna, não! Desta vez falo com total seriedade! Por que não casá-lo? Também é uma ideia. *C'est une idée comme une autre!*[29] Em que isto pode prejudicá-lo, faz o favor de me dizer? Ele, ao contrário, está em tal situação que uma medida como essa só pode salvá-lo! Pela lei ele ainda pode se casar. Em primeiro lugar, se livrará daquela velhaca (desculpe a expressão). Em segundo, e isto é o principal, imagine que ele pode escolher uma moça ou, melhor ainda, uma viúva, amável, bondosa, inteligente, carinhosa e, principalmente, pobre, que vai cuidar dele como uma

[29] "É uma ideia como qualquer outra!", em francês no original. (N. do T.)

O sonho do titio

filha e compreenderá que ele está lhe fazendo um favor ao chamá-la de minha esposa. E o que pode haver de melhor que uma parenta, que uma criatura sincera e nobre que estará sempre ao lado dele no lugar daquela... mulher? É claro que ela deve ser bonitinha, porque até hoje o titio ainda gosta de bonitinhas. A senhora notou como ele olhou para Zinaída Afanássievna.

— Sim, mas onde o senhor vai encontrar uma pretendente assim? — pergunta Nastácia Pietrovna, que ouvia atentamente.

— Veja só o que ela disse: pode ser até a senhora, se quiser! Permita-me perguntar: por que a senhora não seria uma pretendente ao príncipe? Em primeiro lugar, é bonitinha, em segundo, é viúva, em terceiro, é uma pessoa nobre, em quarto, é pobre (porque a senhora de fato não é rica), em quinto, é uma dama muito sensata, por conseguinte, haverá de amá-lo, de mantê-lo ocupado, de tocar aquela senhora para fora aos pontapés, o levará para o exterior, o alimentará de mingau de semolina e confeitos — tudo isto até o momento em que ele deixar este mundo mortal, o que acontecerá exatamente daqui a um ano e pode ser até que daqui a dois meses e meio. Então a senhora será uma princesa, viúva, rica e, como compensação à sua firmeza, se casará com um marquês ou um general intendente! *C'est joli*,[30] não é verdade?

— Ai, meu Deus! Ora, meu caro, se ele me propusesse casamento, eu me apaixonaria por ele, só por gratidão! — exclama a senhora Zyáblova e seus olhos negros e expressivos brilham. — Tudo isso é uma tolice!

— Tolice? quer que isso deixe de ser tolice? É só me pedir direitinho; depois pode cortar um dedo meu se hoje

---

[30] "É belo", em francês no original. (N. do T.)

mesmo não ficar noiva dele! Não existe nada mais fácil do que convencer ou atrair o titio para alguma coisa! Ele diz sempre a mesma coisa: "Pois é, pois é!" — a senhora mesma ouviu. Vamos casá-lo de tal modo que ele nem vai ouvir. Nós o enganaremos e o casaremos, e isso é até uma vantagem para ele; tenha dó dele!... A senhora podia pelo menos emperiquitar-se para alguma eventualidade, Nastácia Pietrovna!...

O êxtase de *monsieur* Mozglyákov chega até a se transformar em arroubo. Apesar de toda a sensatez da senhora Zyáblova, mesmo assim ela chegou a salivar.

— Ora, eu mesma já sabia que hoje sou uma porcalhona — responde ela. — Tornei-me completamente desleixada, faz muito tempo que não sonho. Assim, acabei sendo uma madame Gribousier... Pois bem, pareço mesmo uma cozinheira?

Durante todo esse tempo Mária Alieksándrovna fez uma estranha careta. Não me engano se disser que ela ouviu a estranha proposta de Pável Alieksándrovitch meio assustada, como que perplexa... Por fim deu acordo de si.

— Tudo isso, admitamos, é muito bom, mas é uma tolice e um absurdo e, o mais importante, um total despropósito — e ela interrompe rispidamente Mozglyákov.

— Mas por que é um absurdo e um despropósito, boníssima Mária Alieksándrovna?

— Por muitos motivos e, principalmente, porque o senhor está em minha casa com o príncipe; é meu hóspede, e não permito a ninguém esquecer o respeito por minha casa. Não tomo suas palavras senão como uma brincadeira, Pável Alieksándrovitch, mas graças a Deus aí vem o príncipe!

— Aqui estou eu! — brada o príncipe, entrando na sala. — É surpreendente, *cher ami*, quantas ideias tenho hoje na cabeça. Pode ser que não acredites; houve outras ocasiões em que era como se eu não ti-ves-se ideia nenhuma e assim passava um dia inteiro.

O sonho do titio

— Titio, isto provavelmente se deve à queda de hoje. Isto abalou os seus nervos e eis...

— Meu amigo, eu mesmo atribuo a coisa àquilo e estou até achando ú-til aquele incidente; de sorte que resolvi perdoar o meu Fe-o-fil. Sabes? acho que ele não atentou contra a minha vida; o que achas? Além disso, ele foi recentemente punido quando cortaram sua barba.

— Cortaram a barba dele, titio! Mas ele tem a barba do tamanho do estado alemão.

— Pois é, do tamanho do estado alemão. Em geral, meu amigo, és justíssimo em tuas con-clu-sões. Mas é uma barba artificial. Imagine que história: de repente me enviam uma lista de preços. Tinham recebido do exterior magníficas bar-bas para cocheiros e fidalgos, assim como suíças, cavanha-ques, bigodes, etc., e tudo da melhor qua-li-da-de e pelos preços mais módicos. Vamos, penso eu, vou encomendar uma bar-ha ao menos para ver como é. E então encomendei uma barba de cocheiro — de fato a barba é um mimo! Acontece, porém, que a própria barba de Feofil é quase duas vezes maior. É claro que fiquei perplexo: tirar minha própria barba ou devolver a que me haviam enviado e usar a barba natural? Pensei — pensei e decidi que o melhor seria usar a barba artificial.

— Na certa porque a arte é superior à natureza, titio?

— Por isso mesmo. E quanto sofrimento lhe custou quando lhe tiraram a barba! Era como se, despedindo-se de sua barba, ele desse adeus a toda a sua carreira... Contudo, não estará na hora de irmos embora, meu caro?

— Estou pronto, titio!

— Mas espero, príncipe, que o senhor vá apenas à casa do governador! — exclama inquieta Mária Alieksándrovna.
— Agora, *meu* príncipe, o senhor pertence à minha família pelo dia inteiro. Eu, é claro, não vou lhe falar nada sobre a sociedade daqui. É possível que o senhor queira fazer uma

visita a Anna Nikoláievna e não é meu direito frustrá-lo: além do mais, tenho plena certeza de que o tempo fará a sua parte. Mas se lembre de que sou sua anfitriã, irmã, mãe, babá por todo o dia de hoje e, confesso, tremo pelo senhor, príncipe! O senhor não conhece, não conhece na plenitude essas pessoas, ao menos por enquanto!...

— Confie em mim, Mária Alieksándrovna. Será tudo como lhe prometi — diz Mozglyákov.

— Ora, o senhor é um cabeça de vento; vá alguém confiar no senhor! Eu o espero para o almoço, príncipe. Almoçamos cedo. Como lamento que desta vez meu marido esteja no campo! como ficaria contente em vê-lo! Ele o estima tanto, gosta do senhor com tanta sinceridade!

— Seu marido? Então a senhora tem até marido? — pergunta o príncipe.

— Ah, meu Deus! como o senhor é distraído, príncipe! O senhor esqueceu por completo, esqueceu por completo todo o passado! Meu marido é Afanassi Matvêitch, será possível que o senhor não se lembre dele? Neste momento ele está no campo, mas o senhor o viu milhares de vezes antes. Está lembrado, príncipe: Afanassi Matvêitch?

— Afanassi Matvêitch! No campo, imagine só, *mais c'est délicieux!* Então a senhora tem até marido? Mas que coisa estranha! É exatamente como acontece em um *vaudeville*: o marido à porta e a mulher no... perdão, acabei esquecendo! só que a mulher também viajou... parece que para Tula ou Yaroslavl, numa palavra, a coisa é de certa forma muito engraçada.

— "O marido à porta e a mulher indo para Tvier",[31] titio — sugere Mozglyákov.

---

[31] Título do *vaudeville* de A. V. encenado no Teatro Alieksandríiski, em São Petersburgo, em 1845. Há um trocadilho entre *dvier*, isto é, porta, e Tvier, cidade situada às margens do Volga. (N. do T.)

— Pois é! pois é! obrigado, meu amigo, é mesmo para Tvier, *charmant!* De sorte que a coisa sai certinha. Tu sempre pegas o tom, meu caro! Pois disso eu me lembro: para Yaroslavl ou Kostroma, só que a mulher também foi para algum lugar! *Charmant, charmant!* Aliás, esqueci um pouco o que comecei a falar... Sim! Então vamos indo, meu amigo. *Au revoir, madame, adieu, ma charmante demoiselle*[32] — acrescentou o príncipe dirigindo-se a Zina e beijando-lhe a ponta dos dedinhos.

— Para o almoço, para o almoço, príncipe! Não se esqueça de voltar logo! — brada atrás dele Mária Alieksándrovna.

[32] "Até logo, madame, adeus, minha bela senhora", em francês no original. (N. do T.)

V

— Nastácia Pietrovna, a senhora bem que podia dar uma olhada na cozinha — diz ela depois de acompanhar o príncipe. — Tenho o pressentimento de que o monstro do Nikitka fatalmente vai estragar o almoço! Tenho certeza de que já está bêbado.

Nastácia Pietrovna obedece. Ao sair, olha desconfiada para Mária Alieksándrovna e nota nela uma inquietação fora do comum. Em vez de observar o monstro do Nikitka, Nastácia Pietrovna vai à sala, de onde, pelo corredor, chega ao seu quarto e daí a um quartinho escuro tipo dispensa, onde há um baú, uma roupa pendurada, e onde se guarda em trouxas a roupa suja de toda a casa. Pé ante pé ela se chega a uma porta fechada, disfarça a respiração, curva-se sobre ela e fica olhando e ouvindo pelo buraco da fechadura. Esta porta é uma das três do mesmo quarto — sempre hermeticamente fechado — onde agora estão Zina e sua mamãe.

Mária Alieksándrovna acha Nastácia Pietrovna uma mulher marota, mas extremamente leviana. Claro que às vezes lhe passava pela cabeça que Nastácia Pietrovna poderia ter a sem-cerimônia de escutar as conversas. Mas neste momento a senhora Moskaliova está tão ocupada e inquieta que esqueceu inteiramente algumas precauções. Senta-se em uma poltrona e fica olhando com ar significativo para Zina. Esta se sente sob esse olhar e um tédio desagradável começa a lhe apertar o coração.

— Zina!

O sonho do titio

Zina volta lentamente para ela seu rosto pálido e ergue seus olhos negros e meditativos.

— Zina, quero conversar contigo sobre um assunto de extrema importância.

Zina se vira inteira para sua mamãe, cruza os braços e fica aguardando em pé. Seu rosto estampa chateação e zombaria, o que, aliás, ela procura esconder.

— Quero te perguntar, Zina, o que hoje achaste *desse* Mozglyákov.

— Há muito tempo a senhora sabe o que penso sobre ele — responde Zina a contragosto.

— Sim, *mon enfant*;[33] só que me parece que ele já está se tornando por demais importuno com suas... aspirações.

— Ele diz que está apaixonado por mim e sua impertinência é desculpável.

— Estranho! Antes tu não o desculpavas assim... com esse gosto. Ao contrário, sempre o atacavas quando eu tocava nesse assunto.

— Também é estranho que a senhora sempre o defendia e achava indispensável que eu me casasse com ele, mas agora é a primeira a atacá-lo.

— Quase. Não pressiono, Zina: eu queria te ver casada com Mozglyákov. Para mim era duro ver tua tristeza permanente, teus sofrimentos que estou em condições de entender (não importa o que penses a meu respeito!) e que envenenavam o meu sono durante as noites. Por fim me convenci de que só uma mudança significativa em tua vida pode te salvar! E essa mudança deve ser o casamento. Nós não somos ricos e não podemos, por exemplo, ir para o exterior. Os asnos daqui se admiram de que tenhas vinte e três anos e ainda não estejas casada e vivem inventando histórias sobre isso. Mas

---

[33] "Minha criança", em francês no original. (N. do T.)

por acaso vou te dar em casamento a algum conselheiro desta cidade ou a Ivánovitch, nosso advogado? Haverá maridos para ti nesta cidade? É claro que Mozglyákov é vazio, mas ainda assim é o melhor. É de uma ótima família, tem linhagem, possui cento e cinquenta almas; quando nada, isto é melhor do que viver de chicanas e propinas e sabe Deus de que outras aventuras; foi por isto que fiquei de olho nele. Contudo eu te juro que nunca tive uma simpatia verdadeira por ele. Estou certa de que o Supremo me preveniu. E se Deus enviasse, ainda que fosse agora, algo melhor — oh! que bom seria então se tu ainda não tivesses dado a ele tua palavra! sim, porque hoje não deste nenhuma certeza a ele, sim, Zina?

— Por que todas essas nove-horas, mamãe, quando tudo se resume a duas palavras? — proferiu Zina com irritação.

— Nove-horas, nove-horas! e tu és capaz de dizer uma coisa dessas à tua mãe? O que fiz? Faz muito tempo que não acreditas em tua mãe! Há muito tempo tu me consideras tua inimiga e não tua mãe.

— Eh, chega, mamãe! Será que temos de discutir por causa de uma palavra? Por acaso não nos entendemos? Parece que já era hora de nos entendermos!

— Mas tu me ofendes, minha filha! Não acreditas que estou disposta decididamente a tudo, a tudo, para arranjar o teu destino!

Zina olhou para a mãe com ar zombeteiro e agastada.

— Não estaria a senhora querendo me casar com aquele príncipe para *arranjar* o meu destino? — perguntou com um estranho sorriso nos lábios.

— Eu não tinha dito nenhuma palavra sobre isso, mas digo a propósito que se acontecesse de te casares com o príncipe isto seria a tua felicidade, e não uma loucura...

— Mas eu acho que isto seria apenas um absurdo — exclamou Zina, arrebatada pela cólera. — Um absurdo! um absurdo! Acho ainda, mamãe, que a senhora tem um excesso de inspiração poética, que a senhora é uma mulher-poeta no pleno sentido da palavra; é assim que a chamam aqui na cidade. A senhora está sempre com projetos. A inviabilidade e o absurdo desses projetos não a detêm. Quando o príncipe ainda estava aqui pressenti que a senhora tinha isso em mente. Enquanto Mozglyákov fazia as suas palhaçadas, afirmando que era necessário casar aquele velhote, li todos os pensamentos da senhora no seu rosto. Aposto que a senhora veio me procurar agora ainda pensando sobre isso. Mas como todos os seus permanentes projetos para mim começam a me deixar mortalmente aborrecida, começam a me atormentar, peço que a senhora não diga uma palavra sobre isso, está ouvindo?, nenhuma palavra, e gostaria que a senhora guardasse isso na lembrança! — Zina sufocava de ira.

— Zina, minha filha, és uma criança irritada, doente! — respondeu Mária Alieksándrovna com voz comovida, chorosa. — Falas comigo de modo desrespeitoso e me ofendes. Nenhuma mãe suportaria o que venho suportando diariamente de ti! Mas tu estás irritada, estás doente, sofrendo, e eu sou mãe e antes de tudo cristã. Devo suportar e perdoar. Mas uma palavra, Zina: se eu de fato desejasse essa união — por que exatamente achas isso um absurdo? A meu ver, Mozglyákov nunca disse nada mais inteligente do que o que provou ainda agora, ao dizer que o príncipe precisa casar-se, claro que não com a porcalhona da Nastácia. Aí ele passou dos limites.

— Escute, mamãe! diga francamente: a senhora está perguntando isso por curiosidade ou com uma intenção?

— Estou apenas perguntando: por que isto te parece tamanho absurdo?

— Ah, que chateação! Topar com um destino como esse! — exclama Zina batendo com os pés de impaciência. — Eis por que, se até agora a senhora não sabe: já sem falar de todos os outros absurdos — aproveitar-se de que o velhote perdeu o juízo, enganá-lo, casar com ele, com um inválido, para arrancar seu dinheiro e depois, a cada dia, a cada hora desejar sua morte, a meu ver isso não é apenas um absurdo, mas, acima de tudo, é tão baixo, tão baixo que não a felicito por semelhantes ideias, mamãe!

Fez-se um silêncio de cerca de um minuto.

— Zina! Tu te lembras do que aconteceu dois anos atrás? — perguntou de súbito Mária Alieksándrovna.

Zina estremeceu.

— Mamãe! — disse ela com voz severa —, a senhora prometeu solenemente nunca me lembrar sobre aquilo.

— Mas agora te peço solenemente, minha filha, que me permitas apenas uma vez violar aquela promessa que até hoje nunca violei. Zina! chegou a hora de uma explicação completa entre nós duas. Esses dois anos em silêncio foram terríveis! Assim não pode continuar!... Estou disposta a te implorar de joelhos que me permitas falar. Estás ouvindo, Zina? Tua mãe te implora de joelhos! Junto com isto te dou minha palavra solene — a palavra de uma mãe infeliz, que adora a sua filha, de que nunca, de maneira nenhuma, em quaisquer circunstâncias, mesmo que se trate da salvação de minha vida, nunca mais falarei sobre isso. Será a última vez, mas agora é indispensável!

Mária Alieksándrovna esperava que suas palavras tivessem surtido um efeito completo.

— Fale — disse Zina, empalidecendo visivelmente.

— Agradeço-te, Zina. Dois anos atrás, o pequeno Mítia,[34] teu falecido irmão, tinha aulas com um professor...

— Mas por que começas de modo tão solene, mamãe! Por que toda essa eloquência, todos esses pormenores, que são totalmente desnecessários, que são duros e assaz tão co-

---

[34] Diminutivo de Dmitri. (N. do T.)

O sonho do titio

nhecidos de nós duas? — interrompeu Zina com uma repulsa raivosa.

— Porque eu, minha filha, sendo tua mãe, sou forçada neste momento a me justificar diante de ti! Porque quero te expor todo esse assunto de um ponto de vista totalmente oposto, e não daquele ponto de vista equivocado do qual costumas encará-lo. Para que, enfim, compreendas melhor a conclusão que pretendo tirar de tudo isso. Não penses, minha filha, que eu queira brincar com teu coração! Não, Zina, encontrarás em mim uma mãe de verdade. E talvez, banhada em lágrimas, a meus pés, aos pés de uma *mulher baixa* como acabaste de me chamar, tu mesma venhas a pedir a reconciliação que há tanto tempo e de modo tão presunçoso vens rejeitando. Eis por que quero dizer tudo, Zina, tudo desde o início; de outra forma não posso!

— Diga — repetiu Zina, amaldiçoando de todo o coração a necessidade de eloquência de sua mamãe.

— Continuo, Zina: aquele professor do colégio distrital, ainda quase menino, causa em ti uma impressão totalmente incompreensível para mim. Eu confiei demais no teu bom senso, no teu orgulho nobre e, sobretudo, na insignificância dele (porque é preciso dizer tudo) para suspeitar minimamente alguma coisa entre os dois. E súbito me procuras e me anuncias com decisão que tencionas casar-te com ele! Zina! Aquilo foi uma punhalada em meu coração! Dei um grito e desmaiei. Porém... tu mesma entendes tudo isso! É claro que achei necessário usar todo o meu poder, que tu chamas de tirania. Imagina: um menino, filho de um sacristão, que recebe doze rublos por mês de vencimentos, um escrevinhador de uns versinhos reles, que por compaixão publicam na *Biblioteca para Leitura*,[35] que só sabe falar daquele maldito

---

[35] *Bibliotiéka dliá Tchtiénia*, popular revista de divulgação de literatura na Rússia do século XIX. (N. do T.)

Shakespeare — aquele menino sendo teu marido, o marido de Zinaída Moskaliova! Mas isso é digno de um Florian[36] e seus pastores! Perdão, Zina, mas a simples lembrança disso já me deixa fora de mim! Eu recusei a proposta dele, mas nenhum poder pôde te deter. Teu pai, é claro, limitou-se a arregalar os olhos e inclusive não entendeu o que eu começava a lhe explicar. Tu continuas tuas relações com aquele menino, até os encontros, porém o mais terrível de tudo é que resolves te corresponder com ele. Os boatos já começam a se espalhar pela cidade. Começam a me alfinetar com insinuações; já estão satisfeitos, já andam trombeteando aos quatro ventos, e súbito todas as minhas previsões se realizam da forma mais solene. Vocês dois brigam por algum motivo; ele se revela o mais indigno de ti... um menino (de maneira nenhuma posso chamá-lo de homem), e ameaça divulgar tuas cartas pela cidade. Diante desta ameaça, cheia de indignação, perdes o controle e dás um tapa na cara dele. Sim, Zina, até esse fato é do meu conhecimento! Estou a par de tudo, de tudo. No mesmo dia, o infeliz mostra uma de tuas cartas ao canalha do Zaúchin, e uma hora depois aquela carta já está em mãos de Natália Dmítrievna, minha inimiga mortal. Na tarde do mesmo dia aquele louco, arrependido, faz a absurda tentativa de envenenar-se com alguma coisa. Numa palavra, dá-se o mais terrível dos escândalos! A porcalhona da Nastácia corre assustada para minha casa, trazendo a terrível notícia: fazia uma hora inteira que a carta estava com Natália Dmítrievna; duas horas depois toda a cidade estaria sabendo da tua desonra! Eu me superei, não desmaiei — mas com que golpes atingiste meu coração, Zina! Aquela sem-vergonha, aquele monstro da Nastácia pede duzentos rublos de prata,

[36] Jean-Pierre Claris de Florian (1755-1794), escritor francês, autor de fábulas, pastorais e romances. Quase todas as suas obras foram traduzidas para o russo. (N. da E.)

O sonho do titio

jurando com isso conseguir a devolução da carta. Eu mesma saio de sapatos leves pela neve, corro, espero por Bumschtein e penhoro meu colar — lembrança da minha justa mãe! Duas horas depois a carta está em minhas mãos. Nastácia a roubara. Ela arrombou o porta-joias — minha honra estava salva —, não há mais provas. Mas em que estado de alarme me obrigaste a passar um dia terrível! No dia seguinte notei, pela primeira vez na vida, alguns fios de cabelo branco em minha cabeça. Zina! Julga tu mesma agora a atitude daquele garoto. Agora mesmo tu concordas, e talvez com um sorriso amargo, que foi o cúmulo da imprudência confiar a ele o teu destino. Mas desde então andas atormentada, torturada, minha filha; não consegues esquecê-lo, ou melhor, não a ele — que sempre foi indigno de ti —, mas o fantasma da felicidade perdida. Agora aquele infeliz está no leito de morte; dizem que está com tísica, e quanto a ti — anjo de bondade! —, não queres te casar enquanto ele estiver vivo para não despedaçar o coração dele, porque até hoje ele vive atormentado pelo ciúme, embora eu esteja certa de que ele nunca te amou de verdade, de forma sublime! Sei que depois de ouvir sobre as aspirações de Mozglyákov ele ficou espionando, enviando gente às ocultas, interrogando. Tu o poupas, minha filha, eu te decifrei, e Deus está vendo com que lágrimas amargas eu banhei meu travesseiro!...

— Ora, pare com tudo isso, mamãe! — interrompe Zina com uma tristeza inexprimível. — Aqui só faltava mesmo o teu travesseiro — acrescenta ela em tom ferino. — A senhora não consegue passar sem declamações nem esquisitices!

— Tu não acreditas em mim, Zina! Não me olhes com hostilidade, minha filha! Durante esses dois anos meus olhos não secaram, mas escondi de ti as minhas lágrimas e juro que mudei muito durante esses anos! Faz muito tempo que compreendi os teus sentimentos e, confesso, só agora conheci toda a força da tua saudade. Podes me acusar, minha amiga, de que vi essa afeição como um romantismo inspirado por aquele maldito Shakespeare, que como de propósito mete seu nariz em toda parte onde não é chamado. Que mãe vai me censurar pelo susto daquele momento, pela tomada de medidas, pela severidade do meu julgamento? Mas hoje, hoje, vendo os dois anos de teu sofrimento, compreendo e aprecio os teus sentimentos. Acredita que eu te compreendi talvez bem melhor do que tu mesma te compreendes. Estou certa de que não é a ele que amas, aquele rapazola artificial, mas sim os teus sonhos dourados, a tua felicidade perdida, os teus ideais sublimes. Eu mesma amei, e talvez com mais intensidade do que tu; eu mesma sofri; também tive meus ideais sublimes. Por isso, quem hoje pode me acusar; sobretudo, podes tu me acusar pelo fato de que eu considero a união com o príncipe a coisa mais salvadora, mais necessária para ti em tua situação atual?

Zina ouvia admirada toda essa longa declamação, sabendo perfeitamente que a mãe nunca assumiria esse tom sem uma causa. Mas a última e inesperada conclusão deixou-a totalmente pasma.

— Será mesmo que a senhora decidiu a sério me casar com esse príncipe? — bradou ela admirada, olhando para a mãe quase que assustada. — Logo, já não são apenas fantasias, não são projetos, mas sua firme decisão, sim? Logo, adivinhei? E... e de que maneira esse casamento me salvará e é necessário em minha situação? E... e... de que modo isso se concilia com o que a senhora acabou de dizer — com toda essa história?... decididamente não a entendo, mamãe!

— Mas me admira, *mon ange*,[37] como é possível que não entendas isso! — exclama Mária Alieksándrovna, por sua vez enchendo-se de ânimo. — Em primeiro lugar, pelo

---

[37] "Meu anjo", em francês no original. (N. do T.)

O sonho do titio

simples fato de que passas a viver em outra sociedade, em outro mundo! Deixas para sempre esta cidadezinha repugnante, cheia de lembranças terríveis para ti, onde não encontras uma saudação, um amigo, onde foste caluniada, onde todas essas maritacas te odeiam por tua beleza. Podes até partir nesta mesma primavera para o exterior, a Itália, a Suíça, a Espanha, para a Espanha, Zina, onde fica Alhambra, onde fica Guadalquivir, e não esse riachozinho reles de nome indecente...

— Mas chega, mamãe, a senhora fala de um jeito como se eu estivesse casada ou pelo menos já tivessem me pedido em casamento!

— Não te preocupes com isso, meu anjo, sei o que estou dizendo. Mas me permita continuar. Já disse a primeira coisa, agora vem a segunda: compreendo, minha filha, com que repulsa darias tua mão àquele Mozglyákov...

— A senhora nem precisa dizer, sei que nunca serei mulher dele! — respondeu Zina exaltada, e seus olhos brilharam.

— Se tu soubesses como entendo a tua repulsa, minha amiga! É um horror jurar, perante o altar de Deus, amor por alguém que não se pode amar! É um horror pertencer a alguém que a gente sequer respeita! Mas ele reclama o teu amor; por isso quer casar-se, isso eu sei quando ele te olha, quando tu dás as costas. Por que terias de fingir?! Eu mesma venho experimentando isso há vinte e cinco anos. Teu pai me destruiu. Ele, pode-se dizer, exauriu toda a minha mocidade, e quantas vezes tu viste as minhas lágrimas!...

— Papai está no campo, deixe-o em paz, por favor! — respondeu Zina.

— Sei que és uma eterna defensora dele. Ah, Zina! Eu ficava com o coração na mão quando, por cálculo, desejava teu casamento com Mozglyákov. Já com o príncipe não tens nenhuma razão para fingir. Naturalmente não podes amá-lo...

com amor, e ademais ele mesmo *não é capaz* de exigir tal amor...

— Meu Deus, que absurdo! Mas asseguro que a senhora se enganou desde o início, e no mais importante! A senhora sabe que não quero me casar, com ninguém, e vou ficar para titia! A senhora passou dois anos me corroendo porque não me caso. E daí? a senhora terá de se resignar com isso. Não quero e pronto! E assim será!

— Mas Zínotchka,[38] queridinha, não te irrites, pelo amor de Deus, sem antes me ouvires! Que cabeça quente é essa tua, palavra! Permita-me expor meu ponto de vista e no mesmo instante concordarás comigo. O príncipe vai viver mais um ano, se muito dois, e, a meu ver, é melhor ser uma jovem viúva do que uma velha solteirona, já sem falar que, por morte dele, serás uma princesa, livre, rica, independente! Minha amiga, talvez vejas com desprezo todos esses cálculos — cálculos com a morte dele! Mas eu sou mãe, e que mãe me condenaria por enxergar longe? Por fim, anjo de bondade, se até agora tens compaixão daquele garoto, se te compadeces a ponto de não querer sequer casar enquanto ele estiver vivo (como adivinho), então pensa que, casando-te com o príncipe, tu o farás ressuscitar espiritualmente, tu o deixarás contente! Se nele houver uma gota sequer de bom senso, ele, é claro, compreenderá que ter ciúme do príncipe é incabível, ridículo; compreenderá que te casaste por cálculo, por necessidade. Enfim, compreenderá... isto é, estou simplesmente querendo dizer que com a morte do príncipe poderás te casar de novo com quem quiseres...

— Simplesmente me casar: casar com o príncipe, esbulhá-lo e depois contar com a morte dele para em seguida me

---

[38] Diminutivo de Zina, que, por sua vez, é um hipocorístico do nome Zinaída. (N. do T.)

O sonho do titio

casar com o amante. A senhora resume com astúcia as suas conclusões! A senhora procura me seduzir, propondo-me... Eu a entendo, mamãe, entendo perfeitamente! Nada faz a senhora deixar de apresentar sentimentos nobres, nem mesmo num caso abominável. Seria melhor que a senhora fosse direta e simples: "Zina, isto é uma canalhice, mas é vantajosa e por isso concorda com ela!". Pelo menos isso seria mais franco.

— Mas, minha filha, por que ver a coisa forçosamente desse ponto de vista — do ponto de vista do embuste, da perfídia e da cobiça? Achas meus cálculos uma baixeza, um embuste? Mas, por tudo o que é sagrado, onde está o embuste, que baixeza é essa? Olha para ti mesma no espelho: és tão bela que por ti se pode dar um reinado! E de repente tu — tu, uma beldade — sacrificas ao velho teus melhores anos! Tu, como uma estrela bela, iluminarás o ocaso da vida dele; tu, como uma hera verde, gravitarás em torno da velhice dele, tu e não aquela urtiga, aquela mulher torpe que o enfeitiçou e suga com avidez as seivas dele! Será que o dinheiro dele, o principado dele valem mais que tu? Onde estão então o embuste e a baixeza? Tu mesma não sabes o que dizes, Zina!

— Certo, valem se é preciso me casar com um inválido! É um embuste, mamãe, será sempre um embuste, quaisquer que sejam os objetivos.

— Ao contrário, minha amiga, ao contrário! pode-se olhar para isto até do alto, até de um ponto de vista cristão, minha filha! Certa vez, tu mesma, tomada de algum furor, me disseste que querias ser irmã de caridade. Teu coração estava sofrendo, ensandecido. Dizias (sei disso) que ele já não conseguia amar. Se não acreditas no amor, volta os teus sentimentos para outro objeto mais sublime, volta-os sinceramente, como uma criança com toda a fé e um sentido sagrado — e Deus te abençoará. Aquele velho também sofreu, é infeliz, vem sendo perseguido; já o conheço há vários anos e sempre nutri por ele uma simpatia incompreensível, um tipo de amor, como se pressentisse alguma coisa. Sê tu a amiga dele, sê tu filha dele, sê, talvez, um brinquedo dele — já que era para dizer tudo! — mas aquece o coração dele e farás isto para Deus, pela virtude! Ele é risível — não olhes para isso. Ele é um meio homem — tem compaixão dele: és uma cristã! Força tua natureza; a gente sempre se impõe proezas assim. Na nossa visão é duro fazer curativos num hospital; é repugnante respirar o ar contaminado de um hospital militar; mas existem os anjos de Deus que fazem isso e bendizem a Deus por sua missão. Eis um remédio para o teu coração ofendido, uma ocupação, uma proeza — e curarás as tuas feridas. Onde está o egoísmo, onde está a baixeza nisso? Mas não acreditas em mim! Talvez penses que finjo ao falar de dever e proezas. Não és capaz de compreender como eu, uma mulher de sociedade, fútil, posso ter coração, sentimentos, preceitos, hein? Então? não acredites, ofende tua mãe, mas concorda que suas palavras são sensatas, salvadoras. Imagina, vai, que não sou eu que estou falando, mas outra; fecha os olhos, volta-te para o canto, e imagina que quem te fala é alguma voz invisível... Perturba-te que isto tudo se faça por dinheiro, como se fosse alguma operação de compra e venda, não é? Então recusa enfim o dinheiro se o dinheiro para ti é tão odioso! Reserva para ti o indispensável e distribui tudo aos pobres. Ajuda, por exemplo, ao menos a ele, àquele infeliz no leito de morte.

— Ele não aceitaria nenhuma ajuda — proferiu Zina baixinho, como que de si para si.

— Ele não aceitaria, mas a mãe dele aceitará — disse triunfante Mária Alieksándrovna —, ela aceitará às escondidas dele. Tu vendeste os teus brincos, presente de tua tia, e ajudaste a ela meio ano atrás; estou a par disso. Sei que a velha lava roupa para fora para alimentar seu filho infeliz.

— Logo ela não precisará de ajuda.

O sonho do titio

— Também estou sabendo disso que insinuas — emendou Mária Alieksándrovna, e uma inspiração, uma verdadeira inspiração se apoderou dela —, sei do que estás falando. Dizem que ele está com tísica e logo morrerá. Mas quem diz isso? Por esses dias perguntei de propósito por ele a Kallist Stanislávitch; interessei-me por ele porque tenho coração, Zina. Kallist Stanislávitch me respondeu que a doença evidentemente é perigosa, mas que até agora está confiante de que o coitado não sofre de tísica, apenas de um distúrbio bastante forte no peito. Tu mesma poderias perguntar. Ele me disse com segurança que em outras circunstâncias, sobretudo com mudança do clima e das impressões, o doente poderia curar-se. Disse que na Espanha — e antes eu mesma tinha ouvido falar e até lido — existe uma ilha inusitada, parece que Málaga —, numa palavra, parece que um tipo de vinho — onde não só doentes do peito mas até tísicos ficaram inteiramente curados só com o clima, e que para lá vai gente com o propósito de curar-se, naturalmente apenas magnatas ou até, talvez, comerciantes, só que muito ricos. Mas só aquela mágica Alhambra, aquelas murtas, aqueles limões, aqueles espanhóis em suas mulas! — só isso já produz uma impressão incomum numa natureza poética. Tu pensas que ele não aceitará tua ajuda, teu dinheiro para esse passeio? Então o engana se tens compaixão! O engano é perdoável para salvar uma vida humana. Dá-lhe esperança, promete-lhe enfim o teu amor; diz que te casarás com ele quando enviuvares. Tudo no mundo se pode dizer de um modo nobre. Tua mãe não te ensinará nada que não seja nobre, Zina; farás isso para salvar a vida dele e por essa razão tudo é permitido! Tu o ressuscitarás com esperança; ele mesmo começará a prestar atenção em sua saúde, a tratar-se, a obedecer aos médicos. Se empenhará em renascer para a felicidade. Se ele se curar, mesmo que não te cases com ele, ainda assim ele estará curado, ainda assim tu o terás salvado, o terás ressuscitado! Por fim, pode-se até olhar para ele com compaixão! Talvez o destino o tenha ensinado e mudado para melhor, e se ele vier a ser digno de ti — vá lá, casa-te com ele quando estiveres viúva. Serás rica, independente. Curando-o, podes conseguir para ele uma posição na sociedade, uma carreira. Então teu casamento com ele será mais desculpável do que agora, quando é inviável. O que os esperaria aos dois se se decidissem agora por semelhante loucura? O desprezo geral, a miséria, puxões de orelha nas crianças, porque isto faz parte da função dele, leituras de Shakespeare a dois, a eterna permanência em Mordássov e, por último, a morte dele, próxima e inevitável. Ao passo que, ressuscitando-o, tu o ressuscitas para uma vida útil, para a virtude; perdoando-o, tu o farás adorar-te. Ele anda atormentado por sua funesta atitude, ao passo que tu, descortinando uma nova vida para ele, perdoando-o, lhe darás esperança e o reconciliarás consigo mesmo. Ele pode entrar para o serviço público, conseguir uma posição. Por fim, mesmo que ele não se cure, morrerá feliz, reconciliado consigo mesmo, em teus braços, porque tu mesma podes estar com ele em seus últimos minutos, ele seguro de teu amor, perdoado por ti, à sombra das murtas, dos limões, de um exótico céu azul! Oh, Zina! tudo isto está em tuas mãos! Todas as vantagens estão do teu lado — e tudo isso passa pelo casamento com o príncipe.

Mária Alieksándrovna terminou. Fez-se um silêncio bastante longo. Zina estava numa agitação inexprimível.

Não nos atrevemos a descrever os sentimentos de Zina — não podemos adivinhá-los. Mas parece que Mária Alieksándrovna encontrara o verdadeiro caminho para o seu coração. Sem saber em que situação encontrava-se agora o coração da filha, ela reuniu todas as situações em que ele poderia encontrar-se e, por fim, adivinhou que havia tomado o caminho certo. Tocou grosseiramente os pontos mais frágeis do coração de Zina e, é claro, por hábito não pôde passar

O sonho do titio

65

sem exibir sentimentos nobres que, ao que parece, não ofuscaram Zina. "Mas para que isso? ela não acredita em mim — pensava Mária Alieksándrovna —, preciso apenas fazê-la meditar! basta apenas insinuar com mais habilidade aquilo que não devo dizer diretamente!" Assim ela pensou e atingiu seu objetivo. O efeito foi produzido. Zina ouvira avidamente. Suas faces ardiam, o peito se agitava.

— Escute, mamãe — enfim Zina falou com firmeza, embora uma palidez que súbito estampou-se em seu rosto mostrasse com clareza o quanto lhe custava essa firmeza. — Ouça, mamãe...

Mas nesse instante um súbito ruído que vinha da sala de visitas e uma voz ríspida e esganiçada, que perguntava por Mária Alieksándrovna, fizeram Zina parar de repente. Mária Alieksándrovna levantou-se de um salto.

— Ah, meu Deus! — gritou ela —, é o diabo que me traz aquela mariţaca, a mulher do coronel! Ora, quase a toquei porta afora duas semanas atrás! — exclamou, quase caindo em desespero. — Contudo... mas agora não posso deixar de recebê-la! Não posso! Na certa vem trazendo notícias, senão não se atreveria a aparecer. Isso é importante, Zina! Preciso saber... neste momento não se deve desprezar nada! Mas como estou agradecida por sua visita! — gritou Mária Alieksándrovna, precipitando-se ao encontro da visita que entrara. — Como a senhora resolveu se lembrar de mim, inestimável Sófia Pietrovna? Que en-can-ta-dora surpresa!

Zina saiu correndo da sala.

VI

A *coronela* Sófia Pietrovna Farpúkhina só moralmente se parecia com uma maritaca. Pelo físico se parecia mais com um pardal. Era uma cinquentona baixa, de olhos penetrantes, com sardas e umas manchas amarelas por todo o rosto. Sobre seu corpinho miúdo e mirrado, sobre umas perninhas de pardal finas e fortes, havia um vestido de seda escuro, que sempre fazia ruído, porque a *coronela* não conseguia passar dois segundos parada. Era uma mexeriqueira funesta e vingativa. A condição de coronela era sua alucinação. Com muita frequência brigava com o marido, um coronel reformado, e unhava-lhe o rosto. Além disso, bebia uns quatro cálices de vodka pela manhã e o mesmo à tardinha e nutria um ódio mortal por Anna Nikoláievna Antípova, que uma semana antes a expulsara de sua casa, assim como odiava Natália Dmítrievna Paskúdina, que contribuíra para a expulsão.

— Vim aqui só por um minuto, *mon ange* — começou ela chilreando. — Sentei-me à toa. Vim apenas para lhe contar que maravilhas andam fazendo aqui entre nós. A cidade inteira simplesmente enlouqueceu por causa daquele príncipe! Nossas espertalhonas — *vous comprenez!* — andam à cata dele, o agarram, o requestam, lhe dão champanhe — a senhora não vai acreditar! não vai acreditar! E como é que a senhora resolveu deixá-lo sair de sua casa? Sabe que neste momento ele está em casa de Natália Dmítrievna?

— De Natália Dmítrievna! — exclamou Mária Alieksándrovna, saltando do lugar. — Ora, mas ele foi apenas à

O sonho do titio

67

casa do governador, e depois talvez fosse à casa de Anna Nikoláievna, e assim mesmo por pouco tempo!

— Pois é, por pouco tempo; agora tente agarrá-lo! Não encontrou o governador em casa, depois foi para casa de Anna Nikoláievna, deu a palavra de que almoçaria com ela, e Natachka,[39] que agora não desgruda dela, arrastou-o para tomar café em sua casa antes do almoço. Eis como é o príncipe!

— Mas, e... Mozglyákov? Ele prometeu...

— A senhora, sempre gabando seu Mozglyákov!... Ora, ele também foi com o príncipe para lá mesmo! Vai ver que ficará plantado à mesa de jogo — vai tornar a perder tudo no jogo, como no ano passado! E também vão plantar o príncipe no carteado, vão depená-lo. E que coisas ela, essa tal de Natachka, anda espalhando! Grita em voz alta que a senhora seduziu o príncipe e... com determinados fins — *vous comprenez*. Ela mesma fala disso com ele. Ele, claro, não compreende nada, fica lá sentado feito um gato molhado, e a qualquer coisa que se diz, responde: "Pois é! pois é!". Ela mesma, ela mesma levou para lá a sua Sonka![40] — imagine: quinze anos, e ainda de vestidinho curto! tudo só até à canela, como a senhora pode imaginar... Mandaram chamar Machka,[41] aquela órfã que também anda de vestidinho curto, só que ainda mais acima dos joelhos — fiquei observando pelo lornhão... Puseram na cabeça das duas uns chapeuzinhos com penas — já nem sei o que isso representa! — e forçaram as duas baixotas desengonçadas a dançar a *kazatchok*[42] para

---

[39] Diminutivo de Natacha, que, por sua vez, é um hipocorístico de Natália. (N. do T.)

[40] Um dos diminutivos de Sônia. (N. do T.)

[41] Diminutivo de Macha, que, por sua vez, é um hipocorístico de Mária. (N. do T.)

[42] Dança popular russa. Esse episódio de uso e exploração de crian-

o príncipe, acompanhadas ao piano! A senhora conhece a fraqueza daquele príncipe? Ficou todo derretido: "Que formas, diz ele, que formas!". Olha para elas pelo lornhão, e elas fazem fita, aquelas duas maritacas! Coraram, torceram as pernas, e produziram tal *monplesir* que aos presentes só restou um "fu!". É a dança! Eu mesma dancei de xale numa formação no internato de Madame Jarnie para moças nobres — e minha dança foi muito elegante. Fui aplaudida por senadores! Lá se educam princesas e filhas de condes! Mas aqui foi simplesmente um cancã. Morri de vergonha, morri, morri! Simplesmente, não consegui ficar até o fim!...

— Mas... por acaso a senhora esteve em casa de Natália Dmítrievna? porque a senhora...

— Pois é, ela me ofendeu na semana passada. Conto isso abertamente a todo mundo. *Mais, ma chère!*, eu queria olhar para aquele príncipe nem que fosse por uma frestinha da porta, e por isso fui para lá. Senão, onde eu iria vê-lo? Eu lá iria à casa dela não fosse aquele principezinho?! Imagine: serviram chocolate a todo mundo, menos a mim, e em nenhum momento ligaram para mim. Ora, ela estava fazendo isso de propósito... barrica duma figa! Agora estou por conta com ela! Mas adeus, *mon ange*, tenho pressa, pressa... tenho de encontrar Akulina Panfílova e contar a ela... Agora a senhora pode dar adeus ao príncipe! ele não vai mais aparecer por aqui. Sabe — ele não tem memória, assim Anna Nikoláievna vai forçosamente arrastá-lo para sua casa! Todas elas temem que a senhora apronte uma... entende? a respeito de Zina...

— *Quelle horreur!*[43]

— É o que estou lhe dizendo! A cidade inteira grita so-

ças e adolescentes ilustra a preocupação de Dostoiévski com o destino das crianças, tema recorrente em todos os seus grandes romances. (N. do T.)

[43] "Que horror!", em francês no original. (N. do T.)

O sonho do titio

bre isso. Anna Nikoláievna quer forçosamente segurá-lo para o almoço e depois prendê-lo de vez. Isso é de pirraça com a senhora, *mon ange*. Olhei pela fresta de uma porta no pátio da casa dela. Estão numa enorme azáfama: preparando o almoço, batendo com os talheres... mandaram comprar champanhe. Apresse-se, apresse-se e o intercepte quando ele estiver a caminho da casa dela. Ora, foi com a senhora que ele prometeu almoçar! O hóspede é seu e não dela! Para rir da senhora, aquela espertalhona, aquela intrigante, aquele traste. Ela não vale nem a sola do meu sapato, mesmo sendo a mulher do promotor! Eu mesma sou coronela! Fui educada no internato de Madame Jarnie para moças nobres... fu! *Mais adieux, mon ange!* Estou com meu trenó, senão iria com a senhora.

O jornal ambulante se foi, Mária Alieksándrovna começou a tremer de inquietação, mas o conselho da coronela foi extremamente claro e prático. Não havia razão para demora, nem tempo. Mas ainda restava a dificuldade principal. Mária Alieksándrovna precipitou-se para o quarto de Zina.

Zina andava para frente e para trás pelo quarto, com os braços cruzados, de cabeça baixa, pálida e aflita. Havia lágrimas em seus olhos; mas a firmeza brilhava no olhar, que ela fixou na mãe. Às pressas escondeu as lágrimas e um sorriso sarcástico apareceu em seus lábios.

— Mamãe — disse ela, prevenindo Mária Alieksándrovna —, a senhora acabou de gastar comigo muito da sua eloquência, demais da conta. Mas não conseguiu me cegar. Não sou uma criança. Querer eu me convencesse que de que cometo uma proeza de irmã de caridade sem ter para isto nenhuma vocação, alegar objetivos nobres para justificar baixezas que só se cometem por egoísmo — tudo isso é uma hipocrisia que não conseguiu me enganar. Ouça: não conseguiu me enganar, e quero, é forçoso que a senhora saiba disso!

— Mas, *mon ange*!... — bradou Mária Alieksándrovna, intimidada.

— Cale-se, mamãe! Tenha a paciência de me ouvir até o fim. Apesar de eu ter a plena consciência de que tudo isso é mera hipocrisia, apesar de minha plena convicção da absoluta baixeza de semelhante ato, aceito plenamente sua proposta, escute: *plenamente*, e lhe comunico que estou disposta a me casar com o príncipe e até a contribuir com todos os seus esforços para levá-lo a se casar comigo. Por que faço isso? A senhora não precisa saber. Basta a minha decisão. Estou por tudo: vou levar as botas a ele, ser uma serviçal dele, dançar para o prazer dele com o fim de atenuar minha baixeza diante dele; usarei de todos os recursos deste mundo para que ele não se arrependa de ter se casado comigo! Mas, em troca de minha decisão, exijo que a senhora me diga com franqueza: de que modo vai arranjar tudo isso? Se a senhora tocou nesse assunto com tanta persistência, então — eu a conheço — não teria começado se não tivesse em mente algum plano definido. Seja franca ao menos uma vez na vida; a franqueza é a condição indispensável! Não posso decidir sem saber positivamente como a senhora vai fazer tudo isso.

Mária Alieksándrovna ficou tão preocupada com a inesperada conclusão de Zina que passou algum tempo muda e imóvel de surpresa diante dela, olhando-a com os olhos arregalados. Preparada para combater o persistente romantismo de sua filha, cuja nobreza severa ela sempre temia, ouviu de súbito que a filha estava de pleno acordo com ela e disposta a tudo, inclusive contrariando suas convicções! Por conseguinte, o assunto ganhara uma solidez incomum — e a alegria brilhou em seus olhos.

— Zínotchka! — exclamou com fervor. — Zínotchka! És carne e sangue de mim!

Não conseguiu proferir mais nada e precipitou-se a abraçar a filha.

O sonho do titio   71

— Ah, meu Deus! não estou pedindo os seus abraços, mamãe — gritou Zina com uma repulsa impaciente —, não preciso dos seus arroubos! exijo da senhora uma resposta à minha pergunta e nada mais.

— Mas, Zina, acontece que te amo! Eu te adoro, mas tu me rejeitas... Ora, é para tua felicidade que me empenho...

E lágrimas sinceras brilharam em seus olhos. Mária Alieksándrovna de fato amava Zina, *a seu modo*, e desta vez, levada pelo êxito e pela agitação, ficara sumamente comovida. Zina, apesar de certas limitações de sua real visão das coisas, compreendia que a mãe a amava e se sentia incomodada com esse amor. Para ela seria até mais fácil se a mãe a odiasse...

— Bem, mamãe, não se zangue, estou muito nervosa — disse Zina para tranquilizá-la.

— Não estou zangada, meu anjinho! — piou Mária Alieksándrovna, animando-se de pronto. — Ora, eu mesma compreendo que estás nervosa. Pois bem, minha amiga, exiges franqueza... Permite-me, serei franca, usarei de toda a franqueza, eu te asseguro! Contanto que acredites em mim. E, em primeiro lugar, eu te digo que um plano inteiramente definido, isto é, em todos os detalhes, ainda não tenho, Zínotchka, aliás, não pode haver; tu, como uma cabecinha inteligente, compreendes o porquê. Eu até prevejo algumas dificuldades... Por exemplo, aquela maritaca acabou de matraquear isso e aquilo em meus ouvidos... (ah, meu Deus! preciso me apressar!) Vês, estou usando de toda a franqueza, mas te juro que atingirei o objetivo! — acrescentou em êxtase. — Minha certeza não tem nada de poesia, como acabaste de dizer, meu anjo; tem base em fatos concretos. Baseia-se na absoluta debilidade mental do príncipe — e isto é a base sobre a qual se pode tramar o que der na telha. O principal é que ninguém atrapalhe! Ora, não serão aquelas imbecis que hão de me passar a perna — bradou Mária Alieksándrovna, batendo com a mão na mesa e com os olhos brilhando —, esse é um assunto meu! E para tanto o mais necessário é começar da maneira mais rápida possível, até para concluir hoje toda a parte principal, caso seja viável.

— Está bem, mamãe, só que ouça mais uma... *franqueza*: sabe por que me interesso tanto pelo seu plano e não acredito nele? Porque não confio em mim mesma. Já disse que me decidi por essa baixeza; mas se os pormenores do seu plano já forem demasiadamente repugnantes, sórdidos demais, eu lhe comunico que não suportarei e largarei tudo. Sei que se trata de uma nova baixeza: decidir-me pela baixeza e temer a sujeira em que ela nada, mas o que fazer? Será forçosamente assim!...

— Mas, Zínotchka, que baixeza especial há nisso, *mon ange*? — quis objetar com timidez Mária Alieksándrovna. — Neste caso há apenas um casamento vantajoso, mas todo mundo faz isso! Basta apenas vê-lo deste ponto de vista e tudo parecerá muito nobre...

— Ah, mamãe, pelo amor de Deus, nada de astúcia comigo! A senhora está vendo que concordo com tudo, com tudo! — O que mais a senhora quer? Por favor, não tema se eu chamo as coisas por seus nomes. Talvez isso seja o meu único consolo neste momento!

E um sorriso amargo apareceu em seus lábios.

— Ora, ora, está bem, meu anjinho, podemos discordar das ideias e ainda assim estimarmos uma à outra. Só que se tu te preocupas com os pormenores e temes que sejam sórdidos, então deixa comigo todas essas preocupações; juro que nenhuma gota de sujeira respingará em ti. Eu iria querer te comprometer aos olhos de todos? Confia só em mim e tudo se arranjará de modo magnífico, com a maior nobreza, sobretudo com a maior nobreza! Não haverá nenhum escândalo, e se houver um escandalozinho pequeno, indispensável — assim... algum! — nós estaremos longe! Ora, não vamos

O sonho do titio
73

permanecer aqui! Que as pessoas gritem alto e bom som, nós nos lixaremos para elas! Terão inveja de nós. Pensando bem, vale a pena nos preocuparmos com elas? Até me deixas admirada, Zínotchka (mas não te zangues comigo): como tu, com teu orgulho, tens medo delas?

— Ah, mamãe, não tenho nenhum medo delas! a senhora não me entende absolutamente! — respondeu Zina em tom irritado.

— Ora, ora, queridinha, não te zangues! Estou apenas querendo dizer que elas mesmas fazem a sua sujeira todo santo dia, ao passo que tu estás apenas fazendo só uma vezinha na vida... Arre, o que estou dizendo, sou uma imbecil! Não estás fazendo nenhuma sujeira! Que sujeira há nisso? Ao contrário, isso é até mais que nobre. Vou demonstrá-lo categoricamente a ti, Zínotchka. Em primeiro lugar, tudo depende do ponto de vista com que olhamos as coisas...

— Ora, chega, mamãe, com as suas demonstrações! — gritou Zina irada e bateu o pé com impaciência.

— Bem, queridinha, não faço mais, não faço mais! Tornei a me descontrolar com lorotas...

Fez-se um pequeno silêncio. Mária Alieksándrovna acompanhava Zina com resignação e a olhava com impaciência nos olhos, como um pequeno cãozinho culpado olha sua senhora nos olhos.

— Eu inclusive não entendo de que jeito a senhora vai tratar desse assunto — continuou Zina com repugnância. — Estou certa de que a senhora só encontrará vergonha pela frente. Desprezo a opinião daquela gente, mas para a senhora será uma vergonha.

— Oh, se é isso que te preocupa, meu anjo, por favor, não te preocupes! Eu te peço, te imploro! É só estarmos de acordo, e quanto a mim, não te preocupes. Oh, se tu soubesses de que enrascadas eu saí ilesa. Já resolvi coisas mais complicadas! Permite-me ao menos tentar! Em todo caso, antes de mais nada preciso estar a sós com o príncipe o mais rápido possível. Isto é a primeiríssima coisa! disto vai depender todo o resto! Mas eu já pressinto também o resto. Elas todas vão se rebelar, mas... isto não tem importância! Eu mesma vou passar uma descompostura nelas! Ainda há Mozglyákov para me deixar com receio...

— Mozglyákov? — proferiu Zina com desdém.

— Pois é, pois é, Mozglyákov. Só que não precisas temer, Zínotchka! eu te juro que aprontarei tal coisa com ele que ele mesmo acabará nos ajudando! Ainda não me conheces, Zínotchka! Ainda não sabes como sou em ação! Ah, Zínotchka, queridinha! ainda há pouco, ao ouvir a conversa sobre aquele príncipe, logo já me borbulhou uma ideia na cabeça! Foi como se tudo se houvesse iluminado de um estalo. E quem poderia, quem poderia esperar que ele viesse para nossa casa? Ora, pois, em mil anos não haveria semelhante oportunidade! Zínotchka! anjinho! Não é desonra tu te casares com um velho inválido, mas seria se te casasses com alguém que não consegues suportar e de quem, por outro lado, serias *efetivamente* a mulher! Vê, não serás de fato a esposa do príncipe. Porque isso não é nem um casamento! É apenas um contrato doméstico! Pois para ele, o tolo, será uma vantagem — a ele, o tolo, darão uma felicidade preciosa! Ah, que beldade estás hoje, Zínotchka! Uma superbeldade, e não beldade! Eu, se fosse homem, te daria meio reino se o quisesses! Os homens são todos uns asnos! Ora, como não beijar essa mãozinha? — E Mária Alieksándrovna beijou ardentemente a mão da filha. — Vê, este é meu corpo, minha carne, meu sangue! Temos que casar aquele tolo ainda que seja à força! Bem, Zina, e como nós duas vamos viver? Tu não vais te separar de mim, hein, Zínotchka? Ora, não vais escorraçar tua mãe quando alcançares a felicidade! Embora às vezes brigássemos, meu anjinho, mesmo assim não tiveste uma amiga como eu; apesar de tudo...

O sonho do titio

— Mamãe! Já que decidimos, talvez esteja na hora de a senhora fazer alguma coisa. Aqui a senhora só está perdendo tempo! — disse Zina com impaciência.

— É hora, é hora, Zínotchka, é hora! Tagarelei demais! — Mária Alieksándrovna caiu em si. — Lá elas estão querendo seduzir completamente o príncipe. Agora mesmo vou tomar a carruagem e partir! Chego lá, chamo Mozglyákov e aí... eu o retirarei à força, se for preciso! Adeus, Zínotchka, adeus, minha pombinha, não te aflijas, não caias em dúvidas, não fiques triste, principalmente não fiques triste! tudo vai se arranjar magnificamente, da maneira mais nobre! O principal é o ponto de vista de onde se vê a coisa... bem, adeus!...

Mária Alieksándrovna abençoou Zina, correu para fora do quarto, um minuto depois se movimentava em seu aposento diante do espelho e dois minutos depois saiu rolando pelas ruas de Mordássov em sua carruagem, que diariamente, mais ou menos nesse horário, era atrelada para a eventualidade de sair. Mária Alieksándrovna vivia *en grand*.[44]

"Não, não são vocês que haverão de me passar a perna! — pensava ela em sua carruagem. — Zina concorda, logo, metade da coisa está feita; e aí dar com os burros n'água!? um absurdo! Ai, ai, Zina! Até que enfim concordaste! Então há outros calculozinhos agindo em tua cabeça! A perspectiva que lhe apresentei foi bem pensada! Tocou-a! Mas, como está bonita hoje! Ora, com a beleza dela eu reviraria a Europa inteira a meu modo! É, mas esperemos, Shakespeare será uma sombra quando se fizer princesa e conhecer certas pessoas. O que é que ela conhece? Mordássov e seu professor! Hum... Mas, que tipo de princesa será? Gosto do orgulho que há nela, da coragem, do seu jeito inacessível! tem no olhar um ar de rainha. Ora, ora, como não entender que levará vanta-

---

[44] "Às largas", em francês no original. (N. do T.)

gens? Até que enfim entendeu! E vai entender o resto... Seja como for, estarei com ela! Acabará concordando comigo em todos os pontos! Sem mim não passará! Eu mesma serei uma princesa; serei conhecida em Petersburgo. Adeus, cidadezinha! Morrerá esse príncipe, morrerá aquele rapazinho, e então eu a casarei com um príncipe herdeiro. No entanto estou com receios: será que não me abri demais com ela? Será que não fui excessivamente franca, será que não me comovi demais? Ela me assusta, oh, me assusta!"

E Mária Alieksándrovna mergulhou em suas reflexões. Desnecessário dizer: eram preocupantes. Acontece, porém, que se costuma dizer que a vontade é mais forte que a necessidade.

Uma vez sozinha, Zina ficou andando para a frente e para trás em seu quarto, com os braços cruzados, meditando. Repensou muita coisa. Repetia com frequência e de um modo quase inconsciente: "É hora, é hora, faz tempo que chegou a hora!". O que significava essa exclamação fragmentada? Mais de uma vez as lágrimas brilharam em seus longos e sedosos cílios. Ela não pensava em enxugá-las — em interrompê-las. Contudo era em vão que sua mãe procurava penetrar nos pensamentos de sua filha: Zina estava totalmente decidida e se preparava para todas as consequências...

"Espere aí! — pensava Nastácia Pietrovna, saindo da sua dispensa depois da partida da coronela. — E eu que pensei prender um lacinho rosado no cabelo para agradar aquele principezinho! E acreditei, imbecil, que ele viesse a se casar comigo! Essa é boa! Ah, Mária Alieksándrovna! Para a senhora sou uma porcalhona, uma miserável, aceito uma propina de duzentos rublos. Pudera eu perder a oportunidade de recebê-los de ti, sua emperiquitada de uma figa. Eu os aceitei de maneira nobre; aceitei conjugando os gastos com o assunto... Talvez eu mesma tivesse de dar propina! É da tua conta que eu não tenha sentido repulsa de quebrar o cadeado com

O sonho do titio

77

as minhas próprias mãos? Foi para ti que trabalhei, sua folgada de uma figa! Para ti a gente tem que dar nó em pingo d'água! Espera, eu mesma te mostrarei o nó! Vou mostrar a vocês duas que porcalhona eu sou! Vão conhecer Nastácia Pietrovna em toda a sua docilidade!"

VII

Mas Mária Alieksándrovna foi arrebatada por seu gênio. Ela engendrara um projeto grandioso e ousado. Casar a filha com um rico, com um príncipe, com um inválido, casá-la às escondidas de todos, aproveitando-se da debilidade mental do seu desamparado hóspede, e casá-la às furtadelas, como diriam os inimigos de Mária Alieksándrovna — não seria apenas uma ousadia mas até uma petulância. O projeto, sem dúvida, era vantajoso, mas em caso de fracasso cobriria sua inventora de uma vergonha inusitada. Mária Alieksándrovna sabia disso, mas não se desesperava. "Já saí ilesa de enrascadas semelhantes!" — dizia ela a Zina, e o dizia com justiça. Senão, que heroína seria ela?

É indiscutível que tudo isso se parecia um pouco com um assalto à mão armada numa estrada real; mas Mária Alieksándrovna nem para isto prestava maiores atenções. A esse respeito tinha uma ideia surpreendentemente correta: "Uma vez casados, já não se descasavam" — uma ideia simples, mas que seduzia a imaginação com vantagens tão incomuns que Mária Alieksándrovna começava a tremer e sentir arrepios só de imaginar tais vantagens. Em linhas gerais, ela estava presa de uma terrível inquietação e em sua carruagem parecia sentada sobre agulhas. Como uma mulher inspirada, dotada de uma indiscutível criatividade, já tivera tempo para criar seu plano de ação. Mas esse plano fora composto apenas em rascunho, no geral, *en grand*,[45] e ainda se apresentava a ela de modo meio obscuro. Mas Mária Alieksándrovna era autoconfiante: sua inquietação não era por medo do fracasso — não! ela queria apenas entrar depressa no combate, o mais rápido possível. A impaciência, uma impaciência nobre a queimava só de ela pensar em retenções e paradas. Contudo, ao falar de retenções pedimos autorização para explicar um pouco nosso pensamento. Mária Alieksándrovna pressentia e esperava a principal desgraça da parte de seus concidadãos nobres, dos mordassovianos e predominantemente do círculo das senhoras nobres de Mordássov. Conhecia por experiência todo o ódio irreconciliável que nutriam por ela. Sabia com certeza, por exemplo, que naquele momento a cidade talvez já conhecesse tudo a respeito de suas intenções, embora ela ainda não tivesse dito nada a ninguém. Sabia, por sua experiência muitas vezes triste, que não havia um caso, nem mesmo o mais secreto, que se tivesse passado em sua casa pela manhã e ao entardecer já não fosse do conhecimento da última barraqueira do mercado, da última balconista de uma venda. É claro que Mária Alieksándrovna ainda estava apenas pressentindo a desgraça, mas esses pressentimentos nunca a enganavam. Agora tampouco a enganavam. Eis o que acontecera de fato e o que ela realmente ainda não sabia. Por volta do meio-dia, isto é, exatamente três horas depois que o príncipe chegara a Mordássov, estranhos boatos se espalharam pela cidade. De onde partiram não se sabe, mas se espalharam quase num piscar de olhos. Todos passaram a assegurar uns aos outros que Mária Alieksándrovna já acertava o casamento do príncipe com a sua Zina, sua Zina de vinte e três anos, sem dotes; que Mozglyákov fora descartado e que tudo isso já estava deci-

---

[45] No caso, "em linhas gerais", em francês no original. (N. do T.)

dido e sacramentado. Qual teria sido a causa de semelhantes boatos? Será que todos conheciam Mária Alieksándrovna a ponto de penetrarem no âmago dos seus pensamentos e ideais secretos? Nem a incompatibilidade de semelhante boato com a ordem natural das coisas, porque tais assuntos muito raramente conseguem entrar nos eixos em uma hora, nem a evidente falta de fundamento de semelhante notícia — porque ninguém podia saber por onde começara — foram capazes de dissuadir os habitantes de Mordássov. O boato crescia e se enraizava com uma persistência incomum. O mais surpreendente é que começara a se espalhar no exato momento em que Mária Alieksándrovna iniciara sua recente conversa com Zina a respeito desse mesmo assunto. Assim é o faro dos provincianos! O instinto dos mensageiros de província às vezes atinge o maravilhoso e, é claro, há motivos para isso. Ele se funda no estudo mais próximo, interessante e antigo de uns pelos outros. Todo provinciano vive como numa redoma de vidro. Não há decididamente nenhuma possibilidade de esconder seja lá o que for dos seus respeitáveis concidadãos. Você é conhecido de fio a pavio, sabem até aquilo que nem você sabe sobre si mesmo. Por sua natureza, o provinciano dá a impressão de que deveria ser um psicólogo e entendedor de corações humanos. Eis por que às vezes fico sinceramente admirado ao encontrar, com bastante frequência, numa província, um número exorbitante de asnos em vez de psicólogos e entendedores de corações humanos. Mas deixemos isto de lado; é uma ideia supérflua. A notícia era retumbante. O casamento do príncipe parecia a qualquer um tão vantajoso, tão esplêndido, que nem o aspecto estranho desse assunto saltava à vista de ninguém. Observemos mais uma circunstância: Zina era quase mais odiada que Mária Alieksándrovna; por quê? — não se sabe. Talvez a beleza de Zina fosse em parte o motivo. Talvez fosse também porque Mária Alieksándrovna, apesar de tudo, era *farinha do mesmo saco*, vinho da mesma pipa de todos os mordassovianos. Desaparecesse ela da cidade e — quem sabe? — talvez se compadecessem dela. Ela animava a sociedade com suas eternas histórias. Sem ela seria um tédio. Zina, ao contrário, se portava como se vivesse nas nuvens, e não na cidade de Mordássov. Para aquela gente era como se ela não fosse par; não era igual e, talvez sem o perceber, portava-se diante deles com um insuportável desdém. E de repente essa mesma Zina, a respeito de quem até corriam umas histórias escandalosas, essa presunçosa, essa arrogante Zina se tornava milionária, princesa, entrava para a aristocracia. Dentro de uns dois anos, quando enviuvasse, se casaria com algum conde, talvez até com um general; é possível — talvez ainda com um governador (e, como de propósito, o governador de Mordássov era viúvo e delicadíssimo com o sexo feminino). Então ela seria a primeira-dama da província e, é claro, essa simples ideia já era insuportável, e nunca notícia nenhuma despertaria tamanha indignação em Mordássov como a notícia do casamento de Zina com o príncipe. Num instante levantaram-se gritos furiosos de todos os lados. Gritavam que isso era pecado, até uma torpeza; que o velho perdera o juízo, que haviam enganado o velhote, engazopado, ludibriado, aproveitando-se da sua debilidade mental; que era necessário salvar o velho das garras sangrentas; que isso, enfim, era uma bandidagem e uma imoralidade e, por último, em que as outras eram inferiores a Zina? as outras podiam igualmente casar-se com o príncipe. Todos esses boatos e exclamações ainda estavam apenas nas suposições de Mária Alieksándrovna, mas para ela isto já bastava. Ela estava certa de que todos, todos sem exceção estavam dispostos a usar tudo o que fosse possível e até impossível para criar obstáculos às suas intenções. Pois agora queriam confiscar o príncipe, de sorte que ela teria de reavê-lo quase à força. Por fim, ainda que conseguisse apanhar e atrair o príncipe de volta, não seria possível mantê-lo eternamente no cabresto. Para terminar, quem poderia garantir que naquele mesmo dia, dentro de duas horas, todo o coro solene das senhoras de Mordássov não estaria no salão dela, e ainda por cima sob tal pretexto que nem seria possível deixar de recebê-las? Feche a porta a alguém e ele entrará pela janela: é um caso quase impossível, mas que acontecia em Mordássov. Numa palavra, não era possível perder nem uma hora, nem uma fração de tempo, e no entanto a coisa sequer havia começado. Súbito uma ideia genial brilhou e num instante amadureceu na cabeça de Mária Alieksándrovna. Não nos esqueceremos de falar dessa nova ideia no devido momento. Agora diremos apenas que nesse instante nossa heroína voava pelas ruas de Mordássov, ameaçadora e inspirada, decidida até a combater de verdade, caso houvesse necessidade, para reaver o príncipe. Ela ainda não sabia como fazê-lo e onde encontrá-lo, mas em compensação sabia ao certo que era mais provável Mordássov ser engolida pela terra do que não se realizar ao menos um mínimo de seus atuais intentos.

O primeiro passo que deu não poderia ser mais bem-sucedido. Conseguiu interceptar o príncipe na rua e o levou para almoçar em sua casa. Se perguntarem de que maneira, apesar de todas as maquinações dos inimigos, ela acabou conseguindo o seu intento e deixando Anna Nikoláievna de nariz bem comprido — serei forçado a explicar que acho essa pergunta até ofensiva para Mária Alieksándrovna. Logo ela não iria conseguir uma vitória sobre uma Anna Nilokáievna Antípova qualquer? Ela simplesmente prendeu o príncipe, que já se aproximava da casa de sua rival e, apesar de tudo e também dos argumentos do próprio Mozglyákov, que temia um escândalo, transferiu o velhote para a sua carruagem. Era isso que distinguia Mária Alieksándrovna de todas as suas rivais; em casos decisivos ela não hesitava nem diante de um escândalo, tomando como axioma que o êxito justifica tudo.

O sonho do titio

O príncipe, naturalmente, não opôs uma resistência considerável e, por hábito, depressa esqueceu tudo e ficou muito contente. Durante o almoço não parou de tagarelar, esteve no auge da alegria, gracejou, fez trocadilhos, contou anedotas que não terminou ou passou de uma a outra sem que se desse conta. Em casa de Natália Dmítrievna bebera três cálices de champanhe. Durante o almoço bebeu mais e ficou definitivamente tonto. Nessa ocasião a própria Mária Alieksándrovna serviu. O almoço foi muito bom. O monstro Nikitka não o estragara. A anfitriã animava os presentes com a mais encantadora amabilidade. Mas os outros presentes, como de propósito, estiveram mergulhados num tédio fora do comum. Zina manteve um mutismo um tanto solene. Mozglyákov mal tocara na comida, era visível sua cara de poucos amigos. Estava pensativo, e como isso lhe acontecia muito raramente, Mária Alieksándrovna ficou muito preocupada. Nastácia Pietrovna estava sombria e até fazia às furtadelas uns estranhos sinais para Mozglyákov, que absolutamente não os notava. Não estivesse a anfitriã tão encantadoramente amável, o almoço teria parecido um funeral.

Enquanto isso, Mária Alieksándrovna estava numa inquietação inexprimível. Só Zina já a deixara por demais assustada com seu ar triste e seus olhos chorosos. E agora vinha mais uma complicação: era preciso apressar-se, acelerar as coisas, e enquanto isso esse "maldito Mozglyákov" fica aí feito um pateta sem se preocupar com nada e ainda atrapalhando! Mária Alieksándrovna levantou-se da mesa numa tremenda intranquilidade. Qual não foi a sua surpresa, um susto alegre, se é lícita tal expressão, quando, mal se levantara, o próprio Mozglyákov chegou-se a ela e súbito, de modo inteiramente inesperado, anunciou que, claro que para o seu maior pesar, precisava partir naquele mesmo instante.

— Para onde? — perguntou Mária Alieksándrovna com um lamento singular.

— Veja a senhora, Mária Alieksándrovna — começou Mozglyákov intranquilo e até meio atrapalhado —, aconteceu-me uma história estranhíssima. Não sei nem como lhe dizer... Pelo amor de Deus, dê-me uma sugestão!

— O que, o que está acontecendo?

— Meu padrinho Borodúiev, a senhora o conhece — aquele comerciante... hoje ele deu de cara comigo. O velho está decididamente zangado, me censura, me disse que fiquei muito orgulhoso. Já é a terceira vez que estou em Mordássov e não dou o ar da graça na casa dele. "Apareça hoje, diz ele, para tomar um chá." Agora são quatro horas em ponto, e ele toma chá à moda antiga, assim que acorda, depois das quatro. O que devo fazer? Assim é a coisa, imagine só! Acontece que ele tirou meu falecido pai da forca quando ele perdeu dinheiro público no jogo. Por isso acabou me batizando. Se meu casamento com Zinaída Afanássievna se realizar, mesmo assim terei apenas cento e cinquenta almas. Já ele possui um milhão, como dizem, até mais. Não tem filhos. Se eu lhe agradar ele me deixará cem mil rublos em testamento. Está com setenta anos, imagine só!

— Ah, meu Deus! mas o que é que o senhor está fazendo! por que está demorando? — bradou Mária Alieksándrovna mal escondendo a alegria. — Vá, vá! não se pode brincar com essas coisas. Por isso notei o senhor tão chateado durante o almoço! Vá, *mon ami*, vá! Aliás, o senhor devia ter ido ainda nesta manhã lhe fazer uma visita e mostrar que aprecia, que valoriza a afabilidade dele! Ah, essa juventude, essa juventude!

— Ora, Mária Alieksándrovna, a senhora mesma — bradou surpreso Mozglyákov — a senhora mesma tinha me atacado por essa relação! Ora, a senhora mesma disse que ele é um mujique, barbudo, aparentado com botequineiros, gentinha reles e capatazes.

O sonho do titio

85

— Ah, *mon ami*! O que a gente não diz sem pensar! Eu também posso me enganar — não sou santa. Aliás, não me lembro, não me lembro, eu poderia estar em tal estado de espírito... Por último, o senhor ainda não pediu Zina em casamento... É claro que isso é egoísmo de minha parte, mas agora, a contragosto, devo olhar a coisa de outro ponto de vista e — qual é a mãe que pode me censurar num caso como esse? Vá, não demore nem mais um minuto! Passe até a noitinha com ele... e escute! Dê um jeito de falar a meu respeito. Diga que eu o estimo muito, gosto dele, que o respeito, e faça isso com mais habilidade, de um jeito melhor! Ah, meu Deus! Deixei escapar aquilo! Eu mesma preciso adivinhar e lhe dar sugestões!

— A senhora me deu alma nova, Mária Alieksándrovna! — gritou Mozglyákov, entusiasmado. — Agora, juro, vou obedecer a senhora em tudo! Desculpe-me diante de Zinaída Afanássievna. Aliás, voltarei sem falta!

— Eu o abençoo, *mon ami*! Veja lá, fale a meu respeito! Ele é realmente um velhote amabilíssimo. Há muito tempo mudei de ideia sobre ele... Aliás, sempre gostei de ver nele aquela coisa antiga russa, autêntica... *Au revoir, mon ami, au revoir!*

"Como é bom que o diabo o está conduzindo! Não, é o próprio Deus que o está ajudando!" — pensou ela, sufocada de alegria.

Pável Alieksándrovitch saíra para a antessala e já vestia seu casaco de pele quando, de repente, não se sabe de onde, apareceu Nastácia Pietrovna. Estava à espera dele.

— Aonde o senhor vai? — perguntou ela, segurando-o pelo braço.

— À casa de Borodúiev, Nastácia Pietrovna! Ele é meu padrinho de batismo; deu-me a honra de me batizar... É um velho rico, vai me deixar alguma coisa, preciso bajulá-lo.

Pável Alieksándrovitch se sentia em estado de graça.

— À casa de Borodúiev! Então pode dar adeus à noiva — disse rispidamente Nastácia Pietrovna.

— Como dar "adeus"?

— Muito simples! O senhor achava que ela já era sua! Mas acontece que estão querendo casá-la com o príncipe. Eu mesma ouvi!

— Com o príncipe? tenha dó, Nastácia Pietrovna!

— Ora, "tenha dó" de quê?! Pois bem, o senhor mesmo não gostaria de ouvir a conversa? Largue seu casaco e me acompanhe!

Aturdido, Pável Alieksándrovitch largou o casaco e saiu atrás de Nastácia Pietrovna na ponta dos pés. Ela o conduziu à mesma dispensa de onde, naquela manhã, ficara espiando e escutando a conversa.

— Mas tenha dó, Nastácia Pietrovna, não estou entendendo decididamente nada!...

— Mas vai entender assim que se abaixar aqui junto à porta e escutar a conversa. Na certa a comédia está começando neste momento.

— Que comédia?

— Psiu! não fale alto! A comédia consiste em que o senhor está sendo engazopado. Ainda há pouco, quando o senhor saiu à procura do príncipe, Mária Alieksándrovna passou uma hora inteira convencendo Zina a se casar com aquele príncipe, disse que não há nada mais fácil do que ludibriá-lo e forçá-lo a se casar, e saiu-se com tais rodeios que me deixou até enojada. Daqui escutei tudo. Zina concordou. Como as duas injuriaram o senhor; simplesmente o acham um paspalhão, e Zina disse com franqueza que por nada no mundo se casará com o senhor. E eu fui uma imbecil! Quis prender uma fitinha vermelha no cabelo! Escute, escute!

— Bom, mas isso é uma traição descarada, se for verdade! — murmurou Pável Alieksándrovitch, olhando Nastácia Pietrovna nos olhos do modo mais estúpido.

O sonho do titio

— Mas o senhor se limite a escutar, senão ainda vai ouvir coisa pior.

— Sim, mas onde escutar?

— Abaixe-se junto à porta, aqui até esse buraquinho...

— Mas, Nastácia Pietrovna, eu... eu não sou capaz de ouvir conversas por trás da porta.

— Ora, pois, é só querer! Neste caso, meu caro, é uma questão de apanhar a sorte; já que veio, então escute!

— Mas, não obstante...

— Bem, já que é incapaz, então fique na mão! A gente tem pena do senhor e o senhor se faz de rogado! Pouco se me dá! não estou fazendo por mim. Não fico aqui até o anoitecer!

A contragosto, Pável Alieksándrovitch abaixou-se até a brecha da porta. O coração batia, as têmporas latejavam. Ele quase não entendia o que estava lhe acontecendo.

88   Fiódor Dostoiévski

VIII

— Então, príncipe, o senhor se divertiu muito em casa de Natália Dmítrievna? — perguntou Mária Alieksándrovna, lançando um olhar lascivo sobre o campo da iminente batalha, desejando começar a conversa da forma mais ingênua. Seu coração batia de inquietação e expectativa.

Depois do almoço, o príncipe foi imediatamente transferido para o "salão", onde havia sido recepcionado pela manhã. Em casa de Mária Alieksándrovna, todos os casos de recepções solenes aconteciam nesse mesmo salão. Ela se orgulhava desse cômodo. O velhote, a partir da sexta taça, estava como que todo esmorecido e mal se sustentava sobre as pernas. Em compensação, tagarelava sem parar. Sua tagarelice havia até aumentado. Mária Alieksándrovna compreendia que esse arroubo era de momento e que o hóspede, a essa altura pesadão, logo desejaria dormir. Era preciso agarrar o momento. Depois de observar o campo de batalha, ela reparou com prazer que o voluptuoso velhote olhava com especial cobiça para Zina e o coração de mãe teve um estremecimento de alegria.

— Foi ex-tra-or-di-na-ri-a-mente divertido — respondeu o príncipe — e, sabe, Natália Dmítrievna é uma mulher in--com-pa-ra-bi-líssima, uma mulher in-com-pa-ra-bi-líssima!

Por mais que Mária Alieksándrovna estivesse ocupada com seus grandes planos, um elogio tão sonoro à rival foi uma alfinetada bem funda em seu coração.

O sonho do titio

89

— Tenha dó, príncipe! — exclamou a anfitriã com um brilho nos olhos —, se sua Natália Dmítrievna é uma mulher *incomparabilíssima*, então já não sei o que dizer depois disso! Depois disto vejo que o senhor desconhece totalmente a sociedade daqui, desconhece totalmente! Porque isso é apenas uma mostra dos seus inexistentes méritos, dos seus sentimentos nobres, apenas uma comédia, uma crosta dourada e superficial. Levante essa casca e o senhor verá um inferno inteiro debaixo de flores, um ninho inteiro de asnos, onde o senhor será devorado e não restará nenhum ossinho.

— Será possível? — exclamou o príncipe. — Estou surpreso!

— Mas eu lhe juro! Ah, *mon prince*. Escuta, Zina, eu devo, sou forçada a contar ao príncipe aquele episódio ridículo e baixo que se deu com essa Natália na semana passada, estás lembrada? É, príncipe, isso diz respeito àquela mesma Natália Dmítrievna que o senhor elogia e com quem está tão encantado. Oh, meu amabilíssimo príncipe! Juro que não sou mexeriqueira! Mas sou forçada a lhe contar apenas para fazê-lo rir, para mostrar ao senhor, através de um modelinho vivo, por assim dizer, de um espelho óptico, que tipo de gente é essa daqui! Duas semanas atrás recebi a visita dessa Natália Dmítrievna. O café foi servido e saí um pouco por alguma razão. Lembro-me perfeitamente de quantos cubinhos de açúcar haviam restado no açucareiro de prata: estava completamente cheio. Volto e olho: apenas três pedacinhos no fundo do açucareiro. Além de Natália Dmítrievna não havia ninguém na sala. Veja só! Ela tem sua casa de pedra e dinheiro a perder de vista! Esse caso é ridículo, cômico, mas depois disso julgue o senhor a nobreza da sociedade daqui!

— Será pos-sí-vel! — exclamou o príncipe, sinceramente surpreso. — Mas, não obstante, que gula antinatural! Será que ela mesma comeu tudo sozinha?

— Pois aí está aquela mulher *admirabilíssima*, príncipe!

O que o senhor acha desse incidente vergonhoso? Acho que eu morreria no mesmo instante em que resolvesse tomar uma atitude tão repugnante!

— Pois é, pois... só que, sabe, mesmo assim ela é tão *belle femme*...

— Aquela Natália Dmítrievna! tenha dó, príncipe, aquilo é simplesmente uma barrica! Ah, príncipe, príncipe! o que o senhor disse! Eu esperava que o senhor tivesse muito mais gosto...

— Pois é, uma barrica... só que, sabe, tem um corpo... Bem, e aquela mocinha, a que dan-çou, ela também tem... um corpo...

— A Sônietchka? ora, mas ela ainda é uma criança, príncipe! tem apenas quatorze anos!

— Pois é... só que, sabe, é tão ágil, e também tem... umas formas... está se formando. Tão en-can-ta-do-ra! E a outra, a que dan-çou junto com ela, também... está se formando...

— Ah, aquela é uma órfã infeliz, príncipe! Frequentemente também a levam para lá!

— Ór-fã. Aliás, tão suja, podia ao menos lavar as mãos... mas, por outro lado, também é a-tra-en-te...

Ao dizer isso, o príncipe examinava Zina pelo lornhão com uma crescente avidez.

— *Mais quelle charmante personne!*[46] — murmurou ele a meia-voz, derretendo-se de prazer.

— Zina, toque alguma coisa para nós, não, é melhor que cantes! Como canta, príncipe! Ela, pode-se dizer, é uma virtuose, uma verdadeira virtuose! E se o senhor soubesse, príncipe — continuou Mária Alieksándrovna a meia-voz, quando Zina se afastou na direção do piano, com seu andar sereno, suave, que por pouco não cativou o coitado do velhote —,

[46] "Mas que pessoa encantadora!", em francês no original. (N. do T.)

O sonho do titio

se o senhor soubesse que filha ela é! Como sabe amar, que ternura tem por mim! Que sentimentos, que coração!

— Pois é... sentimentos... sabe, conheci apenas uma mulher, em toda a minha vida, com quem ela poderia se comparar pela be-le-za — interrompeu o príncipe, engolindo uma salivinha. — Trata-se da falecida condessa Naínskaya, que morreu faz trinta anos. Era uma mulher en-can-ta--dora, de uma beleza in-des-critível, depois se casou com o seu cozinheiro.

— Com o seu cozinheiro, príncipe!

— Pois é, com o seu cozinheiro... um francês, no exterior. No ex-te-ri-or, ela conseguiu para ele o título de conde. Era um homem bem-apessoado e cultivadíssimo, tinha um daqueles bi-go-di-nhos...

— E, e... como eles viviam, príncipe?

— Pois é, viviam bem. Se bem que, pouco tempo depois, se separaram. Ele a roubou e foi embora. Brigaram por causa de um molho qualquer...

— Mamãe, o que devo tocar? — perguntou Zina.

— Bem, era melhor que cantasses alguma coisa para nós, Zina. Como canta, príncipe! O senhor gosta de música?

— Oh, sim! *Charmant, charmant!* Gosto muito de mú--si-ca. No exterior conheci Beethoven.

— Beethoven! Imagina, Zina, o príncipe conheceu Beethoven! — bradou em êxtase Mária Alieksándrovna. — Ah, príncipe, não me diga que o senhor conheceu Beethoven.

— Pois é... nós dois éramos ín-ti-mos a-mi-gos. E ele estava sempre cheirando rapé. Era tão engraçado!

— Beethoven?

— Pois é, Beethoven. Se bem que talvez nem fosse Beet-ho-ven mas algum outro alemão. Lá há muitos a-le-mães... aliás, parece que estou atrapalhado.

— O que devo cantar, mamãe? — perguntou Zina.

— Ah, Zina. Canta aquela romança em que há, estás

lembrada, muito de cavalheiresco, onde ainda aparece aquela senhora de castelo e seu trovador... Ah, príncipe! Como gosto daquele ambiente de cavalaria! Aqueles castelos!... Aquela vida medieval! Aqueles trovadores, aqueles arautos, aqueles torneios... Vou te acompanhar, Zina. Príncipe, venha para cá, mais perto! Ah, aqueles castelos, castelos!

— Pois é... castelos, eu também gosto de cas-te-los — balbucia o príncipe em êxtase, cravando em Zina seu único olho verdadeiro. — Porém, meu Deus! — exclama ele —, isso é uma romança!... mas... eu conheço essa ro-man-ça... faz muito tempo que eu ouvi essa romança... isso me lem-bra tanto... Ah, meu Deus!

Não me atrevo a descrever o que aconteceu com o príncipe quando Zina começou a cantar. Ela cantava uma antiga romança francesa, que outrora estivera em grande moda. E cantava maravilhosamente. Seu contralto puro e sonoro tocava o coração. Seu rosto belo, os olhos lindos, os dedos finos e divinais, com os quais ela ia virando as notas, seus cabelos bastos, negros, brilhantes, o colo em ondas, toda a sua figura, altaneira, bela, nobre — tudo isso enfeitiçou definitivamente o pobre velhote. Enquanto ela cantava, ele não tirava os olhos de cima dela, sufocava-se de inquietação. Seu coração de velho, aquecido pelo champanhe, pela música e pelas lembranças que ressuscitavam (e quem não tem lembranças queridas?), batia com uma frequência cada vez maior, como há muito tempo não batia... Ele estava pronto a cair de joelhos diante de Zina e quase chorou quando ela terminou.

— Oh, *ma charmante enfant!*[47] — bradou ele beijando os dedinhos dela. — *Vous me ravissez!*[48] Só agora, só agora me lembrei, mas... mas, *oh ma charmante enfant!*

[47] "Menina encantadora!", em francês no original. (N. do T.)
[48] "Você me encanta!", em francês no original. (N. do T.)

O sonho do titio

E o príncipe nem conseguiu concluir.

Mária Alieksándrovna percebeu que chegara a sua hora.

— Por que o senhor está se destruindo, príncipe? — bradou ela em tom solene. — Quantos sentimentos, quanta força vital, quanta riqueza intelectual, e trancar-se por toda a vida num isolamento! fugir das pessoas, dos amigos! Ora, isso é imperdoável! Repense, príncipe! olhe para a vida, por assim dizer, com o olhar claro! Faça renascerem de seu coração as lembranças do passado — as lembranças de sua dourada juventude, dos seus dias dourados e despreocupados —, ressuscite-as, ressuscite a si mesmo! Volte a viver em sociedade, entre as pessoas! Vá ao exterior, à Itália, à Espanha — à Espanha, príncipe!... O senhor precisa de um guia, de um coração que o ame, que o respeite, que simpatize com o senhor! Mas o senhor tem amigos! Chame-os, convide-os e eles aparecerão em multidões! Serei a primeira a largar tudo e correr para atender ao seu chamado. Lembro me de nossa amizade, príncipe; largo o marido e o acompanho... e inclusive, se eu ainda fosse jovem, se ainda fosse tão bonita e bela como minha filha, eu me tornaria sua companheira, amiga, sua esposa, se o senhor o quisesse!

— E estou seguro de que a senhora foi *une charmante personne* em seu tempo — proferiu o príncipe, assoando-se com um lenço. Seus olhos estavam molhados de lágrimas.

— Nós vivemos em nossos filhos, príncipe — respondeu Mária Alieksándrovna com um sentimento elevado. — Eu também tenho meu anjo da guarda; é ela, minha filha, amiga dos meus pensamentos, do meu coração, príncipe! Ela já recusou sete propostas de casamento por não querer separar-se de sua mãe.

— Quer dizer que ela a acompanhará quando a senhora me a-com-pa-nhar ao ex-te-rior? Neste caso irei forçosamente ao exterior! — bradou o príncipe, enchendo-se de ânimo — irei for-ço-sa-mente! E se eu pudesse acalentar a es-pe

Fiódor Dostoiévski

-rança... mas ela é uma criança encantadora, en-can-ta-dó-ra! Oh, *ma charmante enfant!*... — e o príncipe começou de novo a beijar as mãos dela. Pobrezinho, queria ajoelhar-se diante dela.

— Porém... porém... e o senhor pergunta: pode acalentar esperança? — pegou a deixa Mária Alieksándrovna, sentindo novo afluxo de eloquência. — Mas o senhor é estranho, príncipe! Será que o senhor já se considera indigno da atenção de uma mulher? Não é a mocidade que faz a beleza. Lembre-se de que o senhor é, por assim dizer, um remanescente da aristocracia! o senhor é representante dos sentimentos e... maneiras mais refinadas, mais cavalheirescas! Por acaso Mária não amou o velho Mazep?[49] Lembro-me de ter lido que Lauzun,[50] aquele marquês encantador da corte de Luiz... esqueci-me de qual, já no declínio dos anos, já um velho, venceu o coração de uma das primeiras beldades da corte!... E quem lhe disse que o senhor é velho? Quem o induziu a isto? Por acaso gente como o senhor envelhece? O senhor, com tamanha riqueza de sentimentos, pensamentos, alegria, espirituosidade, força vital, maneiras brilhantes! Mas apareça agora onde quer que seja — no exterior, numa estação de águas, acompanhado de uma esposa jovem, de uma beldade como, por exemplo, a minha Zina — não estou falando dela, mas apenas para efeito de comparação — e verá que colossal será o efeito! O senhor é um remanescente da aristocracia, ela é a beldade das beldades! O senhor a conduz pelo braço; ela canta num círculo brilhante, o senhor, por sua vez, espalha gracejos — e todas as estações de água correrão para contemplá-lo! Toda a Europa bradará, porque todos os jornais,

[49] Referência ao poema de A. S. Púchkin (1799-1837) *Poltava*, de temática histórica com fortes elementos líricos. (N. do T.)

[50] Antonin de Lauzun (1633-1723), alto dignatário francês, favorito de Luís XIV. (N. da E.)

O sonho do titio

todos os folhetins das estações de água falarão numa só voz... Príncipe, príncipe! E o senhor ainda se pergunta: posso acalentar esperança?

— Folhetins... pois é, pois é... Isso vai aparecer nos jornais... — balbucia o príncipe sem entender metade da tagarelice de Mária Alieksándrovna e esmorecendo cada vez mais. — Mas... minha cri-an-ça, se a senhora ainda não está can-sada, repita mais uma vez a romança que acabou de cantar!

— Ah, príncipe! Mas ela tem outras romanças, ainda melhores... Príncipe, o senhor se lembra da "L'hirondelle"?[51] Provavelmente o senhor ouviu falar, não?

— Sim, me lembro... ou melhor, es-queci. Não, não, eu estou falando da ro-man-ça anterior, aquela que ela acabou de can-tar! Não quero "L'hirondelle"! Quero aquela romança — dizia o príncipe, implorando feito criança. Zina tornou a cantar. O príncipe não conseguiu se conter e ajoelhou-se diante dela. Chorava.

— Oh, *ma belle châtelaine!*[52] — exclamou com sua voz trêmula de velhice e agitação. — Oh, *ma charmante châtelaine!* Oh, minha amável menina! A senhora me lem-brou tanta coisa... daquilo que há muito tempo já se foi... Naquela época eu pensava que tudo seria melhor do que mais tarde foi. Naquele tempo eu cantava duetos... com a viscondessa... aquela mesma romança... mas agora... já não sei o que a-go-ra...

O príncipe pronunciou todo esse discurso arfando e asfixiando-se. Sua língua estava visivelmente entorpecida. Quase não dava para entender algumas palavras. Via-se apenas

[51] Há muitas romanças da época com esse título, mas Mária Alieksándrovna tem em vista "Que j'aime à voir les hirondelles", do compositor francês François Devienne (1759-1803). (N. do T.)

[52] Neste caso, "senhora" ou "dona" do castelo, em francês no original. (N. do T.)

que ele estava no auge da comoção. Num estalo, Mária Alieksándrovna pôs lenha na fogueira.

— Príncipe! Mas o senhor talvez se apaixone por minha Zina! — bradou ela, sentindo que o momento era triunfal.

A resposta do príncipe superou suas melhores expectativas.

— Estou loucamente apaixonado por ela! — bradou o velhote, enchendo-se de um repentino ânimo, ainda de joelhos e todo trêmulo de emoção. — Estou disposto a lhe dedicar a vida. Ah, e se eu pudesse ao menos nutrir a es-pe--rança... Mas me levante, fiquei um pou-co en-fra-que-ci-do... eu... se pudesse ter a esperança de lhe oferecer meu coração, então... eu... todos os dias ela cantaria ro-man-ças para mim e eu ficaria sempre olhando para ela... sempre olhando... Ah, meu Deus!

— Príncipe, príncipe! O senhor está oferecendo sua mão a ela! O senhor quer tomá-la de mim, a minha Zina! A minha amável, o meu anjo, Zina! Mas não vou te deixar partir, Zina! Que a arranquem de minhas mãos, das mãos da mãe! — Mária Alieksándrovna precipitou-se para a filha e a apertou fortemente nos braços, embora sentisse que eles a repeliam com bastante força... A mamãe exagerara um pouco. Zina sentia isto com todo o seu ser e com uma inexprimível repulsa observava toda a comédia. No entanto calava, e isso era tudo de que precisava Mária Alieksándrovna.

— Ela recusou nove propostas de casamento só para não se separar de sua mãe! — bradava a mãe. — Mas agora meu coração está sentindo a separação. Ainda há pouco observei que ela olhava para o senhor de um jeito... o senhor a impressionou com o seu aristocratismo, príncipe, com sua finura!... Oh, o senhor vai nos separar; estou pressentindo isto!...

— Eu a a-do-ro! — murmurou o príncipe, ainda tremendo feito varas verdes.

— Pois bem, abandonas a tua mãe! — exclamou Mária

O sonho do titio

Alieksándrovna, mais uma vez lançando-se ao pescoço da filha.

Zina se apressava em terminar a pesada cena. Em silêncio estendeu ao príncipe sua bela mão e até se obrigou a sorrir. O príncipe segurou essa mãozinha com veneração e a cobriu de beijos.

— Só agora co-me-ço a viver — balbuciava ele, exultando de êxtase.

— Zina! — proferiu Mária Alieksándrovna em tom solene. — Olhe para este homem! É o mais honestíssimo, mais nobilíssimo de todos os homens que conheço! É um cavaleiro da Idade Média! E ela sabe disso, príncipe; ela sabe, para o desgosto do meu coração... Oh! por que o senhor apareceu? Eu lhe entrego o meu tesouro, o meu anjo. Proteja-a, príncipe! É uma mãe que lhe implora, e que mãe me censuraria por minha amargura?

— Mamãe, basta! — murmurou Zina.

— O senhor a protegerá de ofensas, príncipe! Sua espada brilhará aos olhos do caluniador ou do descarado que se atrever a ofender minha Zina?

— Basta, mamãe, ou eu...

— Pois é, brilhará... — balbuciou o príncipe. — Só agora começo a viver... Quero que agora mesmo, neste mi-nuto se faça o casamento... eu... quero mandar alguém agora mesmo a Du-khá-novo. Lá tenho bri-lhan-tes. Quero depositá-los aos pés dela...

— Que ardor! que êxtase! que nobreza de sentimentos! — exclamou Mária Alieksándrovna. — E o senhor foi capaz, o senhor foi capaz, príncipe, de arruinar-se distanciando-se do mundo! Milhares de vezes hei de falar, hei de dizer isso! Fico fora de mim quando me lembro daquela infernal...

— O que eu podia fa-zer, eu tinha tanto me-do! — balbuciava o príncipe queixoso e comovido. — Eles que-ri-am me internar num ma-ni-cô-mi-o... Eu estava com medo.

— Num manicômio? Oh, monstros e desumanos! Oh, vil traição! Príncipe, ouvi falar sobre isso! Mas é uma loucura por parte daquela gente! E por quê, por quê?!

— Eu mesmo não sei por quê! — respondeu o velhote, sentando-se na poltrona por causa da fraqueza. — Sabe, no baile con-tei uma anedota; mas não gos-ta-ram e isso redundou numa história!

— Será que só por causa disso?

— Não, de-pois jo-guei cartas com o príncipe Piotr Demién-ti-tch e fi-quei sem o seis. Eu tinha dois reis e três damas... ou melhor, três damas e dois reis... Não, um rei! Depois é que tive duas da-mas.

— E por isso? Por isso! oh, humanidade dos infernos! O senhor está chorando, príncipe! Mas agora isso não vai mais acontecer! Agora estarei a seu lado, meu príncipe; não me separarei de Zina e veremos se eles se atrevem a dizer uma palavra!... E inclusive, príncipe, seu casamento os deixará estupefatos. Os deixará envergonhados! Verão que o senhor ainda é capaz... quer dizer, compreenderão que uma beldade assim não se casaria com um louco! Agora o senhor pode levantar orgulhosamente a cabeça. O senhor poderá encará-los...

— Pois é, vou en-ca-rá-los — murmurou o príncipe, fechando os olhos.

"Mas ele está totalmente esmorecido — pensou Mária Alieksándrovna. — É jogar palavras fora!"

— Príncipe, o senhor está inquieto, eu o noto; o senhor precisa sem falta de acalmar-se, descansar dessa emoção — disse ela, inclinando-se para ele com um jeito maternal.

— Pois é, eu gostaria de me dei-tar um pouqui-nho — disse ele.

— Sim, sim! Acalme-se, príncipe! Essas emoções... Levante-se, eu mesma acompanharei o senhor... eu mesma o porei na cama, se for preciso. Por que o senhor olha tanto

O sonho do titio

99

para esse retrato, príncipe? É o retrato da minha mãe, esse anjo e não mulher! Oh, por que ela não está agora entre nós? Ela era justa, príncipe, era justa! Não consigo chamá-la de outra coisa.

— Jus-ta? *C'est joli!* Eu também tive mãe... Uma *princesse*... e — imagine — era uma mu-lher de uma gordura in-co-mum. Aliás, não era isso que eu queria di-zer... Estou um pou-co fraco. *Adieu, ma charmante enfant!* É com pra-zer que eu... eu hoje... amanhã... ora, tanto faz! *Au revoir, au revoir!* — Nisso ele quis fazer uma mesura, mas escorregou e por pouco não caiu no limiar.

— Mas cuidado, príncipe! Apoie-se em meu braço — bradou Mária Alieksándrovna.

— *Charmant!* — balbuciou o príncipe ao sair. — Só agora co-me-ço a viver...

Zina ficou só. Um peso indescritível oprimia sua alma. Ela sentia uma repulsa que beirava o nojo. Estava a ponto de desprezar-se. Suas faces ardiam. Em pé, apertava as mãos, estava de dentes cerrados e cabeça baixa sem sair do lugar. Lágrimas de vergonha rolaram pelos seus olhos... Nesse instante a porta se abriu e Mozglyákov entrou correndo.

IX

Ele tinha escutado tudo, tudo!

Realmente ele não tinha entrado, mas embarafustado pelo salão, pálido de agitação e furor. Zina olhava surpresa para ele.

— Então a senhora é assim! — gritou ele arfando. — Até que enfim fiquei sabendo quem é a senhora!

— E quem sou eu? — repetiu Zina, olhando para ele como para um louco, e súbito seus olhos brilharam de fúria. — Como se atreve a falar assim comigo! — gritou ela, investindo contra ele.

— Escutei tudo! — repetiu Mozglyákov com ar solene, mas meio a contragosto recuando um passo.

— Escutou? O senhor escutou atrás da porta — disse Zina, olhando com desprezo para ele.

— Sim! Escutei atrás da porta! sim, eu me decidi por essa torpeza, mas em compensação fiquei sabendo quem é a senhora... Nem sei como me expressar para lhe dizer... que tipo de pessoa a senhora vem a ser agora! — respondeu ele, cada vez mais e mais intimidado com o olhar de Zina.

— Eu gostaria de saber ao menos uma coisa: de que o senhor pode me acusar? Que direito tem para me acusar? Que direito tem para falar de modo tão atrevido comigo?

— Eu? Que direito eu tenho? E a senhora pode me perguntar isso? A senhora vai se casar com o príncipe e eu não tenho nenhum direito!... Ora, a senhora me deu a palavra, eis a questão!

— Quando?

— Como quando?

— Mas ainda hoje de manhã, quando o senhor me importunava, respondi taxativamente que não podia dizer nada de modo afirmativo.

— No entanto a senhora não me escorraçou, não me recusou inteiramente; então estava me deixando na reserva! Então estava me atraindo.

No rosto da irritada Zina estampou-se uma sensação doentia, como que de uma lancinante e aguda dor interior; mas ela superou o sentimento.

— Se não o escorracei — respondeu ela de forma clara e pensada, embora em sua voz houvesse um tremor que mal se percebia —, foi unicamente por pena. O senhor mesmo me implorou que eu lhe desse um tempo, que não lhe dissesse "não", para que o examinasse mais de perto, e "então — disse o senhor — então, quando se certificar de que sou um homem nobre, a senhora talvez não me recuse". Foram suas próprias palavras, bem no início das suas aspirações. O senhor não pode desdizê-las! Agora o senhor se atreve a me dizer que eu o atraí. Mas o senhor mesmo notou a minha repugnância quando nos vimos hoje, duas semanas antes do que o senhor havia prometido voltar, e eu não lhe escondi aquela repugnância mas, ao contrário, a revelei. O senhor mesmo o notou, porque me perguntou: não estaria eu zangada com o senhor por que havia voltado antes? Saiba que não se atrai uma pessoa de quem não se pode nem *se deseja* esconder sua repugnância. O senhor se atreveu a dizer que eu o conservei para reserva. A isso lhe respondo que pensava a seu respeito assim: "Mesmo que ele não seja dotado de inteligência, muito grande, ainda assim pode ser um homem bom, e por isso dá para casar com ele". Mas agora, por sorte minha, convencendo-me de que o senhor é um imbecil e ainda por cima um imbecil raivoso, só me resta lhe desejar plena felicidade e boa viagem. Adeus!

Dito isso, Zina lhe deu as costas e saiu lentamente do cômodo.

Tendo adivinhado que tudo estava perdido, Mozglyákov ferveu de fúria.

— Ah! então sou um imbecil — gritou ele —, então agora sou imbecil! Está bem, adeus! Mas antes de partir vou contar para toda a cidade como a senhora e sua mamãe ludibriaram o príncipe depois de embebedá-lo! Vou contar para todo mundo! A senhora vai ficar sabendo quem é Mozglyákov.

Zina estremeceu e ia parar para responder, mas mudou de ideia no mesmo instante e limitou-se a dar desdenhosamente de ombros e bater a porta atrás de si.

Nesse instante Mária Alieksándrovna apareceu no limiar. Ouvira a exclamação de Mozglyákov e num instante adivinhou do que se tratava e estremeceu de susto. Mozglyákov ainda não partira, Mozglyákov ainda estava ao lado do príncipe, Mozglyákov espalharia tudo pela cidade, e o segredo era indispensável ainda que fosse pelo mais breve tempo! Mária Alieksándrovna tinha seus cálculos. Num abrir e fechar de olhos compreendeu todas as circunstâncias e um plano para apaziguar Mozglyákov já estava criado em sua cabeça.

— O que há com o senhor, *mon ami*? — perguntou ela, aproximando-se dele e lhe estendendo amigavelmente a mão.

— Como *mon ami*!? — gritou ele enfurecido —, depois do que a senhora aprontou e ainda vem com esse *mon ami*! *Morgen früh*,[53] minha cara senhora! Acha que vai me enganar mais uma vez?

---

[53] "Tenha um bom dia", em alemão no original. (N. do T.)

— Lamento, lamento muito vê-lo num estado de espírito tão *estranho*, Pável Alieksándrovitch. Que expressões! O senhor nem sequer mede suas palavras perante uma dama.

— Perante uma dama! A senhora... a senhora pode ser tudo o que quiser, menos uma dama! — bradou Mozglyákov. Não sei o que ele quis exprimir com sua exclamação, mas na certa foi algo muito retumbante.

Mária Alieksándrovna o olhou com uma expressão de docilidade no rosto.

— Sente-se! — proferiu ela com ar triste, mostrando-lhe a poltrona na qual um quarto de hora antes descansara o príncipe.

— Mas escute finalmente, Mária Alieksándrovna! — bradou o preocupado Mozglyákov. — A senhora olha para mim como se não tivesse nenhuma culpa, como se eu é que fosse o culpado diante da senhora! Ora, não é possível!... um tom como esse!... pois isto finalmente ultrapassa a medida da paciência humana... Será que a senhora sabe disso?

— Meu amigo! — respondia Mária Alieksándrovna —, permita-me ainda chamá-lo assim, porque o senhor não tem uma amiga melhor do que eu; meu amigo! O senhor está sofrendo, o senhor está atormentado, está ferido em pleno coração — e por isso não é de admirar que fale comigo nesse tom. Mas me atrevo a lhe abrir todo, todo o meu coração, e o mais rápido possível, porque eu mesma me sinto um pouco culpada perante o senhor; sente-se, conversemos.

A voz de Mária Alieksándrovna era morbidamente branda.

Seu rosto exprimia sofrimento. Um surpreso Mozglyákov sentou-se na poltrona ao lado dela.

— O senhor escutou atrás da porta? — continua ela, olhando para ele em tom de censura.

— Sim, escutei! pudera não ter escutado; eu estava sendo um paspalhão! Pelo menos fiquei sabendo de tudo o que a senhora tramou contra mim — respondeu Mozglyákov com grosseria, animando-se e torturando-se com a própria fúria.

— E o senhor, o senhor, com sua educação, com seus preceitos, foi capaz de atrever-se a semelhante atitude? Oh, meu Deus!

Mozglyákov chegou a levantar-se de um salto.

— Mas, Mária Alieksándrovna! — bradou ele. — Afinal era insuportável ouvir aquilo! Lembre-se do que a senhora mesma se atreveu, com seus preceitos, e então censure os outros.

— Mais uma pergunta — disse ela, sem responder às perguntas dele —, quem lhe deu a ideia de escutar atrás da porta, quem lhe contou, quem estava ali espionando? Eis o que quero saber.

— Ah, isso a senhora me desculpe; isso não vou dizer.

— Está bem, eu mesma vou descobrir. Eu disse, Paul, que sou culpada diante do senhor. Mas se o senhor analisar tudo, todas as circunstâncias, verá que mesmo que eu tenha culpa, será unicamente porque lhe desejava o maior bem possível.

— A mim? o bem? Isso eu já dispenso! Eu lhe asseguro que a senhora não vai me engazopar mais! Não sou esse menino!

E ele girou na poltrona de tal forma que ela estalou.

— Por favor, meu amigo, tenha mais sangue-frio se puder. Ouça-me com atenção e o senhor mesmo vai concordar com tudo. Em primeiro lugar, eu queria lhe explicar logo tudo, tudo, e de minha parte o senhor teria ficado a par de todo o caso, até dos mínimos detalhes, sem se rebaixar escutando atrás da porta. Se não lhe havia explicado antes, ainda há pouco, foi só porque todo o caso ainda estava em projeto. Podia até não acontecer. Veja: estou usando de toda a franqueza com o senhor. Em segundo lugar, não culpe

O sonho do titio

105

minha filha. Ela o ama loucamente. E custou-me esforços incríveis afastá-la do senhor e fazê-la aceitar a proposta do príncipe.

— Acabei de ter o prazer de ouvir a prova mais completa desse amor nutrido *loucamente* — proferiu Mozglyákov em tom irônico.

— Está bem, e como o senhor falou com ela? Da maneira como deve falar um apaixonado? Enfim, é assim que fala um homem de bom tom? E o senhor a ofendeu e irritou.

— Bem, mas agora não se trata de tom, Mária Alieksándrovna! Ainda há pouco, enquanto vocês duas me cobriram de tão doces expressões, saí com o príncipe e as duas ficaram me injuriando! Vocês me denegriram — eis o que lhe digo! Estou sabendo de tudo, de tudo!

— E na certa pela mesma fonte sórdida? — observou Mária Alieksándrovna, sorrindo com desdém — Sim, Pável Alieksándrovitch, eu o denegri, falei mal do senhor e, confesso, não me esforcei pouco. Mas o simples fato de eu ter sido forçada a denegri-lo diante dela, talvez até caluniá-lo — só isso já prova como me foi duro arrancar sua concordância em deixá-lo! O senhor não é um homem perspicaz! Se ela não o amasse eu precisaria denegri-lo, apresentá-lo numa imagem ridícula e indigna, apelar para recursos tão extremos? Ora, o senhor ainda não sabe de tudo! Eu precisava usar meu poder de mãe para arrancar o senhor do coração dela e, depois de esforços incríveis, consegui apenas uma anuência superficial. Se o senhor acabou de escutar atrás da porta, deveria ter notado que ela não me apoiou diante do príncipe, com nenhuma palavra, com nenhum gesto. Durante toda aquela cena ela quase não disse nenhuma palavra; cantou como um autômato. Toda a sua alma gemia de tristeza e eu, por pena dela, finalmente tirei o príncipe de lá. Estou certa de que ela chorou ao ficar só. Ao entrar aqui o senhor deve ter notado as suas lágrimas...

Mozglyákov de fato se lembrou de que, ao entrar correndo na sala, notara Zina em lágrimas.

— Mas a senhora, a senhora, porque a senhora estava contra mim, Mária Alieksándrovna? — bradou ele. — Por que a senhora me denegriu, me caluniou, o que agora mesmo está reconhecendo?

— Ah, essa é outra história! Se primeiro o senhor me tivesse feito perguntas sensatas, há muito tempo teria recebido a resposta. Sim, o senhor tem razão! Tudo isso fui eu que fiz, eu sozinha, não meta Zina nisso. Por que fiz? Respondo: em primeiro lugar, por Zina. O príncipe é rico, aristocrata, tem ligações, e casando-se com ele Zina conseguiria um partido brilhante. Por fim, se ele morrer — talvez até breve, porque todos nós somos mais ou menos mortais — então Zina será uma viúva jovem, princesa, membro da alta sociedade e talvez muito rica. Então poderá casar-se com quem quiser, conseguir um partido riquíssimo. Mas ela naturalmente se casará com quem ama, com quem amava antes, cujo coração estraçalharia ao se casar com o príncipe. O simples arrependimento já a levaria a reparar o seu ato diante daquele que amava antes.

— Hum! — mugiu Mozglyákov, olhando pensativo para as suas botas.

— Em segundo lugar, e isto eu menciono apenas de forma sucinta — continuou Mária Alieksándrovna —, porque o senhor talvez nem o compreenda. O senhor lê seu Shakespeare, extrai dele todos os seus sentimentos elevados, mas na realidade, embora seja "muito bondoso", ainda é demasiado jovem e eu sou mãe, Pável Alieksándrovitch! Então me escute: dou Zina ao príncipe em casamento em parte pelo próprio príncipe, porque quero salvá-lo com esse casamento. Ainda antes eu gostava daquele velho nobre, aquele boníssimo, aquele velho cavalheirescamente honrado. Éramos amigos. Ele é um infeliz nas garras daquela mulher dos infer-

O sonho do titio

107

nos. Ela o levará à cova. Deus está vendo que só levei Zina a aceitar o casamento com ele depois de lhe expor todo o aspecto sagrado da sua proeza por abnegação. Ela ficou arrebatada pela nobreza dos sentimentos, pelo fascínio da proeza. Nela mesma há qualquer coisa de cavalheiresco. Mostrei-lhe como é um ato altamente cristão ser o seu sustentáculo, o consolo, a amiga, a filhinha, a beldade, o ídolo daquele com quem talvez tenha de viver apenas um ano. Em seus últimos dias de vida, ele não seria cercado por uma mulher abjeta, nem pelo pavor, nem pelo desânimo mas pela luz, pela amizade, pelo amor. Seus últimos dias, os dias do seu declínio lhe pareceriam um paraíso! Onde há egoísmo nisso, pode fazer o favor de me dizer? Isto é antes a proeza de uma irmã de caridade, e não egoísmo!

— Então a senhora... então a senhora fez isso só pelo príncipe, só pela proeza de uma irmã de caridade? — mugiu Mozglyákov com uma voz zombeteira.

— Compreendo também essa pergunta, Pável Alieksándrovitch; é bastante clara. O senhor, talvez, pensa que neste caso há um entrelaçamento jesuítico entre a vantagem que o príncipe levará e as minhas próprias vantagens? E daí? Pode até ser que em minha cabeça houvesse esses cálculos, só que não eram jesuíticos, mas involuntários. Sei que o senhor se surpreende com uma confissão tão franca, mas uma coisa eu lhe peço, Pável Alieksándrovitch: não meta Zina nisto! Ela é pura como uma pomba: não é calculista; apenas sabe amar — minha amável filha! Se há alguém calculando, esse alguém sou eu, e só eu! Mas, em primeiro lugar, pergunte com rigor à sua consciência e diga: quem em meu lugar não faria cálculos num caso como esse? Nós calculamos as nossas vantagens até mesmo nos casos mais generosos e desinteressados, calculamos de forma imperceptível, involuntária! É claro que no auge da agitação todo mundo engana, assegurando a si mesmo que age só por nobreza. Não quero me enganar: confesso que, a despeito de toda a nobreza dos meus objetivos, fiz cálculos. Mas pergunte uma coisa: é para mim que faço cálculos? Já não preciso de mais nada, Pável Alieksándrovitch! já vivi o que tinha que viver. Faço cálculos para ela, para o meu anjo, para a minha filha — e que mãe pode me censurar por isso?

As lágrimas brilharam nos olhos de Mária Alieksándrovna. Pável Alieksándrovitch ouviu estupefato essa confissão franca e, perplexo, não entendeu nada.

— Pois é, que mãe... — disse finalmente ele. — A senhora canta bem, Mária Alieksándrovna, mas... mas acontece que a senhora tinha me dado sua palavra! A senhora me encheu de esperanças... Como é que fico? pense só! Porque agora, veja só, com que cara eu fico?

— Mas será que o senhor supõe que não pensei no senhor, *mon cher Paul*? Ao contrário: em todos esses cálculos houve tamanha vantagem para o senhor que foi ela, principalmente, que me forçou a executar todo esse empreendimento.

— Vantagem para mim? — bradou Mozglyákov, desta vez totalmente aturdido. — De que jeito?

— Meu Deus! Será que o senhor pode ser tão simples e curto de visão? — bradou Mária Alieksándrovna, erguendo os olhos para o céu. — Oh, mocidade! mocidade! Eis o que significa mergulhar nesse Shakespeare, sonhar, imaginar que vivemos, vivendo da inteligência alheia e de pensamentos alheios! O senhor pergunta, meu *bom* Pável Alieksándrovitch, onde está sua vantagem neste caso? Para efeito de clareza, permita-me fazer uma pequena digressão: Zina o ama — isto é indubitável! Mas observei que apesar do seu evidente amor, ela esconde uma certa desconfiança pelo senhor, por seus bons sentimentos, seus bons pendores. Observei que às vezes ela, como que de propósito, se contém e é fria com o senhor — isso é fruto de meditação e desconfiança. O senhor mesmo não terá observado isso, Pável Alieksándrovitch?

O sonho do titio

— Ob-ser-vei; e até hoje mesmo... Entretanto, o que a senhora está querendo dizer, Mária Alieksándrovna?

— Veja só, o senhor mesmo observou isso. Então não me enganei. Ela realmente nutre uma estranha desconfiança em relação à constância desses seus bons pendores. Sou mãe, e eu não iria adivinhar o coração de minha filha? Imagine agora se o senhor, em vez de embarafustar pela sala com censuras e desaforos, irritando-a, ofendendo-a, destratando -a — pura, bela, orgulhosa como ela é — e confirmando a contragosto as suspeitas que ela nutre a respeito dos seus pendores, pois bem, imagine se em vez disso o senhor tivesse recebido essa notícia com docilidade, lágrimas de compaixão, talvez até de desespero, mas também com uma elevada no-breza de alma...

— Hum!...

— Não, não me interrompa, Pável Alieksándrovitch. Quero lhe expor o quadro completo, que afetará toda a sua imaginação. Imagine se o senhor chegasse a ela e dissesse: "Zinaída! Eu te amo mais que a minha vida, porém motivos familiares nos separam. Compreendo esses motivos. São para a tua própria felicidade e não me atrevo a me rebelar contra eles, Zinaída! eu te perdoo. Sê feliz, se puderes!". E então lançaria para ela um olhar — olhar de cordeiro aguerrido, se é lícita essa expressão —, imagine tudo isso e pense que efei-to essas palavras surtiriam em seu coração!

— Sim, Mária Alieksándrovna, suponhamos que tudo seja assim; eu compreendo tudo... mas e então — eu diria isso e mesmo assim sairia de mãos abanando...

— Não, não e não, meu amigo! Não me interrompa! Tenho de lhe apresentar o quadro completo, com todas as consequências, para impressioná-lo de modo nobre. Imagine que o senhor se depara com ela mais tarde, ao cabo de algum tempo, na alta sociedade; e se depara em algum baile, sob o brilho das luzes, da música inebriante, entre mulheres esplên-

110 Fiódor Dostoiévski

didas, e no meio de toda essa festa o senhor, o senhor sozinho, triste, meditativo, pálido, encostado em alguma coluna (mas de um modo que estará visível), a observa no turbilhão do baile. Ela está dançando. Perto do senhor derramam-se os sons inebriantes de Strauss, espalha-se a graça da alta sociedade — e o senhor sozinho, pálido e morto de paixão! O que então aconteceria com Zinaída, já pensou? Com que olhos haveria de olhar para o senhor? "E eu — pensará ela — duvidei desse homem que por mim sacrificou tudo, tudo e despedaçou por mim seu coração!" É claro que o antigo amor ressuscitaria nela com uma força incontida!

Mária Alieksándrovna parou para tomar fôlego. Mozglyákov girou na poltrona com tanta força que ela tornou a ranger. Mária Alieksándrovna continuou.

— Pela saúde do príncipe, Zina irá para o exterior, para a Itália, a Espanha — a Espanha onde há murtas, limões, onde há um céu azul, onde fica Guadalquivir — o país do amor, onde não se pode viver sem amar; onde as rosas e os beijos, por assim dizer, se espalham pelo ar! O senhor também vai para lá, atrás dela; sacrifica o serviço público, suas ligações, tudo! Lá começa o amor de vocês dois com uma força incontida; amor, mocidade. Espanha — meu Deus! É claro que o amor de vocês é puro, sagrado; mas vão acabar *languescendo* e olhando um para o outro. O senhor está me entendendo, *mon ami*? É claro que aparecerá gente baixa, pérfida, monstros afirmando que não foi nenhum sentimento íntimo pelo sofrido velho que o atraiu para o estrangeiro. Chamei intencionalmente de puro o amor de vocês porque aquela gente talvez lhe dê um sentido bem diferente. Mas eu sou mãe, Pável Alieksándrovitch, e não serei eu a lhe ensinar coisa ruim!... É claro que o príncipe não está em condições de vigiar vocês dois — o que é que tem? Isso pode dar fundamento para uma coisa tão infame? Por fim ele morre, bendizendo o seu destino. Diga-me: com quem Zina haverá de casar-se senão com o senhor? O senhor é um parente tão distante do príncipe que não existirão obstáculos ao casamento. O senhor a tomará jovem, rica, nobre — e quando? — Quando qualquer notável grão-senhor poderia orgulhar-se de um casamento com ela! Através dela o senhor se tornará gente de casa no mais elevado círculo social; através dela o senhor receberá de pronto um emprego significativo, ganhará classe funcional. Hoje o senhor tem cento e cinquenta almas, mas então será rico; o príncipe deixará tudo organizado em seu testamento; disto eu me encarrego. E por fim o mais importante: ela já estará plenamente segura do senhor, de seu coração, dos seus sentimentos, e de repente o senhor será para ela o herói da virtude e da abnegação!... E depois disso o senhor, o senhor pergunta onde está a sua vantagem? Ora, afinal é preciso ser cego para não perceber, para não compreender, para não calcular essa vantagem, quando ela está dois passos à sua frente, olha para o senhor, lhe sorri e diz: "Aqui estou eu, a tua vantagem!". Pável Alieksándrovitch, pense só!

— Mária Alieksándrovna! — bradou Mozglyákov tomado de uma agitação incomum —, agora compreendi tudo! agi de modo grosseiro, baixo e infame!

Ele se levantou de um salto e agarrou os cabelos.

— E sem calcular — acrescentou Mária Alieksándrovna —, e o principal: sem calcular.

— Sou um asno, Mária Alieksándrovna! — bradou ele quase em desespero. — Agora tudo está perdido porque eu a amo loucamente!

— Talvez nem tudo esteja perdido — proferiu a senhora Moskaliova em voz baixa, como se ponderasse alguma coisa.

— Ah, se isso fosse possível! Ajude-me! ensine-me! salve-me! — e Mozglyákov começou a chorar.

— Meu amigo! — disse compadecida Mária Alieksándrovna, dando-lhe a mão. — O senhor agiu por excesso de precipitação, levado pelo ardor da paixão, logo, pelo amor a ela! O senhor estava desesperado, fora de si! Ora, ela deverá compreender tudo isso...

— Eu a amo loucamente e estou disposto a sacrificar tudo por ela! — bradou Mozglyákov.

— Ouça, vou absolvê-lo perante ela...

— Mária Alieksándrovna!

— Sim, vou me encarregar disto! Vou levá-lo a ela. O senhor lhe dirá tudo assim como eu acabei de lhe dizer!

— Oh, Deus! como a senhora é boa, Mária Alieksándrovna!... Mas... não dá para fazer isto agora?

— Deus me livre! Oh, como o senhor é inexperiente, meu amigo; ela é tão orgulhosa! Interpretaria isso como uma nova grosseria, como um descaramento! Amanhã mesmo dou um jeito em tudo, mas agora vá a algum lugar, ainda que seja à casa daquele comerciante... talvez seja o caso de voltar à noite; mas eu não o aconselharia!

— Estou indo, estou indo! meu Deus! A senhora me ressuscitou! Porém, mais uma pergunta: e se o príncipe não morrer tão depressa?

— Ah, meu Deus, como o senhor é ingênuo, *mon cher Paul*. Ao contrário, o senhor deve orar a Deus pela saúde dele. Todos devem desejar de coração longos dias àquele velhote amável, àquele velhote bondoso e cavalheirescamente honrado. Serei a primeira a passar dias e noites entre lágrimas orando pela felicidade de minha filha. Mas, ai! Parece que a saúde do príncipe é instável! Além disso, agora terei de visitar a capital, levar Zina à sociedade. Temo, oh, temo que isso acabe dando cabo dele! Mas oremos, *cher Paul* e, quanto ao resto, fica nas mãos de Deus!... O senhor já está de saída?! Eu o abençoo, *mon ami!* Tenha esperança, paciência, coragem, o principal — coragem. Nunca duvidei da nobreza dos seus sentimentos...

O sonho do titio

Ela apertou a mão dele com força e Mozglyákov deixou a sala na ponta dos pés.

— Bem, despedi um imbecil! — disse ela com ar de triunfo. — Restam os outros...

A porta se abriu e Zina entrou. Estava mais pálida que de costume. Seus olhos brilhavam.

— Mamãe! — acabe logo com isso ou não vou suportar! É tudo tão sórdido e torpe que estou disposta a fugir de casa. Não me atormente, não me irrite! Estou com nojo, está ouvindo? estou com nojo de toda essa sujeira!

— Zina! O que há contigo, meu anjo? Estavas... escutando atrás da porta! — bradou Mária Alieksándrovna, observando Zina com olhar fixo e intranquila.

— Sim, escutei. A senhora não vai querer me envergonhar como fez com aquele imbecil? Ouça, eu lhe juro que se a senhora ainda continuar me atormentando e me reservando papéis baixos nessa comédia sórdida, eu largo tudo e acabo com tudo de uma só vez. Já basta eu ter me decidido pela baixeza maior! Mas... eu não me conhecia! Vou ficar sufocada com essa fetidez!... — e saiu batendo a porta.

Mária Alieksándrovna a acompanhou com o olhar fixo e ficou pensativa.

— Pressa, pressa! — bradou ela, agitando-se. — Nela está o mal maior, o perigo maior, e se todos esses miseráveis não nos deixarem a sós e espalharem tudo pela cidade — o que na certa já fizeram — tudo estará perdido! Ela não suportará esse rebuliço todo e desistirá. É preciso a qualquer custo levar o príncipe imediatamente para a fazenda! Primeiro vou eu mesma correndo, agarro meu pateta e o trago para cá. Afinal, ele deve servir para alguma coisa! Lá o príncipe acordará descansado — então, a caminho! — E tocou a campainha.

— E como estão os cavalos? — perguntou ao homem que entrava.

— Faz muito tempo que estão prontos! — respondeu o criado.

Os cavalos haviam sido requisitados no instante em que Mária Alieksándrovna levava o príncipe para o andar superior.

Ela trocou de roupa, mas antes foi até o quarto de Zina para lhe informar em linhas gerais sobre sua decisão e passar algumas instruções. Mas Zina não conseguiu ouvi-la. Estava deitada na cama, com o rosto no travesseiro; banhada em lágrimas, arrancava seus longos e lindos cabelos com seus braços alvos descobertos até os cotovelos. De raro em raro estremecia como se um frio percorresse por um instante todos os seus membros. Mária Alieksándrovna quis falar, mas Zina nem sequer ergueu a cabeça.

Ao cabo de algum tempo Mária Alieksándrovna saiu perturbada e, tentando se recompensar em outro aspecto, tomou a carruagem e mandou o cocheiro correr a toda.

"Foi um mal Zina ter escutado! — pensava ela, tomando assento na carruagem. — Persuadi Mozglyákov quase com as mesmas palavras com que a persuadi. Ela é orgulhosa e talvez tenha ficado ofendida... Hum! Mas o principal, o principal é conseguir dar um jeito em tudo enquanto não farejarem! Mal! Mas se por azar meu pateta não estiver em casa!..."

Só de pensar nisso ela foi tomada de uma fúria que não anunciava nada de feliz para Afanassi Matvêitch; ela se remexia de impaciência em seu assento. Os cavalos a conduziam a toda velocidade.

O sonho do titio

X

A carruagem voava. Ainda na manhã daquele dia, enquanto Mária Alieksándrovna corria a cidade atrás do príncipe, em sua cabeça brilhou uma ideia genial. Prometemos mencionar essa ideia no devido momento. Mas o leitor já a conhece. A ideia era a seguinte: sequestrar por sua vez o príncipe e levá-lo o mais depressa possível para a fazenda nos arredores da cidade, onde prosperava em paz o ditoso Afanassi Matvêitch. Não escondemos que uma intranquilidade incomum ia se apoderando cada vez mais de Mária Alieksándrovna. Isto acontece até com os verdadeiros heróis no exato momento em que estão atingindo o seu objetivo. Um instinto lhe sugeria que seria perigoso permanecer em Mordássov. "Uma vez no campo — raciocinava ela —, a cidade inteira pode ficar de pernas para o ar!" É claro que no campo também não devia perder tempo. Tudo podia acontecer, tudo, decididamente tudo, embora nós, é claro, não acreditemos nos boatos que mais tarde os detratores de minha heroína iriam espalhar a seu respeito, dizendo que naquele momento ela estava até com medo da polícia. Numa palavra, ela percebia que era necessário casar Zina com o príncipe o mais rápido possível. Os meios estavam à mão. O casamento podia ser feito em domicílio até por um padre rural. O casamento podia ser feito até dois dias depois; no pior dos casos, até no dia seguinte. Porque havia casamentos que se arranjavam até em duas horas! Tinha de apresentar ao príncipe como um

116   Fiódor Dostoiévski

necessário *comme il faut* toda aquela pressa, toda aquela ausência de quaisquer festas, esponsais, chás de panela; infundir-lhe que isso seria mais decente, mais grandioso. Por fim, tudo poderia ser apresentado como uma aventura romanesca e assim tocar a corda mais sensível no coração do príncipe. Em um caso extremo, poder-se-ia até embebedá-lo, ou melhor, mantê-lo permanentemente bêbado. Depois, o que quer que acontecesse, Zina de qualquer maneira seria princesa! Se mais tarde fosse impossível evitar um escândalo, por exemplo, ao menos em Petersburgo ou Moscou, onde o príncipe tinha parentes, ainda assim havia um consolo. Em primeiro lugar, tudo estaria por vir; em segundo, Mária Aliek-sándrovna acreditava que na alta sociedade quase nunca se passa sem um escândalo, especialmente nos casamentos; que isso até fazia parte do tom, embora os escândalos da alta sociedade, segundo ela entendia, devessem ser sempre um tanto especiais, grandiosos, algo assim como em *O Monte Cristo*[54] ou *Mémoires du diable*.[55] Que, por fim, bastaria Zina aparecer na alta sociedade, com a mãe apoiando-a, e todos, terminantemente todos seriam no mesmo instante vencidos e ninguém, entre todas aquelas condessas e princesas, estaria em condições de suportar o sabão mordassoviano que Mária Alieksándrovna era capaz de passar em todas juntas ou em cada uma em separado. Em função de todas essas considerações é que Mária Alieksándrovna voava agora para sua fazenda em busca de Afanassi Matvêitch, que, segundo seus cálculos, era-lhe então imprescindível. De fato: levar o príncipe para o campo significava levá-lo para a companhia de

[54] *O conde de Monte Cristo* (1844), famoso romance de Alexandre Dumas, pai, que em 1858 visitou a Rússia. (N. do T.)

[55] *Memórias do diabo* (1837-1838), romance social de aventura do escritor francês Frédéric Melchior Soulié (1800-1847). (N. do T.)

Afanassi Matvêitch, com quem o príncipe talvez não desejasse travar conhecimento. Se Afanassi Matvêitch fizesse o convite, o caso tomaria um aspecto inteiramente distinto. Além disso, o aparecimento de um pai de família idoso e destacado, de gravata branca e fraque, de chapéu na mão, vindo propositalmente de terras distantes ao primeiro boato sobre o príncipe, poderia produzir um efeito extremamente agradável, poderia inclusive afagar o ego do príncipe. Seria difícil recusar um convite tão reiterado e solene, pensava Mária Alieksándrovna. Por fim a carruagem percorreu as três verstas e o cocheiro Sofron parou seus cavalos à entrada de uma longa construção de madeira de um andar, bastante vetusta e escurecida pelo tempo, com uma longa fileira de janelas e cercada por todos os lados de velhas tílias. Era a casa de campo e residência de verão de Mária Alieksándrovna. A casa já estava com as luzes acesas.

— Onde está o pateta? — começou a gritar Mária Alieksándrovna, entrando na casa como um furacão. — Para que essa toalha aqui? Ah! Ele está se enxugando! Outra vez no banho? E sempre se encharcando de chá! Então, por que esses olhos arregalados para mim, sua besta quadrada? Por que o cabelo dele não está cortado Grichka! Grichka! Grichka! Por que não cortaste o cabelo do amo como te ordenei na semana passada?

Ao entrar no cômodo, Mária Alieksándrovna tinha a intenção de dirigir a Afanassi Matvêitch uma saudação bem mais branda, porém, ao ver que ele acabava de sair do banho e tomava chá prazerosamente, não pôde conter a mais amarga indignação. De fato: quantos afazeres e preocupações da parte dela, e que quietismo beatífico da parte de um Afanassi Matvêitch imprestável para tudo e incapaz; semelhante contraste picou de pronto o coração dela. Enquanto isso o pateta ou, para ser mais respeitoso, aquele que ela chamava de pateta, estava sentado diante de um samovar, com ar apalermado de medo, de boca aberta e olhos arregalados, olhando para sua esposa, que o deixava quase petrificado com seu aparecimento. Da antessala apontava a figura sonolenta e desgrenhada de Grichka, que arregalava os olhos para toda essa cena.

— Ele não deixa, por isso não cortei — respondeu ele, mal-humorado e com a voz roufenha. — Por dez vezes me aproximei dele de tesoura na mão, dizendo: senhor, tem que cortar, senão vai sobrar para nós dois, e então o que vamos fazer? Não, diz ele, espere, até domingo eu friso; preciso do cabelo comprido.

— Como? então ele frisa! então frisa o cabelo sem minha autorização? Que corte é esse? E ademais te cai bem, com uma cabeça tola como a tua? Deus, que desordem reina aqui! A que isso cheira? Estou te perguntando, monstro, a que cheira isso aqui? — gritava a esposa, investindo cada vez mais contra um Afanassi Matvêitch inocente e de todo aturdido.

— Ma-mãezinha! — balbuciou o assustado marido, sem se levantar do lugar e olhando com ar suplicante para a sua imperiosa esposa — Ma-ma-mãezinha!...

— Quantas vezes tentei meter na tua cabeça de asno que não sou tua mãezinha? Que mãe sou eu, pigmeu de uma figa! Como podes chamar assim uma senhora nobre, cujo lugar é na alta sociedade e não ao lado de um asno como tu!

— Sim... sim, tu, Mária Alieksándrovna, seja como for és minha legítima esposa, e por isso falo assim... como marido... — quis objetar Afanassi Matvêitch e no mesmo instante levou as duas mãos à cabeça para proteger os cabelos.

— Ai, que marmota, ai, que toupeira! Ora, alguém já ouviu uma resposta mais tola? Legítima esposa! Que história é essa de esposas legítimas nos dias de hoje? Vá alguém usar na alta sociedade atual essa palavra tola, essa palavra de seminário, repugnante e vil: "*Legítima*"? — e como te atreves a me lembrar que sou tua esposa, quando procuro esquecer

O sonho do titio

isto por todos os meios, com todas as forças de minha alma? Por que estás cobrindo a cabeça com as mãos? Olhem só o cabelo dele, todo, todo molhado! Não vai secar nem em três horas! Como vou levá-lo agora? Como mostrá-lo às pessoas agora? O que me resta fazer?

E Mária Alieksándrovna torcia os braços em fúria, correndo para a frente e para trás pelo quarto. A desgraça, é claro, não era grande e podia ser corrigida, mas acontece que Mária Alieksándrovna não conseguia controlar seu espírito ambicioso e triunfal. Sentia necessidade de despejar constantemente sua ira sobre Afanassi Matvêitch, porque a tirania é um hábito que se transforma em necessidade. E, por fim, todo mundo sabe que certas senhoras refinadas de certa sociedade são capazes de tal contraste quando estão em seus bastidores; e eu queria representar exatamente esse contraste. Afanassi Matvêitch acompanhava trêmulo as evoluções de sua esposa, e chegou a transpirar olhando para ela.

— Grichka! — gritou ela afinal —, veste agora mesmo o amo! com fraque, calças, gravata branca, colete — mais ânimo! Porém, onde está a escova de cabelos dele, onde está a escova?

— Mãezinha! Acabei de sair do banho: posso pegar um resfriado se for para a cidade...

— Não vais te resfriar!

— Sim, mas o cabelo está molhado...

— Pois agora mesmo vamos secá-lo! Grichka, pega a escova de cabelos, passa no cabelo até secá-lo; com mais força! mais força! mais força! Assim! Assim!

Sob esse comando o zeloso e dedicado Grichka começou a secar com toda a força o cabelo do seu amo, agarrando-o pelos ombros para maior comodidade e inclinando-o um pouco sobre o divã. Afanassi Matvêitch franzia o cenho e por pouco não chorava.

— Agora, vem até aqui, Grichka, levanta-o. Onde está

o creme de cabelo? Inclina-te, inclina-te, pateta, inclina-te, parasita!

E Mária Alieksándrovna começou a passar com as próprias mãos o creme no cabelo do marido, puxando sem piedade os fios grisalhos que ele, por azar, não havia cortado. Afanassi Matvêitch gemia, suspirava, mas não gritou e suportou com obediência toda a operação.

— Sugaste minha seiva, porcalhão de uma figa! — proferiu Mária Alieksándrovna. — Vamos, inclina-te mais um pouco, inclina-te!

— De que jeito suguei tua seiva, mãezinha? — balbuciou o marido, inclinando a cabeça até onde podia.

— Pateta! Não compreendes uma alegoria! Agora penteia o cabelo; e tu, veste-o, mais ânimo!

Nossa heroína sentou-se numa poltrona e, com ar inquisitorial, ficou observando todo o cerimonial de paramentação de Afanassi Matvêitch. Enquanto isso ele conseguira descansar um pouco e criar ânimo, e quando a coisa chegou ao arranjo da gravata branca ele até se atreveu a exprimir alguma opinião própria sobre a forma e a beleza do nó. Por último, ao vestir o fraque o respeitável marido ganhou pleno ânimo e começou a alisar-se diante do espelho com certo respeito.

— Para onde estás me levando, Mária Alieksándrovna? — perguntou ele, ajeitando-se.

Mária Alieksándrovna não acreditou nos próprios ouvidos.

— Ouve! mas que espantalho! Como te atreves a me perguntar para onde estou te levando!

— Mãezinha, mas é preciso saber...

— Calado! Pois bem, se ainda me chamares de mãezinha, sobretudo lá para onde nós estamos indo agora, ficarás um mês inteiro em casa, sem chá.

O assustado marido calou-se.

— Que coisa! Não ganhaste uma única cruz no serviço,

O sonho do titio

121

seu porcalhão de uma figa — continua ela, olhando com desdém para o fraque preto de Afanassi Matvêitch.

Por fim Afanassi Matvêitch zangou-se.

— Mãezinha, cruzes os superiores concedem, mas eu sou um conselheiro e não um porcalhão — proferiu ele com uma nobre indignação.

— O quê, o quê, o quê? Então aprendeste a raciocinar aqui! ah, ai, que mujique de uma figa! ai, que fedelho! Bem, é uma pena eu estar sem tempo para cuidar de ti, senão... Mas depois dou um jeito. Dá o chapéu a ele, Grichka! Dá o casaco de pele também! Quando eu sair, quero que arrumes esses três cômodos; e também o quarto verde, do canto. E que estejas de escova na mão num piscar de olhos! Tira a cobertura do espelho, do relógio também, e quero tudo pronto daqui a uma hora. Tu mesmo põe o fraque, Grichka, e distribui as luvas, estás ouvindo?

Tomaram a carruagem. Afanassi Matvêitch estava surpreso, perplexo. Enquanto isso Mária Alieksándrovna pensava lá com seus botões como meter da forma mais compreensível na cabeça do seu marido algumas instruções necessárias na atual situação dele. Mas o marido a preveniu.

— Hoje, Mária Alieksándrovna, tive um sonho muito original — anunciou ele de modo inteiramente inesperado entre o silêncio dos dois.

— Fu, maldito espantalho! Eu estava pensando em sabe Deus o quê! Que sonho? e como te atreves a me importunar com teus sonhos de mujique! Original! será que entendes o que significa original? Escuta, vou dizer pela última vez que se hoje ainda te atreveres a mencionar o sonho ou alguma outra coisa, eu, eu já nem sei o que farei contigo! Ouve direitinho: estou recebendo a visita do príncipe K. Tu te lembras do príncipe K?

— Lembro-me, mãezinha, lembro-me. Por que ele apareceu por aqui?

— Calado, não é problema teu! Na qualidade de anfitrião, deves convidá-lo com uma amabilidade especial para vir agora mesmo para a nossa fazenda. É para isto que estou te levando. Hoje mesmo tomaremos a carruagem e voltaremos. Mas se te atreveres a dizer uma palavra durante toda a noite de hoje, ou amanhã, ou depois de amanhã, ou algum dia, eu te obrigarei a passar um ano inteiro tomando conta dos gansos! Não digas nada, nenhuma palavra. Eis toda a tua obrigação, entendeste?

— Mas e se perguntarem alguma coisa?

— Mesmo assim, cala-te.

— Só que não dá para ficar sempre calado, Mária Alieksándrovna.

— Neste caso responde com monossílabos. Alguma coisa assim como "Hum!", ou alguma coisa para mostrar que és um homem inteligente e analisas antes de responder.

— Hum!

— Procura me entender! Estou te levando para que ouças sobre o príncipe e no mesmo instante, extasiado com a visita dele, corras até ele para testemunhar o teu respeito e convidá-lo à tua casa no campo; estás entendendo?

— Hum!

— Ah, não é para ficar com esse "hum" agora, imbecil! a mim deves responder.

— Está bem, mãezinha, tudo será do teu jeito; mas por que eu devo convidar o príncipe?

— O quê, o quê, novamente raciocinando! Ora, não é da tua conta: por quê? e como te atreves me perguntar isso?

— Sim, mas é o que eu estou perguntando, Mária Alieksándrovna: como vou convidá-lo se tu ordenas que me cale?

— Vou falar por ti e tu te limitas a inclinar a cabeça, ouvir, só inclinando a cabeça e com o chapéu na mão. Entendes?

— Entendo, mã... Mária Alieksándrovna.

O sonho do titio

— O príncipe é por demais espirituoso. Se ele disser alguma coisa, ainda que não seja a ti, responde a tudo com um sorriso bonachão e alegre, estás ouvindo?

— Hum!

— Outra vez com esse hum! Comigo não precisas desse hum! Deves responder de forma direta e simples: se estás ouvindo ou não.

— Estou ouvindo, Mária Alieksándrovna, estou ouvindo, como deixar de ouvir? E o "hum" só uso para me acostumar, como tu mandaste. Só que vou perguntar a mesma coisa, mãezinha; como é isso: se o príncipe diz alguma coisa tu me mandas olhar para ele e sorrir. Mas e se mesmo assim ele me perguntar alguma coisa?

— Mas que toupeira! Eu já te disse: calado. Responderei por ti, apenas ficarás olhando e sorrindo.

— Só que ele vai pensar que sou mudo — rosnou Afanassi Matvêitch.

— Grande coisa! que pense; em compensação esconderás que és um imbecil.

— Hum... Bem, e se outras pessoas perguntarem alguma coisa?

— Ninguém vai perguntar, não haverá ninguém. Mas se eventualmente aparecer alguém — que Deus me livre! — e te perguntar ou disser alguma coisa, responde de pronto com um sorriso sarcástico. Sabes o que é um sorriso sarcástico?

— Será um gracejo, mãezinha?

— Eu te dou um gracejo, pateta! E quem vai querer ouvir um gracejo de ti, imbecil! É um sorriso zombeteiro, estás entendendo, zombeteiro e desdenhoso.

— Hum.

"Oh, estou receosa por esse pateta! — murmurava de si para si Mária Alieksándrovna. — Ele jurou terminantemente sugar todas as minhas seivas! Palavra que melhor seria não o ter trazido e pronto!"

Assim raciocinando, Mária Alieksándrovna lamentava intranquila, olhava sem cessar pela janelinha de sua carruagem e apressava o cocheiro. Os cavalos voavam, mas tudo lhe parecia vagaroso. Sentado em seu canto em silêncio, Afanassi Matvêitch repetia mentalmente as lições. Por fim a carruagem chegou à cidade e parou diante da casa de Mária Alieksándrovna. Porém, mal nossa heroína conseguiu descer da carruagem à entrada de sua casa, de repente viu aproximar-se um trenó de dois lugares, aquele mesmo em que costumava viajar Anna Nikoláievna Antípova. No trenó havia duas senhoras. Uma delas era, naturalmente, a própria Anna Nikoláievna, a outra, Natália Dmítrievna, sua recente amiga sincera e seguidora. Mária Alieksándrovna sentiu um aperto no coração. Contudo, nem teve tempo de dizer ai e já chegava outra carruagem, trazendo, pelo visto, mais alguma visita. Ouviram-se exclamações de alegria.

— Mária Alieksándrovna! e junto com Afanassi Matvêitch! Chegando! E de onde? Como de propósito, aqui estamos para passar a tarde inteira com a senhora! Que surpresa!

As visitas desceram na entrada e começaram a chilrear como andorinhas. Mária Alieksándrovna não acreditava em seus olhos e ouvidos.

"Que se danem todas — pensou consigo. — Isso cheira a complô! Preciso investigar! Mas... não serão vocês, suas maritacas, que hão de me passar a perna!... Podem esperar!..."

O sonho do titio

XI

Mozglyákov saiu da casa de Mária Alieksándrovna pelo visto perfeitamente consolado. Ela o deixara no auge do entusiasmo. Não foi à casa de Borodúiev por sentir necessidade de ficar só. Um excepcional afluxo de devaneios heroicos e românticos não o deixava em paz. Ele sonhava com uma explicação solene com Zina, depois com as lágrimas nobres do coração dela, que tudo perdoava, com a palidez o o desespero no brilhante baile de Petersburgo, com a Espanha, Guadalquivir, o amor e o príncipe moribundo juntando as mãos dos dois na hora da morte. Depois a mulher-beldade, dedicada a ele e constantemente admirada do seu heroísmo e dos seus sentimentos sublimes; num relance, em meio a um ruído, notaria a atenção de alguma condessa da alta sociedade, onde ele chegaria infalivelmente através do casamento com sua Zina, viúva do príncipe K, o posto de vice-governador, um dinheirinho — numa palavra, tudo o que Mária Alieksándrovna pintara com tanta eloquência perpassava mais uma vez por sua alma toda satisfeita, afagando-o, atraindo-o e, o principal, massageando o seu ego. Mas eis que — palavra que não sei como explicar isto — quando ele já começava a fatigar-se de todos esses enlevos, súbito lhe veio um pensamento deplorável: ora, seja como for, tudo isso ainda está por vir, ao passo que ele, apesar de tudo, por enquanto está de nariz muitíssimo comprido. Quando essa ideia lhe ocorreu, ele percebeu que se metera num lugar muito distante, num subúrbio isolado e desconhecido de Mordássov. Escurecia. Pelas ruas formadas de casinholas, que afundavam no chão, ladravam ensandecidamente uns cães que nas cidadezinhas de província aparecem em número assustador, justo naqueles quarteirões onde não há nada para guardar e nada para roubar. Começava a cair uma neve úmida. De raro em raro se deparava com algum retardatário, homem ou mulher, de sobrecasaca e botas. Não se sabe por quê, tudo isso começava a deixar Pável Alieksándrovitch zangado — muito mau sinal, porque, ao contrário, quando as coisas vão bem, tudo nos parece encantador e radiante. Pável Alieksándrovitch lembrou-se, sem querer, de que até então dera constantemente o tom em Mordássov; gostava muito quando em todas as casas o mencionavam como pretendente e o felicitavam por esse mérito. Até se orgulhava pelo fato de ser pretendente. E súbito aparecia como carta fora do baralho diante de todas as pessoas! Iriam rir. Ora, não iria mesmo fazer todo mundo mudar de convicção, nem falar dos bailes de Petersburgo em salões com colunas, nem de Guadalquivir! Raciocinando, chateado e reclamando, acabou por esbarrar numa ideia que há muito tempo lhe atormentava às escondidas o coração: "Será que tudo isso é verdade? Será que tudo vai se realizar do jeito que Mária Alieksándrovna pintou?". Nisto, aliás, lembrou-se de que Mária Alieksándrovna era uma mulher extremamente ladina, que ela, por mais que merecesse o respeito geral, ainda assim bisbilhotava e mentia de manhã à noite. Que agora, depois de afastá-lo, era provável que para isto tivesse motivos especiais e que, enfim, ela era mestre em pintar as coisas. Ele pensava também em Zina; veio-lhe à lembrança aquele olhar de despedida, que nem de longe exprimia um apaixonado amor secreto; ao mesmo tempo, aliás, lembrou-se de que, apesar de tudo, engolira dos lábios dela aquele "imbecil". Diante dessas lembranças, Pável

O sonho do titio 127

Alieksándrovitch súbito parou como que plantado e corou de vergonha até às lágrimas. Como de propósito, no minuto seguinte deu-se com ele um incidente desagradável: ele tropeçou e caiu da calçada de madeira em cima de um monte de neve. Enquanto se debatia na neve, uma matilha de cães, que há muito o perseguia com seus latidos, investiu contra ele de todos os lados. Um cãozinho, petulante, o menor de todos, chegou até a pendurar-se nele, agarrado com os dentes na aba do casaco de pele. Tentando livrar-se dos cães, praguejando em voz alta e até amaldiçoando o seu destino, Pável Alieksándrovitch, com a aba do casaco rasgada e um aborrecimento insuportável na alma, finalmente chegou à esquina da rua e só então percebeu que havia se perdido. Sabe-se que um homem perdido numa parte desconhecida de uma cidade, sobretudo à noite, jamais consegue caminhar em linha reta pela rua; a todo instante é impelido por alguma força invisível a entrar fatalmente em todas as ruas e becos que encontra pelo caminho. Seguindo esse sistema, Pável Alieksándrovitch perdeu-se de forma definitiva. "Que o diabo carregue todas aquelas ideias elevadas! — dizia de si para si, cuspindo vespa. — Que o próprio diabo carregue todos vocês com os seus sentimentos elevados e sua Guadalquivir!" Não digo que nesse instante Mozglyákov estivesse encantador. Por fim, cansado, exausto depois de vaguear duas horas, chegou à entrada da casa de Mária Alieksándrovna. Ao ver muitas carruagens, ficou surpreso. "Será que são visitas, será que está havendo um jantar de gala? — pensou. — Com que objetivo?" Informado por um criado, que encontrou ali, de que Mária Alieksándrovna estivera no campo e trouxera consigo Afanassi Matvêitch de gravata branca, e que o príncipe já havia acordado, mas ainda não tinha descido para a companhia das visitas, Pável Alieksándrovitch não disse uma palavra e subiu para a companhia do tio. Nesse instante, estava exatamente naquele estado de espírito em que um mau caráter é capaz de, por vingança, apelar para uma sujeira perversa sem pensar que talvez tenha de se arrepender disto pelo resto da vida.

Ao chegar em cima, viu o príncipe sentado numa poltrona diante de sua toalete de viagem e com a cabeça completamente descoberta, mas já de cavanhaque e suíças. Sua peruca estava na mão do seu favorito, o velho e grisalho camareiro Ivan Pakhómitch. Compenetrado, Pakhómitch penteava respeitosamente a peruca. Quanto ao príncipe, parecia uma figura muito lastimável, que ainda não voltara a si depois de uma recente bebedeira. Estava ali com uma aparência de decaído, comendo mosca, morrinhento e desanimado, e olhava para Mozglyákov como se não o reconhecesse.

— Como vai sua saúde, titio? — perguntou Mozglyákov.

— Como... és tu? — enfim perguntou o titio. — Meu caro, dormi um pouco. Ah, meu Deus! — bradou, enchendo-se de ânimo —, mas eu... estou sem pe-ruca!

— Não se preocupe, titio! Eu... o ajudo, se o senhor quiser.

— Ah, mas agora descobriste o meu segredo! Mas eu tinha mandado fe-char a porta. Bem, meu amigo, deves dar-me i-me-di-a-ta-men-te tua palavra de honra de que não vais te aproveitar do meu segredo nem dizer a ninguém que meu cabelo é pos-ti-ço.

— Ora, titio, será que o senhor me acha capaz de tamanha baixeza? — bradou Mozglyákov, procurando agradar ao velhote visando a... futuros objetivos.

— Pois é, pois é! E como vejo que és um homem digno, sendo assim vou te fazer uma sur-pre-sa... vou te revelar todos os meus se-gre-dos. O que achas do meu bi-go-de, meu querido?

— Magnífico, titio! admirável! Como o senhor conseguiu conservá-lo por tanto tempo.

— Mude de opinião, meu amigo, ele é pos-ti-ço — pro-

O sonho do titio

feriu o príncipe, olhando para Pável Alieksándrovitch com ar solene.

— Será? É difícil acreditar. Bem, mas e as suíças? Confesse, titio, na certa o senhor as pinta?

— Pinto? Não só não pinto como são absolutamente artificiais!

— Artificiais? Não, titio, desculpe, mas não acredito. O senhor está rindo de mim.

— *Parole d'honneur, mon ami!*[56] — bradou triunfante o príncipe — e, i-ma-gina, todos, de-ci-da-mente todos, como tu, se en-ganam! Nem Stiepanida Matvêievna acredita, embora às vezes ela ar-ru-me os fios. Mas estou certo, meu amigo, de que guardarás o meu segredo. Dá-me a palavra de honra...

— Palavra de honra, titio, que vou guardá-lo. Repito: será que o senhor me considera capaz de tamanha baixeza?

— Ah, meu amigo, que tombo levei hoje na tua ausência! Feofil mais uma vez me der-rubou da carruagem.

— Derrubou mais uma vez! Mas quando?

— Quando a gente se aproximava do mos-teiro...

— Sei, titio, ainda há pouco.

— Não, não, duas horas atrás, não mais. Eu ia ao mosteiro e então ele pegou e me derrubou; me deixou tão as-sus--ta-do, meu coração até saiu do lugar.

— Mas, titio, acontece que o senhor estava dormindo! — proferiu surpreso Mozglyákov.

— Pois é, estava dormindo... mas depois par-ti, se bem que eu... se bem que eu, é possível que eu tenha... ah, como isso é estranho!

— Titio, eu lhe asseguro que o senhor sonhou com isso!

[56] "Palavra de honra, meu amigo!", em francês no original. (N. do T.)

O senhor estava dormindo na maior tranquilidade desde que almoçou.

— Será? — e o príncipe ficou pensativo. Pois é, é possível que eu tenha mesmo sonhado com isso. Pensando bem, me lembro de tudo o que vi em sonho. Primeiro sonhei com um touro estranhíssimo, com chifres; depois sonhei com um pro-mo-tor, que também parecia ter chi-fres.

— Na certa era Nikolai Vassílievitch Antípov, titio.

— Pois é, é possível que fosse ele mesmo. Mas depois vi Napoleão Bonaparte. Sabe, meu amigo, todo mundo me diz que me pareço com Bo-na-parte... mas, de perfil, eu não me pareço impressionantemente com um papa antigo? O que achas, meu querido, eu me pareço com um pa-pa?

— Acho que o senhor se parece mais com Napoleão, titio.

— Pois é, isso *en face*.[57] Aliás, eu mesmo acho isso, meu querido. Sonhei com ele, quando ele estava preso na ilha, e sabes, era tão falante, desembaraçado, brincalhão, de sorte que me distraiu ex-tra-or-di-na-ri-a-mente.

— O senhor está falando de Napoleão, titio? — perguntou Pável Alieksándrovitch, olhando pensativo para o tio. Uma estranha ideia começava a se insinuar em sua cabeça, ideia com a qual ele mesmo ainda não conseguia atinar.

— Pois é, de Na-po-leão. Nós dois estávamos sempre conversando sobre filosofia. Sabe, meu amigo, até lamento que... os ingleses tenham sido tão severos com ele. É claro que se não o mantivessem acorrentado ele tornaria a atacar as pessoas. Era um louco! Mas mesmo assim dá pena. Eu não teria agido assim. Eu o teria colocado numa ilha de-ser-ta...

— Por que deserta? — perguntou Mozglyákov com ar distraído.

---

[57] Em francês no original. Literalmente, "de frente". (N. do T.)

O sonho do titio

— Bem, podia até ser numa ilha ha-bi-ta-da, só que unicamente por gente sensata. Bem, eu organizaria vários di-ver-ti-men-tos para ele: teatro, música, balé, e tudo com dinheiro público. Permitiria que saísse para passear, naturalmente sob vigilância, senão ele daria no pé. Ele gostava muito de uns pastelões. Bem, eu mandaria fazer pastelões para ele todos os dias. Eu cuidaria dele, por assim dizer, de forma pa-ter-nal. Comigo ele se ar-re-pen-de-ria...

Mozglyákov ouvia distraído a tagarelice do velhote meio acordado e roía as unhas de impaciência. Queria levar a conversa para o casamento — ele mesmo ainda não sabia para quê; porém uma raiva infinita fervia em seu coração. Súbito o velhote deu um grito de surpresa.

— Ah, *mon ami!* Esqueci-me de te di-zer. Imagina que hoje eu fiz uma pro-pos-ta de casamento.

— Uma proposta, titio? — bradou Mozglyákov, animando-se.

— Pois é, uma pro-pos-ta. Pakhómitch, já vais embora? Está bem. *C'est une charmante personne...*[58] No entanto... eu te confesso, meu amigo, que agi sem pen-sar. Só agora o per-ce-bo, ah, meu Deus.

— Mas me permita, titio, quando foi que o senhor fez a proposta?

— Eu te confesso, meu amigo, que nem sei ao certo quando. Será que eu não tive um sonho? Ah, não obs-tan-te, como isso é es-tra-nho!

Mozglyákov teve um estremecimento de êxtase. Uma nova ideia brilhou em sua cabeça.

— Mas a quem e quando o senhor fez a proposta, tio? — repetiu ele com impaciência.

---

[58] "É uma pessoa magnífica...", em francês no original. (N. do T.)

— À filha da anfitriã, *mon ami, cette belle personne*...[59] aliás, me esqueci como se cha-ma. Só que, como estás vendo, *mon ami*, não posso me ca-sar de maneira nenhuma. E ago-ra, o que devo fazer?

— Sim, é claro, o senhor vai se arruinar se se casar. Mas me permita lhe fazer mais uma pergunta, titio. O senhor está mesmo certo de que de fato fez a proposta?

— Pois é, estou certo.

— E se o senhor tiver sonhado com isso assim como sonhou que caiu da carruagem?

— Ah, meu Deus, realmente é possível que eu tenha so-nhado com isso! De sorte que agora não sei como a-pa-recer lá. Como descobrir com cer-te-za, meu amigo, de uma forma indireta: fiz ou não a proposta? Senão, imagina qual é agora a minha situação?

— Sabe, titio? Acho que não há razão para descobrir.

— E por quê?

— Estou certo de que o senhor sonhou.

— Eu também penso a mesma coisa, meu que-ri-do, ainda mais porque frequentemente tenho sonhos se-me--lhan-tes.

— Veja só, titio. Imagine que o senhor bebeu um pouco no café da manhã, depois no almoço e por último...

— Pois é, meu amigo; exatamente, talvez tenha sido por is-so.

— Ainda mais, titio, que, por mais que o senhor estives-se exaltado, ainda assim nunca teria podido fazer na realida-de uma proposta tão insensata. Até onde o conheço, titio, o senhor é um homem sumamente sensato e...

— Pois é, pois é.

— Imagine apenas uma coisa: se isso chegasse ao conhe-

---

[59] "Aquela bela pessoa...", em francês no original. (N. do T.)

O sonho do titio

cimento dos seus parentes, que já têm uma má predisposição com o senhor, o que aconteceria?

— Ah, meu Deus! — bradou o príncipe assustado. — O que aconteceria?

— Veja só! Gritariam todos a uma só voz que o senhor estava fora do juízo quando fez isso, que o senhor é louco, que o senhor precisa de tutela, que o senhor foi enganado, e talvez trancassem o senhor em algum lugar sob vigilância.

Mozglyákov sabia como era possível assustar o velhote.

— Ah, meu Deus! — bradou o príncipe, tremendo feito varas verdes. — Será que me trancariam?

— Por isso pense, titio: o senhor poderia fazer uma proposta tão imprudente na realidade? O senhor mesmo compreende o que ganharia com isso. Afirmo solenemente que o senhor sonhou com tudo isso.

— Sem dú-vi-da foi um sonho, sem dú-vi-da foi um sonho! — repetiu o príncipe assustado — Ah, com que intelligência avaliaste tudo isso, meu que-ri-do. Agradeço de coração por me fazeres *compreender*.

— Estou muitíssimo contente por ter encontrado o senhor hoje, titio. Imagine só: sem mim o senhor podia realmente ter se atrapalhado, pensando que era noivo, e sair daqui noivo. Imagine como isso é perigoso!

— Pois é... pois é, perigoso!

— Lembre-se apenas de que essa moça tem vinte e três anos; ninguém quer se casar com ela, e de repente o senhor, rico, nobre, aparece como noivo! Essa gente iria imediatamente se agarrar à ideia, assegurar ao senhor que de fato é o noivo, e casá-lo, talvez à força. E então iriam calcular que talvez o senhor morresse logo.

— Será?

— E por fim, lembre-se, titio: um homem com os seus méritos...

— Pois é, com os meus méritos...

— Com sua inteligência, com sua amabilidade...

— Pois é, com minha inteligência, é!...

— E, por fim, o senhor é um príncipe. Seria esse o partido que o senhor poderia conseguir se de fato precisasse se casar por alguma razão? Pense só no que diriam os seus parentes?

— Ah, meu amigo, eles me devorariam completamente! Já experimentei da parte deles tanta traição e maldade... Imagina, desconfio de que eles estavam querendo me meter num ma-ni-cô-mio. Pensa só, meu amigo, isso faz sentido? Pois bem, o que eu iria fazer lá... num ma-ni-cômio?

— É claro, titio, por isso não vou sair de perto do senhor quando o senhor descer. Agora estão com visitas.

— Visitas? Ah, meu Deus!

— Não se preocupe, titio, estarei a seu lado.

— Como te sou gra-to, meu querido, tu és simplesmente meu salvador! Mas sabes de uma coisa? É melhor eu ir embora.

— Amanhã, titio, amanhã de manhã, às sete horas. Mas hoje o senhor faz as suas despedidas perante todos e diz que amanhã estará de partida.

— Sem dúvida vou embora... visitar o padre Missail... Mas, meu amigo, como é que lá embaixo podem querer me arranjar ca-sa-mento?

— Não tema, titio, estarei com o senhor. E por último, o que quer que lhe digam, o que quer que insinuem, diga francamente que o senhor sonhou com tudo isso... como de fato foi o que aconteceu.

— Pois é, sem dú-vi-da foi um sonho! só que, sabe, meu amigo, mesmo assim foi um sonho mais que en-can-ta-dor! Ela é admiravelmente bela e, sabe, tem umas formas...

— Adeus, titio, vou descer, e o senhor...

— Como! Como vais me deixar sozinho? — bradou o príncipe assustado.

O sonho do titio

— Não, titio, vamos apenas descer separados: primeiro eu, depois o senhor. Assim será melhor.

— Ah, está bem. Aliás, estou até precisando anotar um pensamento.

— Isso mesmo, titio, anote seu pensamento e depois desça, não demore. Amanhã pela manhã...

— Amanhã pela manhã, sem falta, para a casa do hieromonge, para a casa do hie-ro-mon-ge! *Charmant, charmant!* Sabe, meu amigo, ela é de uma beleza ad-mi-rá-vel... tem umas formas... e se eu precisasse sem falta de me casar, então eu...

— Deus o livre, titio!

— Pois é, Deus me livre!... Bem, adeus, meu amigo, neste instante eu... vou a-no-tar. *A propos*, faz muito tempo que eu queria te perguntar: leste as memórias de Casanova?

— Li, titio, por quê?

— Pois é.., acabei de es que eei o que queria dizer...

— Depois o senhor se lembra, titio; até logo!

— Até logo, meu amigo, até logo! Mas aquele foi um sonho en-can-ta-dor!...

XII

— Viemos todas visitá-la, todas! E Praskóvia Ilínitchna também virá, assim como Luisa Karlovna gostaria de vir — piava Anna Nikoláievna, entrando no salão e olhando avidamente ao redor. Era uma senhora baixinha bastante bonita, metida num vestido estampado porém luxuoso, e, além disso, sabia muito bem que era bonitinha. Achava que o príncipe estava escondido com Zina em algum canto da casa.

— Catierina Pietrovna virá, e Felissata Mikháilovna também estava querendo vir — acrescentou Natália Dmítrievna, uma senhora de tamanho colossal, cujas formas tanto tinham agradado o príncipe e que se parecia demais com um granadeiro. Usava um chapeuzinho rosa inusualmente pequeno, cuja aba sobressaía sobre sua nuca. Era, há três semanas, a mais sincera amiga de Anna Nikoláievna; rondava-a, bajulava-a desde muito tempo e, a julgar por aparência, podia tragá-la de um só gole sem deixar nenhum ossinho.

— Já não falo do, posso dizer, êxtase que sinto ao ver vocês duas em minha casa, e ainda à noite — cantou Mária Alieksándrovna, recuperando-se da primeira surpresa —, mas me digam, por favor, que milagre as trouxe hoje à minha casa, quando eu já havia perdido completamente a esperança de merecer tal honra.

— Oh, meu Deus, Mária Alieksándrovna, o que é isso, palavra! — pronunciou com doçura Natália Dmítrievna,

O sonho do titio

cheia de dengo e piando com recato, o que criava um curiosíssimo contraste com a sua aparência.

— Mais, ma charmante — chilreou Anna Nikoláievna —, algum dia teremos de concluir todos os nossos preparativos com esse teatro. Hoje mesmo Piotr Mikháilovitch disse a Kallist Stanislávitch que se sente por demais amargurado porque não colocamos esse assunto nos eixos e apenas brigamos. Então nos reunimos hoje à tardinha e pensamos: vamos à casa de Mária Alieksándrovna e resolvamos tudo isso de uma vez! Fizemos saber a Natália Dmítrievna e às outras. Todas virão. Então combinamos e vai ser bom. Que não digam que nós apenas brigamos, não é, mon ange? — acrescentou ela em tom brejeiro, beijando Mária Alieksándrovna. — Ah, meu Deus! Zinaída Afanássievna! A cada dia a senhora está mais bonita! — Anna Nikoláievna lançou-se aos beijos para Zina.

— Aliás, ela não tem mais o que fazer senao ficar mais bonita — acrescentou Natália Dmítrievna, esfregando suas mãozinhas.

"Ah, o diabo que as carregue! Não estava nem pensando nesse teatro! Souberam se aproveitar, maritacas!" — murmurou Mária Alieksándrovna, fora de si de tanta fúria.

— Ainda mais, meu anjo — acrescentou Anna Nikoláievna —, que agora a senhora está com aquele amável príncipe em casa. Porque a senhora sabe que os antigos senhores de terras de Dukhánovo mantinham um teatro. Nós já assuntamos e sabemos que lá estão guardadas todas aquelas decorações antigas, as cortinas e até os trajes. Hoje o príncipe esteve em minha casa, fiquei tão surpresa com sua visita que me esqueci por completo de lhe falar. Agora vamos falar especificamente sobre o teatro, a senhora nos ajudará, e o príncipe mandará nos enviar todos aqueles velhos trastes. Senão, quem aqui mandará fazer alguma coisa parecida com uma decoração? E o mais importante é que queremos atrair o príncipe para o nosso teatro. Ele deve necessariamente fazer uma subscrição: porque é para os pobres. Talvez até assuma um papel — é tão amável, cordato. E então vai ser uma maravilha.

— É claro que aceitará um papel. Pode-se fazê-lo representar qualquer papel — acrescentou com ar importante Natália Dmítrievna.

Anna Nikoláievna não enganara Mária Alieksándrovna: a cada instante outras senhoras apareciam. Mária Alieksándrovna mal conseguia recebê-las e proferir as exclamações que em tais situações exigem o bom tom e o *comme il fault*.

Não me atrevo a descrever todas as visitas. Direi apenas que cada uma tinha no olhar uma malícia extraordinária. Todas traziam estampada no rosto uma expectativa e uma espécie de impaciência feroz. Algumas das senhoras tinham vindo com a firme intenção de testemunhar algum escândalo singular e ficariam muito zangadas se tivessem de partir de mãos abanando. Na aparência, todas se portavam com uma amabilidade inusitada, mas Mária Alieksándrovna havia se preparado com firmeza para o ataque. Choviam perguntas sobre o príncipe, que pareciam as mais naturais; porém, em cada uma havia uma insinuação, um rodeio. Apareceu chá; todas se acomodaram. Um grupo apossou-se do piano de cauda. Convidada a tocar e cantar, Zina respondeu secamente que não estava se sentindo muito bem. A palidez de seu rosto era a prova disto. No mesmo instante choveram perguntas interessadas e houve quem aproveitasse o ensejo para perguntar e insinuar algo. Perguntaram sobre Mozglyákov e dirigiram essas perguntas a Zina. Mária Alieksándrovna decuplicava-se nesse momento, via tudo o que se passava em cada canto do salão, escutava o que dizia cada uma das visitas, embora fossem umas dez, e respondia de pronto a todas as perguntas, claro que sem papas na língua. Tremia por Zina e se admirava do fato de que ela não se retirava, como sempre

O sonho do titio

139

fizera até então em semelhantes reuniões. Também notaram Afanassi Matvêitch. Todo mundo sempre caçoava dele com a finalidade de atingir Mária Alieksándrovna através do marido. Agora era possível sondar alguma coisa através do medíocre e franco Afanassi Matvêitch. Mária Alieksándrovna observava intranquila o cerco em que se encontrava o seu esposo. Ainda por cima, a todas as suas perguntas ele respondia "hum", e com uma expressão tão rara e antinatural que justificava a fúria da esposa.

— Mária Alieksándrovna! Afanassi Matvêitch não quer falar conosco de jeito nenhum — disse uma ousada senhora de olhos arregalados, que terminantemente não temia ninguém e jamais se perturbava. — Mande que ele seja mais cortês com as damas.

— Na verdade, eu mesma não sei o que se passa com ele hoje — respondeu Mária Alieksándrovna, interrompendo sua conversa com Anna Nikoláievna e Natália Dmítrievna e sorrindo alegremente —, de fato, ele está tão calado! Até comigo ele quase não trocou nenhuma palavra. Por que não respondes a Felissata Mikháilovna, Athanase? O que a senhora estava lhe perguntando?

— Mas... mas... mãezinha, a senhora mesma... — murmurou o surpreso e atrapalhado Afanassi Matvêitch. Nesse instante ele se encontrava junto à lareira acesa, com as mãos sobre o colete, numa posição pitoresca que ele mesmo havia escolhido, e sorvia chá. As perguntas das senhoras o deixavam tão perturbado que ele corava como uma mocinha. Quando começou a se justificar, encontrou um olhar tão terrível de sua enfurecida esposa que por pouco não desmaiou de susto. Sem saber o que fazer, desejando corrigir-se de algum modo e voltar a merecer o respeito, quis sorver o chá; mas o chá estava demasiado quente. Sem regular o gole, queimou-se terrivelmente, deixou cair a xícara, engasgou-se e começou a pigarrear de tal maneira que foi forçado a deixar por algum tempo o salão, provocando a perplexidade de todos os presentes. Numa palavra, tudo estava claro. Mária Alieksándrovna compreendeu que suas visitas sabiam de tudo e estavam ali reunidas com as piores intenções. A situação era perigosa. Podiam começar a falar, desnortear o velho demente em sua presença. Podiam até levar o príncipe de sua casa, depois de fazê-lo brigar com ela naquela mesma noite, e seduzi-lo a acompanhá-las. Tudo se podia esperar. No entanto o destino lhe preparava mais uma provação: a porta se abriu e apareceu Mozglyákov, que ela imaginava em casa de Borodúiev e que de maneira nenhuma esperava naquela noite. Ela estremeceu como se algo a tivesse picado.

Mozglyákov parou e, meio atrapalhado, olhou para todos ao redor. Não estava em condições de haver-se com a agitação que era nítida em seu rosto.

— Ah, meu Deus, Pável Alieksándrovitch! — gritaram várias vozes.

— Ah, meu Deus, aí está Pável Alieksándrovitch! Mária Alieksándrovna, como a senhora disse que ele tinha ido à casa de Borodúiev? Disseram-nos que o senhor estava escondido em casa de Borodúiev, Pável Alieksándrovitch — piou Natália Dmítrievna.

— Escondido? — repetiu Mozglyákov com um sorriso torto. Estranha expressão — Desculpe, Natália Dmítrievna! Não estou me escondendo de ninguém nem desejo esconder ninguém — acrescentou ele, olhando com ar significativo para Mária Alieksándrovna.

Mária Alieksándrovna começou a tremer.

"Como, será que até esse pateta está rebelado? — pensou ela, examinando Mozglyákov com um olhar escrutador. — Não, isto será pior que qualquer coisa..."

— Pável Alieksándrovitch, é verdade que o senhor foi descartado?... do trabalho, é claro — investiu a impertinente Felissata Mikháilovna, encarando-o com ar zombeteiro.

O sonho do titio

— Descartado? Como descartado? Estou simplesmente mudando de emprego. Saiu um emprego para mim em Petersburgo — respondeu secamente Mozglyákov.

— Sendo assim, parabéns — continuou Felissata Mikháilovna —, nós até nos assustamos quando ouvimos dizer que o senhor estava correndo atrás de um emprego aqui em Mordássov. Os empregos aqui não são seguros, Pável Alieksándrovitch, num piscar de olhos leva-se um pontapé.

— Só se for vaga de professor numa escola distrital; aí ainda se pode arranjar uma vaga — observou Natália Dmítrievna. A insinuação foi tão clara e grosseira que Anna Nikoláievna, atrapalhando-se, deu um leve pisão em sua venenosa amiga.

— Será que a senhora pensa que Pável Alieksándrovitch concordaria em assumir um emprego em alguma escola? — concluiu Felissata Mikháilovna.

Contudo, Pável Alieksándrovitch nao achou o que responder. Deu meia-volta e esbarrou em Afanassi Matvêitch, que lhe estendia a mão. Numa atitude de extrema tolice, Mozglyákov não apertou a mão dele e inclinou-se até a cintura numa zombeteira reverência. No auge da irritação, caminhou direto para Zina, encarou-a com raiva e murmurou:

— Tudo isso por bondade sua. Aguarde, ainda hoje à noite eu lhe mostro se sou imbecil ou não.

— Por que adiar? Já está na cara — respondeu Zina em voz alta, medindo seu ex-noivo com os olhos, enojada.

Mozglyákov deu meia-volta às pressas, assustado com a voz alta de Zina.

— O senhor está vindo da casa de Borodúiev? — resolveu enfim perguntar Mária Alieksándrovna.

— Não, da companhia do titio.

— Do titio? quer dizer então que o senhor estava agora com o príncipe?

— Ah, meu Deus! então isso significa que o príncipe já

acordou; mas nos disseram que ele ainda estava dormindo — acrescentou Natália Dmítrievna, olhando com ar venenoso para Mária Alieksándrovna.

— Não se preocupe com o príncipe, Natália Dmítrievna — respondeu Mozglyákov —, ele acordou e graças a Deus está nesse momento em seu perfeito juízo. Ainda há pouco o embriagaram, primeiro em sua casa, e depois acabaram de embebedá-lo aqui, de sorte que ele quase perdeu a cabeça, que já não é sadia. Mas agora, graças a Deus, nós dois conversamos e ele começou a raciocinar com bom senso. Num instante estará aqui para se despedir da senhora, Mária Alieksándrovna, e agradecer por toda a sua hospitalidade. Amanhã, assim que o dia amanhecer, nós dois partiremos para o deserto e depois eu o acompanharei sem falta até Dukhánovo para evitar uma segunda queda, como aconteceu hoje, por exemplo; lá ele será recebido em mãos por Stiepanida Matvêievna, que até então terá voltado obrigatoriamente de Moscou e por nada deixará que ele torne a sair para passear — por isso eu respondo.

Ao dizer isso, Mozglyákov olhava furioso para Mária Alieksándrovna. Esta estava sentada, como que muda de surpresa. Confesso com amargura que minha heroína estava acovardada pela primeira vez na vida.

— Então eles estão partindo amanhã tão logo o dia amanheça? como assim? — proferiu Natália Dmítrievna, dirigindo-se a Mária Alieksándrovna.

— Como assim? — ouviu-se uma pergunta ingênua entre as visitas. — E nós tínhamos ouvido falar que... palavra que é estranho!

Mas a anfitriã nem sabia mais o que responder. De repente a atenção geral foi despertada da maneira mais extraordinária e excêntrica. No cômodo contíguo ouviu-se um estranho ruído e umas exclamações ríspidas não se sabe de quem, e súbito, de um modo totalmente inesperado, Sófia

O sonho do titio

Pietrovna Farpúkhina irrompeu no salão de Mária Alieksándrovna. Sófia Pietrovna era, sem nenhuma dúvida, a dama mais excêntrica de Mordássov, tão excêntrica que na cidade se decidira há pouco tempo não recebê-la em sociedade. Cabe observar ainda que todas as noites, regularmente às sete horas em ponto, ela comia uns salgadinhos — para o estômago, como a própria se expressava —, e depois dos salgadinhos costumava ficar no mais emancipado estado de espírito, para não dizer algo mais. Agora ela estava nesse mesmo estado de espírito, ao irromper de surpresa no salão de Mária Alieksándrovna.

— Então, Mária Alieksándrovna, veja como a senhora age comigo — gritou ela para todo o salão ouvir —, veja só como a senhora age comigo! Não se preocupe, vim por um minuto; não vou me sentar. Vim até aqui com o propósito de saber: será verdade o que me disseram? Ah! Então a senhora está dando um baile, um banquete, comemorando esponsais, enquanto isso Sófia Pietrovna que fique em casa tricotando meia! Convidou a cidade inteira, menos a mim! Mas ainda há pouco eu era para a senhora *mon ange*, quando a senhora apareceu em minha casa para contar o que estavam fazendo com o príncipe em casa de Natália Dmítrievna. E agora vejo aqui Natália Dmítrievna, que ainda há pouco a senhora xingou com tudo o que é palavrão, e que também xingou a senhora. Não se preocupe, Natália Dmítrievna! Não preciso do seu chocolate *à la santé*[60] comprado a dez copeques o palito. Eu tomo chocolate em minha casa com mais frequência do que a senhora! fu!

— Dá para perceber — observou Natália Dmítrievna.

— Ora, tenha dó, Sófia Pietrovna — bradou Mária Aliek-

---

[60] Em francês no original. Literalmente, "à saúde". (N. do T.)

sándrovna vermelha de irritação —, o que há com a senhora? Pelo menos procure criar juízo.

— Não se preocupe comigo, Mária Alieksándrovna, estou sabendo de tudo, de tudo, de tudo! — gritou Sófia Pietrovna com sua voz ríspida, esganiçada, rodeada por todas as visitas que pareciam deliciar-se com essa inesperada cena. — Estou sabendo de tudo! Sua própria Nastácia correu até minha casa e contou tudo. A senhora pegou esse principezinho, deu-lhe de beber até deixá-lo bêbado, forçou-o a pedir em casamento a sua filha com quem ninguém mais quer se casar, e agora a senhora mesma está achando que se tornou uma figurona — uma condessa vestida de rendas — fu! Não se preocupe, eu mesma sou uma coronela! Se a senhora não me convidou para a reunião, então escarro nela! Eu conheci gente mais limpa do que a senhora. Almocei em casa da condessa Zalikhvátskaya; fui pedida em casamento pelo alto-comissário Kurótchkin! Até parece que preciso muito do seu convite; fu!

— Veja só, Sófia Pietrovna — respondeu Mária Alieksándrovna fora de si —, eu lhe asseguro que isso não é modo de irromper numa casa nobre e ainda por cima *com esse aspecto*, e se neste instante a senhora não me livrar da sua presença e da sua eloquência, tomarei imediatamente as minhas medidas.

— Sei, vai dar ordem à sua gentinha para me retirar! Não se preocupe, eu mesma encontro o caminho. Adeus, case quem quiser, e quanto à senhora, Natália Dmítrievna, não se atreva a rir de mim; estou escarrando no seu chocolate! Embora não tenham me convidado para vir aqui, ainda assim não danço a *kazatchok* diante de príncipes. E por que a senhora está rindo, Anna Nikoláievna? Suchílov quebrou a perna; acabaram de levá-lo para casa, fu! E se a senhora, Felissata Mikháilovna, não mandar a sua Matrióchka descalça botar sua vaca no curral na hora certa, para que não fique mugindo todos os dias debaixo da minha janela, vou quebrar a perna de sua Matrióchka. Adeus, Mária Alieksándrovna, felicidade para quem fica, fu! — Sófia Pietrovna desapareceu. As visitas riam. Mária Alieksándrovna estava no auge da perturbação.

— Eu acho que ela tinha bebido — disse com doçura Natália Dmítrievna.

— Mas que descaramento!

— *Quelle abominable femme!*[61]

— Isso é que é fazer rir!

— E que indecências ela disse!

— Ela não acabou de falar em esponsais? Que esponsais? — perguntava Felissata Mikháilovna com ar zombeteiro.

— Mas isso é um horror! — afinal enfureceu-se Mária Alieksándrovna. — São esses monstros que semeiam esses boatos absurdos aos quatro ventos! O que surpreende, Felissata Mikháilovna, não é que haja semelhantes damas em nossa sociedade, não, o que mais surpreende é que essas mesmas damas são necessárias, são ouvidas, são apoiadas, acreditam nelas, elas...

— O príncipe! o príncipe! — gritaram de repente todas as visitas.

— Ah, meu Deus! *ce cher prince!*

— Oh, graças a Deus! Agora saberemos de todos os podres — murmurou Felissata Mikháilovna para sua vizinha.

---

[61] "Que mulher abominável!", em francês no original. (N. do T.)

XIII

O príncipe entrou e sorriu com doçura. Toda a inquietação que, um quarto de hora antes, Mozglyákov havia infundido em seu coração de galinha desapareceu quando ele viu as senhoras. No mesmo instante ele derreteu como um confeito. As senhoras o receberam com um grito esganiçado de alegria. Geralmente, as senhoras sempre acarinhavam o nosso velhote e o tratavam com extrema intimidade. Ele tinha a capacidade de diverti-las incrivelmente. Felissata Mikháilovna chegara até a afirmar naquela manhã (é claro que não a sério) que estava disposta a se sentar no colo dele se isto fosse agradável a ele — "porque ele é um velhote amável, amável, de uma amabilidade infinita!". Mária Alieksándrovna cravou os olhos nele, desejando ler qualquer coisa em seu rosto e adivinhar uma saída de sua situação crítica. Estava claro que Mozglyákov fizera uma tremenda sujeira e que todo o seu caso sofrera um forte abalo. Porém, não era possível ler nada no rosto do príncipe. Ele estava do mesmo jeito de ainda há pouco, de sempre.

— Ah, meu Deus! eis enfim o príncipe! e nós aqui a esperá-lo, a esperá-lo — bradaram algumas senhoras.

— Ansiosamente, príncipe, ansiosamente! — piaram outras.

— Pra mim isto é sumamente li-son-jei-ro — ceceou o príncipe, sentando-se diante de uma mesa sobre a qual fervia um samovar. As senhoras o rodearam no mesmo instante. Ao lado de Mária Alieksándrovna ficaram apenas Anna Nikoláievna e Natália Dmítrievna. Afanassi Matvêitch sorria respeitosamente. Mozglyákov também sorria, e com um ar provocador olhava para Zina, que, sem prestar a mínima atenção nele, aproximou-se do pai e sentou-se a seu lado numa poltrona junto à lareira.

— Ah, príncipe, é verdade o que estão dizendo, que o senhor vai partir de nossa cidade? — piou Felissata Mikháilovna.

— Pois é, *mesdames*, vou partir. Quero ir i-me-di-a-ta--men-te para o ex-te-ri-or.

— Para o exterior, príncipe, para o exterior! — gritaram todas em coro. — O que lhe deu na cabeça?

— Para o ex-te-ri-or — confirmou o príncipe, ajeitando--se — e, sabe, em particular, quero ir para lá pelas no-vas ideias.

— Como assim pelas novas ideias? O que isto quer dizer? — perguntaram as senhoras, entreolhando-se.

— Pois é, pelas novas ideias — repetiu o príncipe com o ar da mais profunda convicção. — Agora todo mundo vai para lá à procura de novas ideias. Pois eu também quero adquirir no-vas i-dei-as.

— O senhor não estaria querendo ingressar numa loja maçônica, amabilíssimo titio? — concluiu Mozglyákov com desembaraço, pelo visto tentando fazer fita diante das senhoras, bancando o espirituoso e...

— Pois é, meu amigo, não estás enganado — respondeu de modo inesperado o titio. — Re-al-men-te, nos velhos tempos eu per-ten-ci a uma loja maçônica no exterior e, de minha parte, também tive muitas ideias generosas. Na ocasião eu até me dispus a fazer muito pela e-du-ca-ção a-tu-al e quase tomei a decisão definitiva de deixar al-for-ri-a-do em Frankfurt o meu Sidor, que eu levara comigo ao exterior. Mas, para minha surpresa, ele mesmo fugiu de mim; era um ho-mem demasiado estranho. Depois eu o encontro de repente em

Pa-ris, um almofadinha, de suíças, andando por um bulevar acompanhado de uma mademoiselle; olhou para mim, fez um sinal de ca-be-ça. E a mademoiselle, que estava com ele, era animada, olhos vivos, tão a-tra-en-te.

— Então, titio! Depois disso, dê alforria a todos os seus camponeses, já que desta vez vai para o exterior — bradou Mozglyákov, gargalhando a plenos pulmões.

— A-di-vi-nhas-te por completo a minha vontade, meu querido — respondeu o príncipe, sem embaraço. — Estou mesmo querendo dar al-for-ri-a a todos eles.

— Perdão, príncipe, mas no mesmo instante eles todos vão fugir do senhor, e então quem pagará o *obrók*?[62] — bradou Felissata Mikháilovna.

— É claro, todos vão fugir — respondeu inquieta Anna Nikoláievna.

— Ah, meu Deus! Se-rá que todos vão mesmo fugir? — bradou surpreso o príncipe.

— Fugirão, na mesma hora fugirão todos sem ficar um só com o senhor — corroborou Natália Dmítrievna.

— Ah, meu Deus! Bem, sendo assim não vou al-for-ri--á-los. Aliás, só falei por falar.

— Assim é melhor, titio — rematou Mozglyákov.

Até então Mária Alieksándrovna ouvia calada e observava. Parecia-lhe que o príncipe a esquecera inteiramente e que isso não era nada natural.

— Permita, príncipe — começou ela em voz alta e com dignidade —, apresentá-lo meu marido, Afanassi Matvêitch. Ele veio especialmente do campo, tão logo ouviu falar que o senhor havia se hospedado em minha casa.

Afanassi Matvêitch sorriu e tomou ares de galhardo. Pareceu-lhe que o haviam lisonjeado.

---

[62] Tributo pago ao latifundiário pelos servos da gleba. (N. do T.)

O sonho do titio

— Ah, estou muito contente, A-fa-nas-si Matvêitch! — disse o príncipe — Permita-me, estou me lem-bran-do de alguma coisa. A-fa-nas-si Mat-vê-itch, pois é, é aquele que mora no campo. *Charmant, charmant*, estou muito contente. Meu amigo! — bradou o príncipe, dirigindo-se a Mozglyákov —, é aquele, estás lembrado, que ainda há pouco pegava o tom, como era mesmo aquilo? O marido à porta e a mulher... pois é, indo para alguma cidade, e a mulher também foi...

— Ah, príncipe, é isso, está certo, "O marido à porta e a mulher em Tvier", é aquele mesmo *vaudeville* que no ano passado nossos atores representaram — emendou Felissata Mikháilovna.

— Pois é, para Tvier mesmo; ando es-que-cen-do tudo, *charmant, charmant!* Então o senhor é aquele mesmo? Estou extraordinariamente feliz em conhecê-lo — dizia o príncipe sem se levantar da poltrona e estendendo a mão ao sorridente Afanassi Matvêitch. — Então, como vai de saúde?

— Hum!

— Ele é saudável, príncipe, saudável! — respondeu às pressas Mária Alieksándrovna.

— Pois é, dá para perceber que ele é sau-dá-vel. E o senhor continua no cam-po? Bem, estou muito feliz. Sim, como ele tem as faces coradas, está sempre rindo...

Afanassi Matvêitch sorria, fazia mesuras e fez até um rapapé. Mas diante da última observação do príncipe ele não se conteve e súbito, sem quê nem por quê, caiu na risada do modo mais tolo. Todos desataram a rir. As senhoras ganiam de prazer. Zina inflamou-se e olhou com os olhos faiscando para Mária Alieksándrovna que, por sua vez, estourava de raiva. Era hora de mudar a conversa.

— Como o senhor dormiu, príncipe? — perguntou com voz meliflua, enquanto com um olhar ameaçador fazia saber a Afanassi Matvêitch que ele devia ir imediatamente para o seu lugar.

— Ah, dormi muito bem — respondeu o príncipe — e, sabe, tive um sonho en-can-tador, um sonho en-can-ta-dor!

— Um sonho! Adoro quando contam sonhos — bradou Felissata Mikháilovna.

— E eu também gosto muito! — acrescentou Natália Dmítrievna.

— Um sonho en-can-tador — repetiu o príncipe com um sorriso doce —, mas em compensação esse sonho é o maior segredo!

— Como, príncipe, será que não dá para contar? Ora, deve ter sido um sonho admirável! — observou Anna Niko-láievna.

— O maior segredo — repetia o príncipe, incitando com prazer a curiosidade das senhoras.

— Então deve ser muitíssimo interessante! — bradavam as senhoras.

— Aposto que o príncipe estava em sonho ajoelhado diante de alguma beldade, fazendo-lhe uma declaração de amor! — bradou Felissata Mikháilovna. — Vamos, príncipe, confesse que isto é verdade! Amável príncipe, confesse!

— Confesse, príncipe, confesse! — secundaram de todos os lados.

Com ar solene e embevecido, o príncipe dispensava atenção a todos esses gritos. As sugestões das damas massageavam de modo extraordinário o seu ego, de tal modo que ele esteve a ponto de se lamber.

— Embora eu tenha dito que o meu sonho é o maior segredo — respondeu enfim o príncipe —, sou forçado a reconhecer que as senhoras, para minha surpresa, quase o a--di-vi-nha-ram por com-pleto.

— Adivinhei! — bradou em êxtase Felissata Mikháilovna. — Bem, príncipe! Como quiser, mas o senhor deve nos revelar quem é a sua beldade.

— Revele sem falta!

O sonho do titio 151

— É daqui ou não?

— Amável príncipe, revele!

— Queridinho príncipe, revele! ainda que morra, mas revele! — bradavam de todos os lados.

— *Mesdames, mesdames!...* Se as senhoras querem saber com tanta in-sis-tência, posso lhes revelar apenas uma coisa: que é a moça mais en-can-ta-dora e, pode-se dizer, mais cas--ta de todas as que conheço — balbuciou o príncipe, totalmente derretido.

— A mais encantadora! e... daqui! quem poderia ser? — perguntavam as senhoras, entreolhando-se de modo significativo e piscando umas para as outras.

— É claro que é aquela que aqui é considerada a primeira beldade — proferiu Natália Dmítrievna, esfregando suas mãozinhas vermelhas e olhando com seus olhinhos de gato para Zina. E com ela todos os outros olharam para Zina.

— Príncipe, uma vez que o senhor tem semelhantes sonhos, então por que não se casa na vida real? — perguntou Felissata Mikháilovna, lançando a todos os presentes um olhar significativo.

— E com que satisfação nós o casaríamos! — secundou outra senhora.

— Amável príncipe, case-se! — murmurou uma terceira.

— Case-se, case-se! — gritaram de todos os lados. — Por que não se casa?

— Pois é... por que não me casar? — fez coro o príncipe, que perdera o tino por causa de todos esses gritos.

— Titio! — bradou Mozglyákov.

— Pois é, meu amigo, eu te com-pre-en-do! Eu queria lhes dizer exatamente, *mesdames*, que já não estou mais em condições de me casar e, depois de passar uma noite en-can--ta-dora em casa de nossa bela anfitriã, amanhã mesmo parto para visitar o hieromonge Missail no deserto, e em seguida vou direto para o estrangeiro a fim de acompanhar melhor as lu-zes eu-ro-peias.

Zina empalideceu e olhou para sua mãe com uma inexprimível expressão de angústia. Entretanto, Mária Alieksándrovna já tomara a decisão. Até então ela apenas aguardara, experimentara, embora compreendesse que a causa estava assaz prejudicada e que seus inimigos a haviam deixado muito para trás. Enfim compreendera tudo de uma só vez, e decidira destruir a hidra de cem cabeças com um único golpe. Levantou-se com grandeza de sua poltrona e com passos firmes foi até a mesa, medindo com um olhar altaneiro seus inimigos pigmeus. O fogo da inspiração brilhava nesse olhar. Ela decidira atingir, desnortear todas aquelas venenosas fuxiqueiras, esmagar o canalha do Mozglyákov como uma barata e com um golpe decidido e ousado reconquistar toda a sua perdida influência sobre o idiota do príncipe. É claro que isto requeria uma audácia extraordinária; mas a audácia tornava Mária Alieksándrovna engenhosa.

— *Mesdames* — começou ela com ar solene e digno (Mária Alieksándrovna adorava o ar solene) —, *mesdames*, prestei longa atenção à conversa das senhoras, a suas brincadeiras alegres e espirituosas, e acho que é hora de eu dizer a minha palavra. As senhoras sabem que nos juntamos todas aqui de modo inteiramente casual (e estou muito feliz, tão feliz por isso)... Eu nunca seria a primeira a decidir revelar um importante segredo de família e torná-lo público antes daquilo que exige o mais comum sentimento de decoro. Peço desculpas em particular ao meu amável hóspede; no entanto, pareceu-me que ele, com alusões sutis a uma mesma circunstância, sugere-me a ideia de que não só não acha desagradável anunciar de modo formal e solene o nosso segredo de família, como até deseja torná-lo público... Não é verdade, príncipe, que não estou enganada?

— Pois é, a senhora não está enganada... e estou muito,

muito contente — proferiu o príncipe, sem entender patavina do que se tratava.

Visando a um maior efeito, Mária Alieksándrovna parou para tomar fôlego e correu o olhar sobre todos os presentes. Todas as visitas ouviam atentamente, com uma curiosidade ávida e intranquila, as suas palavras. Mozglyákov estremeceu; Zina empalideceu e soergueu-se da poltrona; Afanassi Matvêitch, na expectativa de algo extraordinário, por via das dúvidas assoava o nariz.

— Sim, *mesdames*, é com alegria que me disponho a confiar às senhoras o meu segredo de família. Hoje, depois do almoço, envolvido pela beleza e... os méritos de minha filha, o príncipe a honrou com sua proposta de casamento. Príncipe! — concluiu ela com uma voz trêmula de lágrimas e de agitação —, amável príncipe, o senhor não deve, o senhor não pode zangar-se comigo por causa de minha imodéstia! Só uma extraordinária alegria familiar poderia arrancar antecipadamente de meu coração esse amável segredo e... qual é a mãe que pode me censurar por este caso?

Não encontro palavras para representar o efeito produzido pela surpreendente extravagância de Mária Alieksándrovna. Todos pareceram pasmos de surpresa. As pérfidas visitas, que haviam pensado em intimidar Mária Alieksándrovna com o fato de já conhecerem o seu segredo, que pensavam matá-la com a descoberta antecipada desse segredo, que pensavam por enquanto em trucidá-la com insinuações, estavam aturdidas com tão ousada franqueza. Em si, uma franqueza tão destemida significava força. "Então o príncipe se casa com Zina por sua própria vontade? Então não o seduziram, não o embebedaram, não o enganaram? Então não o obrigam a casar-se em segredo, às furtadelas? Então Mária Alieksándrovna não teme ninguém? Então já não se pode desfazer o casamento, uma vez que o príncipe não está se casando à força?" Ouviu-se um rumor instantâneo, que súbito se transformou em gritos esganiçados de alegria. A primeira a se precipitar para abraçar Mária Alieksándrovna foi Natália Dmítrievna; depois foi a vez de Anna Nikoláievna, seguida de Felissata Mikháilovna. Todas pularam de seus lugares, todas se misturaram. Muitas das senhoras estavam pálidas de fúria. Começaram a parabenizar a embaraçada Zina; agarraram-se a Afanassi Matvêitch. Mária Alieksándrovna esfregou pitorescamente as mãos e, quase à força, estreitou sua filha num abraço. Só o príncipe observava toda essa cena com uma estranha surpresa, embora continuasse sorrindo. Aliás, a cena lhe agradou em parte. Quando mãe e filha se abraçaram, ele tirou um lenço e enxugou um olho, do qual rolara uma pequena lágrima. É claro que também se precipitaram para ele com o fim de parabenizá-lo.

— Parabéns, príncipe! parabéns! — gritavam de todos os lados.

— Então o senhor vai se casar?

— Então o senhor vai mesmo se casar?

— Amável príncipe, então o senhor vai se casar?

— Pois é, pois é — respondeu o príncipe, no auge do contentamento com os parabéns e o entusiasmo — e lhe confesso que o que mais me agrada é a sua amável sim-pa-ti-a para comigo, que nun-ca hei de esquecer, nun-ca hei de es-quecer. *Charmant! Charmant!* As senhoras até me fizeram cho-rar...

— Dê-me um beijo, príncipe! — gritava mais alto que as outras Felissata Mikháilovna.

— E eu lhes confesso — continuou o príncipe, interrompido de todos os lados — que o que mais me surpreende é que Mária I-vá-novna, nossa respeitável anfitriã, adivinhou o meu sonho com uma perspicácia ex-tra-or-di-ná-ri-a. É como se ela tivesse so-nha-do em meu lugar. É uma perspicácia ex-tra-or-di-nária! Uma perspicácia ex-tra-or-di-nária!

— Ah, príncipe, o senhor de novo com esse sonho?

O sonho do titio

— Mas confesse, príncipe, confesse! — gritavam todas, rodeando-o.

— Sim, príncipe, nada de esconder, já é hora de revelar esse segredo — disse Mária Alieksándrovna em tom decidido e severo. — Compreendi a sua sutil alegoria, a encantadora delicadeza com que o senhor procurou me insinuar seu desejo de anunciar o seu noivado. Sim, *mesdames*, é verdade: hoje o príncipe esteve ajoelhado diante de minha filha na realidade e não em sonho, e lhe fez uma proposta solene de casamento.

— Exatamente como se fosse na realidade e inclusive com essas mesmas circuns-tâncias — confirmou o príncipe. — *Mademoiselle* — continuou ele, dirigindo-se com uma amabilidade excepcional a Zina, que ainda não tinha se recobrado da surpresa —, *mademoiselle*! Juro que nunca me atreveria a pronunciar o seu nome se antes de mim outros não o tivessem pro-nun-ci-a-do. Foi um sonho encantador, um sonho en-can-tador, e estou duplamente feliz por me ser permitido di-zer-lhe isto. *Charmant! Charmant!...*

— Mas, perdão, como é que pode? Ele não para de falar de um sonho — murmurou Anna Nikoláievna para Mária Alieksándrovna, que estava inquieta e levemente pálida. Ai! Antes dessas advertências, o coração de Mária Alieksándrovna já vinha doendo há muito tempo.

— Como é que fica isso? — cochichavam as senhoras, entreolhando-se.

— Ora, príncipe — começou Mária Alieksándrovna com um sorriso doridamente contraído —, eu lhe asseguro que o senhor me surpreende. Que estranha ideia é essa sua sobre um sonho? Confesso-lhe que eu pensava que até agora o senhor estivesse brincando, no entanto... se for uma brincadeira, então será uma brincadeira bastante inconveniente... Quero, desejo atribuir isto à sua distração, porém...

— De fato, isso pode ser por causa da distração dele — piou Natália Dmítrievna.

— Pois é... talvez seja por causa da distra-ção — confirmou o príncipe, ainda sem entender direito o que queriam dele. — Imaginem que agora vou lhes contar uma a-ne-do-ta. Fui convidado a Petersburgo para participar de um funeral de uma gente *maison bourgeoise, mais honnête,*[63] e fiz uma confusão, achando que era para um aniversário. O aniversário a-con-te-ra ainda na semana anterior. Preparei um buquê de camélias para a a-ni-ver-sa-ri-an-te. Entro na casa e o que vejo? Um homem respeitável, grave, estirado em cima de uma mesa, de sorte que fiquei sur-pre-so. Eu simplesmente não sabia onde meter o bu-quê.

— Mas, príncipe, aqui não se trata de anedotas! — interrompeu com irritação Mária Alieksándrovna. — É claro que não cabe à minha filha ficar correndo atrás de pretendentes, mas ainda há pouco o senhor mesmo, aqui, diante desse piano, lhe fez uma proposta de casamento. Não foi para isto que o convidei... Isso, pode-se dizer, me deixou aturdida... É claro que é apenas uma ideia que me passou pela cabeça, e adiei o assunto para quando o senhor despertasse. Mas sou mãe; ela é minha filha... o senhor mesmo acabou de falar de um certo sonho, e eu pensei que quisesse falar de seus esponsais sob a forma de alegoria. Sei muito bem que talvez alguém o esteja desorientando... até suspeito de quem seja exatamente... mas... explique, príncipe, explique depressa, do modo mais satisfatório. Não se pode brincar assim com uma família nobre...

— Pois é, não se pode brincar assim com uma família nobre — fez coro o príncipe de modo inconsciente, mas já começando a ficar um pouco intranquilo.

— Mas, príncipe, isto não é uma resposta à minha pergunta. Peço que o senhor responda positivamente; confirme,

[63] Uma família "burguesa, porém decente", em francês no original. (N. do T.)

confirme agora mesmo, aqui, na presença de todos, que ainda há pouco o senhor propôs casamento à minha filha.

— Pois é, estou disposto a confirmar. Aliás, já contei tudo e Felissata Yákovlievna adivinhou completamente o meu sonho.

— Não foi sonho! não foi sonho! — gritou em fúria Mária Alieksándrovna —, não foi sonho, mas aconteceu na realidade, príncipe, na realidade, está ouvindo, na realidade!

— Na realidade! — bradou o príncipe, levantando-se surpreso da poltrona. — Bem, meu amigo, saiu do jeito que ainda há pouco profetizaste! — acrescentou ele, dirigindo-se a Mozglyákov. — Mas eu lhe asseguro, respeitável Mária Stiepánovna, que a senhora está equivocada! Estou absolutamente seguro de que tudo isso foi um sonho!

— Senhor, tende piedade! — bradou Mária Alieksándrovna.

— Não se consuma, Mária Alieksándrovna — interveio Natalia Dmítrievna. — Talvez o príncipe tenha tido um esquecimento. Há de se lembrar.

— Eu me surpreendo com a senhora, Natália Dmítrievna — objetou indignada Mária Alieksándrovna —, por acaso alguém se esquece de coisas como essas? por acaso é possível esquecer isso? Perdão, príncipe! O senhor está ou não está zombando de nós? Ou, quem sabe, bancando um dos vadios do tempo da regência, que Dumas representou? Algum Ferlacour,[64] Lauzun? Mas, além disso, eu lhe asseguro que não vai conseguir justificar a alegação de que não está mais na idade! Minha filha não é uma viscondessa francesa. Ainda há pouco, aqui mesmo, ela cantou uma romança para o senhor e o senhor, envolvido por seu canto, ajoelhou-se e lhe fez uma proposta de casamento. Será que estou sonhando?

---

[64] Nome formado pela expressão francesa *faire la cour*, que significa fazer a corte. (N. do T.)

Será que estou dormindo? Fale, príncipe: estou dormindo ou não?

— Pois é... Mas, pensando bem, talvez não... — respondeu atrapalhado o príncipe. — Quero dizer que neste momento parece que não estou sonhando. Veja, ainda há pouco eu estava sonhando, e por isso sonhei que em sonho...

— Arre, Deus meu, o que é isso: não estava sonhando — estava sonhando, estava sonhando — não estava sonhando! só o diabo sabe o que é isso! O senhor não estará delirando, príncipe?

— Pois é, o diabo sabe... pensando bem, parece que agora me atrapalhei todo... — proferiu o príncipe, lançando ao redor um olhar intranquilo.

— Mas como o senhor poderia estar sonhando — mortificava-se Mária Alieksándrovna — se eu narro ao senhor mesmo e com tantos detalhes o seu próprio sonho, enquanto que o senhor ainda não o contou a nenhuma de nós?

— Mas talvez o príncipe já tivesse contado a alguém — disse Natália Dmítrievna.

— Pois é, talvez eu já o tivesse contado a alguém — confirmou o príncipe, totalmente desnorteado.

— Eis uma comédia! — cochichou Felissata Mikháilovna para sua vizinha.

— Ah, meu Deus! Isso esgota qualquer paciência! — gritava Mária Alieksándrovna, torcendo os braços em fúria. — Ela cantou uma romança para o senhor, cantou uma romança! Não me diga que viu isto em sonho?

— Pois é, parece que ela realmente cantou uma romança — murmurou o príncipe pensativo, e súbito alguma lembrança lhe animou o rosto.

— Meu amigo! — bradou, dirigindo-se a Mozglyákov. — Ainda há pouco eu me esqueci de te contar que houve de fato uma romança e nessa romança havia uns castelos, de sorte que havia muitos castelos, e depois apareceu um trova-

O sonho do titio

159

dor qualquer! Pois é, eu me lembro de tudo isso... de sorte que até chorei... Mas agora estou com dificuldade de saber se isso aconteceu de fato ou em sonho...

— Eu lhe confesso, titio — respondeu Mozglyákov com a maior tranquilidade possível, embora sua voz tremesse por causa de alguma inquietação —, eu lhe confesso que, ao que me parece, tudo isso pode ser facilmente resolvido e combinado. Parece-me que o senhor realmente ouviu o canto. Zinaída Afanássievna canta que é uma maravilha. Depois do almoço trouxeram o senhor para cá e Zinaída Afanássievna cantou uma romança para o senhor. Eu não estava na ocasião, mas o senhor provavelmente ficou emocionado, lembrou-se dos velhos tempos; talvez tenha se lembrado daquela mesma viscondessa, com quem outrora o senhor mesmo andou cantando romanças e de quem o senhor mesmo nos falou hoje de manhã. Bem, depois que o senhor se deitou, movido pelas agradáveis impressões, sonhou que estava apaixonado e fazia uma proposta...

Mária Alieksándrovna ficou simplesmente aturdida com semelhante descaramento.

— Ah, meu amigo, pois foi isso mesmo que aconteceu — bradou o príncipe em êxtase. — Foi exatamente como consequência das impressões agradáveis! Lembro-me de fato que cantaram romanças para mim e que por isso eu quis me casar em sonho. E também havia uma viscondessa... Ah, com que inteligência tu desvendaste isto, meu querido! Então! agora tenho plena certeza de que vi tudo isso em sonho! Mária Vassílievna! Eu lhe asseguro que a senhora está equivocada! Isso foi um sonho. Do contrário eu não iria brincar com os seus sentimentos nobres...

— Ah! Agora estou vendo com clareza de quem partiu a sujeira! — gritou Mária Alieksándrovna no auge da fúria, dirigindo-se a Mozglyákov. — Foi o senhor, o senhor, homem indecente, foi o senhor que aprontou tudo isso! O senhor

160   Fiódor Dostoiévski

perturbou esse idiota infeliz porque o senhor mesmo foi rejeitado! Mas tu mesmo hás de me pagar por essa ofensa, sujeitinho reles! Hás de pagar, hás de pagar, hás de pagar!

— Mária Alieksándrovna — gritou Mozglyákov por sua vez, vermelho como um pimentão —, suas palavras são até certo ponto... já não sei até que ponto suas palavras... nenhuma dama da sociedade se permitiria... eu, pelo menos, estou defendendo meu parente. Convenha a senhora que seduzir dessa maneira...

— Pois é, seduzir dessa maneira! — fez coro o príncipe, procurando esconder-se atrás de Mozglyákov.

— Afanassi Matvêitch — ganiu Mária Alieksándrovna com uma voz antinatural —, será que você não está ouvindo como nos estão desonrando e denegrindo? Ou você já se desincumbiu por completo de quaisquer obrigações? Ou você não é mesmo um pai de família mas um detestável poste de madeira? Por que está de olhos arregalados? Outro homem há muito já teria lavado com sangue a ofensa à sua família!...

— Minha esposa! — começou com imponência Afanassi Matvêitch, orgulhoso com o fato de que chegara ao momento de precisarem dele. — Minha esposa! Será que tu mesma não sonhaste com isso e depois, quando acordaste, confundiste tudo a seu modo...

Mas Afanassi Matvêitch não estava destinado a concluir sua espirituosa conjetura. Até então as visitas se haviam contido e assumiam perfidamente o ar de alguma gravidade cerimoniosa. Mas nisto uma ruidosa explosão do mais incontido riso abafou todo o salão. Mária Alieksándrovna, tendo esquecido todo o decoro, ia investir contra o seu esposo para provavelmente unhar seus olhos. Mas foi contida à força. Natália Dmítrievna se aproveitou das circunstâncias e deitou ao menos uma gotinha de mais veneno.

— Ah, Mária Alieksándrovna, talvez tenha sido isso

O sonho do titio   161

mesmo que aconteceu, e a senhora fica aí se mortificando — disse ela com a voz mais melíflua.

— Como aconteceu? o que aconteceu? — gritava Mária Alieksándrovna, ainda sem entender direito.

— Ah, Mária Alieksándrovna, isso às vezes acontece...

— Ora, o que está acontecendo? Estarão querendo acabar comigo?

— Talvez a senhora tenha visto isso mesmo em sonho.

— Em sonho? eu? em sonho? E a senhora se atreve a me dizer isso na cara?

— Então, pode ser que tenha acontecido isso mesmo — respondeu Felissata Mikháilovna.

— Pois é, pode ser que tenha acontecido isso mesmo — murmurou também o príncipe.

— Até ele batendo nessa tecla! Senhor, meu Deus! — gritava Mária Alieksándrovna, erguendo os braços.

— Como a senhora se mortifica, Mária Alieksándrovna! Lembre-se de que os sonhos são enviados por Deus. E uma vez Deus tendo resolvido, só mesmo Deus para desfazer, e em tudo está a Sua santa vontade. Aí não há mais por que se zangar.

— Pois é, não há por que se zangar — fez coro o príncipe.

— Será que estão me tomando por louca? — pronunciou Mária Alieksándrovna a duras penas, arfando de cólera. Isso já estava acima das forças humanas. Ela conseguiu encontrar uma cadeira e caiu desmaiada. Houve um rebuliço.

— Foi por causa do bom-tom que ela desmaiou — cochichou Natália Dmítrievna para Anna Nikoláievna.

Mas neste momento, momento da maior perplexidade do público e de tensão de toda a cena, de repente falou uma pessoa que até então se mantivera calada, e ato contínuo toda a cena mudou de caráter.

XIV

Zinaída Afanássievna era, em linhas gerais, de natureza por demais romântica. Não sabemos se, como afirmava a própria Mária Alieksándrovna, isso se devia ao excesso de leitura de Shakespeare, "aquele imbecil", junto com "seu professorzinho"; o fato é que nunca em toda a sua vida em Mordássov Zina se havia permitido uma extravagância tão inusitadamente romântica, ou melhor, heroica, como esta que agora vamos descrever.

Pálida, com a firmeza estampada no olhar mas quase tremendo de agitação, encantadoramente bela em sua indignação, ela deu um passo adiante. Lançando a todos um olhar longo e desafiador, em meio ao silêncio que de repente se fez, ela se dirigiu à mãe, que ao seu primeiro movimento se refez de pronto do desmaio e abriu os olhos.

— Mamãe — disse Zina. — Por que enganar? Por que ainda manchar-se com mentira? Agora tudo já está tão poluído que, palavra, não vale o trabalho humilhante de esconder essa sujeira!

— Zina! Zina! o que há contigo? Pensa bem! — gritou assustada Mária Alieksándrovna, levantando-se de sua poltrona.

— Eu lhe disse, eu lhe disse de antemão, mamãe, que não suportaria toda essa vergonha — continuou Zina. — Será que precisamos nos humilhar ainda mais, nos sujar ainda mais? Mas sabe, mamãe, eu assumo tudo, porque sou a mais culpada de todos. Com o meu acordo pus em marcha essa abjeta... intriga! A senhora é mãe; a senhora me ama; a senhora pensou a seu modo, segundo seus conceitos, em arranjar a minha felicidade. A senhora ainda podem perdoar; mas a mim, a mim, nunca!

— Zina, não me digas que queres contar!... Oh, Deus! pressenti que esse punhal não pouparia o meu coração!

— Sim, mamãe, eu vou contar tudo! Estou desonrada, a senhora... todos nós estamos desonrados.

— Estás exagerando, Zina! Estás fora de ti e não te dás conta do que dizes! E por que contar? Isso não faz sentido... não é sobre nós que recai a vergonha... Vou demonstrar agora que a vergonha não recai sobre nós...

— Não, mamãe — bradou Zina com uma voz trêmula e cheia de ira —, não quero mais calar diante dessas pessoas, cuja opinião desprezo, e que vieram para cá zombar de nós! Não quero suportar a sua ofensa; nenhuma delas tem o direito de me enlamear. Todas estão prontas para fazer agora mesmo trinta vezes pior do que eu ou a senhora! Atrevem-se elas, podem elas ser nossos juízes?

— Que maravilha! Vejam só como soltou a língua! Mas o que é isso! É a nós que ofende! — ouviu-se de todos os lados.

— Mas ela mesma não entende nada do que está dizendo — disse Natália Dmítrievna.

Observemos entre parênteses que Natália Dmítrievna foi justa. Se Zina não considerava essas senhoras dignas de julgá-la, por que se dirigiu a elas dando publicidade de tal coisa, fazendo tais confissões? No geral, Zinaída Afanássievna precipitou-se em demasia. Foi essa a opinião posterior das melhores cabeças de Mordássov. Tudo poderia ter sido consertado! Tudo poderia ter sido arranjado! É verdade que a própria Mária Alieksándrovna estragou tudo nessa noite com sua pressa e arrogância. Bastava apenas ter zombado do idiota do velhote e lhe mostrado a porta da rua! Mas Zina, como de propósito, contrariando o bom-senso e a sabedoria mordassoviana, dirigiu-se ao príncipe.

— Príncipe! — disse ao velho, que até se soergueu de sua cadeira por respeito, tanto ela o impressionou neste momento — príncipe! perdoa-me! Nós o enganamos, nós o seduzimos...

— Cala a boca, infeliz! — gritou Mária Alieksándrovna, tomada de fúria.

— Minha senhora! Minha senhora! *Ma charmante enfant!*... — balbuciou o impressionado príncipe.

Mas a natureza altiva, impetuosa e sumamente sonhadora de Zina a arrebatava neste instante do centro de todas as formas de decoro que a realidade exigia. Ela esquecera até sua mãe, que se contorcia convulsivamente movida por suas confissões.

— Sim, nós o enganamos, príncipe: mamãe, por ter decidido forçá-lo a se casar comigo, e eu, por ter aceitado tal coisa. Nós o embebedamos com vinho, eu concordei em cantar cheia de afetação diante do senhor. O senhor — fraco, indefeso — foi *ludibriado*, como se exprimiu Pável Alieksándrovitch, ludibriado por causa de sua riqueza, de seu principado. Tudo isso foi de uma baixeza horrível e eu o confesso. Mas eu lhe juro, príncipe, que não me atrevi a essa baixeza por uma motivação baixa. Eu queria... mas e daí? É uma dupla baixeza me justificar num caso como esse! Mas eu lhe declaro, príncipe, que se aceitasse alguma coisa do senhor, eu seria por isso o seu brinquedo, a sua criada, bailarina, escrava... Eu havia jurado e manteria de modo sagrado o meu juramento!...

Nesse instante um forte espasmo de garganta a fez parar. Todas as visitas estavam como que petrificadas e ouviam de olhos arregalados. O inesperado e absolutamente incompreensível desatino de Zina os desnorteara. Só o príncipe estava

O sonho do titio

emocionado até às lágrimas, embora não entendesse metade do que Zina dizia.

— Mas eu me caso com a senhora, *ma belle enfant*, se a senhora tanto quer — balbuciou ele —, e para mim isto será uma gran-de honra! Mas lhe asseguro que para mim isto foi de fato como que um sonho... Porém, o que é que eu não vejo em sonho! Por que tanta pre-o-cu-pação? Até parece que eu não entendi nada, *mon ami* — continuou ele, dirigindo-se a Mozglyákov —, pelo menos tu, explica-me, por fa-vor...

— E quanto ao senhor, Pável Alieksándrovitch — secundou Zina, também se dirigindo a Mozglyákov —, o senhor, para quem eu outrora tinha decidido olhar como para meu futuro marido, o senhor, que acabou de se vingar de mim de modo tão cruel, será que até o senhor foi capaz de se juntar a essa gente com o fim de me estraçalhar e de me desonrar? E o senhor dizia que me amava! Mas não serei eu a lhe dar lição de moral! Tenho mais culpa que o senhor. Eu o ofendi porque de fato o seduzi com promessas, e minhas recentes demonstrações eram mentira e artimanhas! Nunca o amei, e se tinha decidido me casar com o senhor, foi unicamente para ao menos ir embora daqui, desta maldita cidade, para algum lugar, e me livrar de toda essa fetidez... Mas juro que se tivesse me casado com o senhor eu seria uma esposa boa e fiel... O senhor se vingou cruelmente de mim e, se isto massageia o seu ego...

— Zinaída Afanássievna! — gritou Mozglyákov.

— Se até agora o senhor nutre ódio por mim...

— Zinaída Afanássievna!!

— Se um dia — continuou Zina, reprimindo as lágrimas —, se um dia o senhor me amou...

— Zinaída Afanássievna!!!

— Zina, Zina! Minha filha! — berrou Mária Alieksándrovna.

— Sou um canalha, Zinaída Afanássievna, sou um canalha e nada mais! — bradou Mozglyákov, e a mais terrível inquietação tomou conta de tudo. Ouviram-se gritos de surpresa, de indignação, mas Mozglyákov estava em pé como que pregado, sem pensar nem falar...

Para caracteres fracos e vazios, acostumados a uma constante sujeição, que enfim resolvem enfurecer-se e protestar, numa palavra, ser firmes e consequentes, sempre existe uma linha — o limite imediato de sua firmeza e coerência. Seu protesto costuma ser de início sempre o mais enérgico. Sua energia até chega ao furor. Eles se atiram contra os obstáculos de olhos meio semicerrados e quase sempre assumem um fardo acima de suas forças. Porém, quando chegam a um determinado ponto, o homem enfurecido de repente parece assustar-se consigo mesmo, para como que aturdido, fazendo a terrível pergunta: "O que foi isso que eu fiz?". Em seguida logo esmorece, lastima-se, exige explicações, ajoelha-se, pede perdão, implora para que tudo seja como antes, contanto que mais depressa, o mais depressa possível!... Era quase a mesma coisa que agora acontecia com Mozglyákov. Fora de si, enfurecido, tendo atraído a desgraça que agora atribuía toda apenas a si mesmo, saciado de sua indignação e amor-próprio e já se odiando por isso, súbito ele parou, fulminado pela consciência, diante do inesperado desatino de Zina. As últimas palavras dela o abateram em definitivo. Pular de um extremo a outro era questão de um minuto.

— Eu sou um asno, Zinaída Afanássievna — gritou ele no ímpeto de desvairado arrependimento. — Não! que asno? Asno ainda não é nada! Sou incomparavelmente pior que um asno! Mas hei de lhe demonstrar, Zinaída Afanássievna, hei de demonstrar que até um asno pode ser um homem nobre!... Titio! eu o enganei! Eu, eu o enganei! O senhor não estava dormindo; o senhor fez de fato, em realidade, a proposta, e eu, eu, canalha, para me vingar por ter sido rejeitado, assegurei ao senhor que tudo havia sido um sonho.

O sonho do titio

— Coisas surpreendentemente curiosas estão se revelando — piou Natália Dmítrievna no ouvido de Anna Nikoláievna.

— Meu amigo — respondeu o príncipe —, a-cal-ma-te, por fa-vor; palavra que me assustaste com teu gri-to. Eu te asseguro que estás en-ga-na-do... Vamos, estou disposto a me casar se isso é ne-ces-sá-ri-o; mas acontece que tu mesmo me asseguraste que tinha sido apenas um sonho...

— Oh, como vou convencê-lo! Ensinem-me como convencê-lo agora! Titio, titio! Acontece que isto é uma coisa importante, um importante caso de família! Leve isso em conta! pense!

— Meu amigo, permite, vou pen-sar. Espera, deixa que eu me lembre de tudo pela ordem. Primeiro eu vi o cocheiro Fe-o-fil...

— Eh! Isto não é hora de falar em Feofil, titio!

— Pois é, suponhamos que não seja hora de falar ne-le. Depois apareceu Na-po-le-ão, e depois parecia que estávamos tomando chá e alguma dama chegava e comia todo o nosso açúcar...

— Mas, titio — deixou escapar Mozglyákov e ficou com a mente perturbada —, mas essa é uma história que a própria Mária Alieksándrovna lhe contou ainda há pouco, envolvendo Natália Dmítrievna! Acontece que eu estava aqui, e eu mesmo ouvi! Eu estava escondido e olhando para o senhor pelo buraco...

— Como, Mária Alieksándrovna — secundou Natália Dmítrievna —, então a senhora já contou até ao príncipe que roubei açúcar do seu açucareiro! Quer dizer que eu venho à sua casa roubar açúcar!

— Fora de minha casa! — gritou Mária Alieksándrovna, levada ao desespero.

— Não, fora, não, Mária Alieksándrovna, a senhora não se atreva a falar assim; então eu roubo açúcar em sua casa?

168   Fiódor Dostoiévski

Faz muito tempo que ouço dizer que a senhora anda espalhando essas torpezas a meu respeito. Sófia Pietrovna me contou em detalhes... quer dizer que venho à sua casa roubar açúcar?...

— Oh, *mesdames* — bradou o príncipe —, mas isso aconteceu apenas em sonho! Ora, com o que é que eu não sonho?...

— Barrica maldita — murmurou à meia-voz Mária Alieksándrovna.

— Como, eu sou uma barrica? — ganiu Natália Dmítrievna — E a senhora é o quê? Há muito tempo sei que a senhora me chama de barrica! Eu pelo menos tenho um marido, ao passo que a senhora tem um imbecil...

— Pois é, eu me lembro de que havia uma bar-ri-ca — murmurou inconsciente o príncipe, lembrando-se da recente conversa com Mária Alieksándrovna.

— Como, até o senhor se metendo nisso, insultando uma nobre? Como se atreve a insultar uma nobre, príncipe? Se eu sou uma barrica, então o senhor é um perneta...

— Quem, eu, perneta?

— Pois é, perneta, e ainda por cima banguelo, eis o que o senhor é!

— E ainda por cima só tem um olho! — gritou Mária Alieksándrovna.

— O senhor tem espartilho em vez de costelas! — acrescentou Natália Dmítrievna.

— E o rosto cheio de molas?!

— Cabelo artificial!...

— E o bigode do imbecil é postiço — reforçou Mária Alieksándrovna.

— Pelo menos me deixe com o nariz, Mária Stiepánovna, ele é autêntico! — bradou o príncipe, aturdido com tão inesperada franqueza. — Meu amigo! Foste tu que me traíste! Foste tu que disseste que meu cabelo é pos-ti-ço.

— Titio!

— Não, meu amigo, já não posso mais con-ti-nuar aqui. Leva-me para algum lugar... *quelle société!*, para onde me trouxeste, meu Deus?

— Idiota! canalha! — gritava Mária Alieksándrovna.

— Meu Deus! — dizia o pobre príncipe. — Eu apenas me es-que-ci um pou-co por que vim para cá, mas num instante hei de me lembrar. Leva-me a algum lugar, meu irmão, senão serei estraçalhado! Além disso... preciso i-me-di-a-ta--men-te anotar um novo pensamento...

— Vamos, titio, ainda não é tarde; nesse instante vou transferi-lo para o hotel e eu mesmo vou acompanhá-lo...

— Pois é, para o ho-tel. *Adieu, ma charmante enfant...* A senhora é a única... vir-tuosa. A senhora é uma moça no--bre! Vamos, meu querido. Oh, meu Deus!

Contudo, não vou descrever o final da desagradável cena que houve na saída do príncipe. As visitas se foram entre ganidos e desaforos. Mária Alieksándrovna enfim ficou só, entre os despojos e escombros de sua antiga glória. Ai, força, glória, importância — tudo desapareceu naquela noite! Mária Alieksándrovna compreendia que já não conseguiria se erguer como antes. Seu longo despotismo, que tantos anos durara sobre toda aquela sociedade, ruía em definitivo. Que lhe restava agora? — filosofar? Mas ela não filosofava. Passou a noite toda em fúria. Zina estava desonrada, viriam os mexericos sem fim! Um horror!

Como um historiador fiel, devo lembrar que nessa ressaca quem mais pagou foi Afanassi Matvêitch, que enfim se encafuou em alguma dispensa e ali ficou congelando até o amanhecer. Finalmente veio a manhã, mas esta não trouxe nada de bom. A desgraça nunca vem só...

XV

Se uma vez o destino faz desabar sobre alguém uma desgraça, seus golpes não têm fim. Isto já foi observado há muito tempo. A vergonha e a desonra de ontem tinham sido pouco para Mária Alieksándrovna. Não! o destino ainda lhe reservava outras maiores e melhores.

Ainda antes das dez da manhã, espalhou-se de repente por toda a cidade um boato estranho e quase inverossímil, que todos receberam com a alegria mais maldosa e impiedosa — como todos nós costumamos receber todo escândalo inusual que acontece com alguém próximo. "Perder a vergonha e a consciência a esse ponto! — gritavam de todos os lados —, humilhar-se até esse ponto, desprezar todas as regras do decoro, desfazer os laços até esse ponto!", etc., etc. Eis, porém, o que aconteceu. De manhã cedo, pouco depois das seis, uma velha pobre, lastimável, em desespero e lágrimas, correu até a casa de Mária Alieksándrovna e implorou à arrumadeira que acordasse a senhorita o mais rápido possível, somente a senhorita, em silêncio, para que Mária Alieksándrovna não descobrisse. Zina, pálida e aniquilada, correu no mesmo instante para a velha. Esta lhe caiu aos pés, beijou-os, banhou-os em lágrimas e implorou que a acompanhasse sem demora para ver o seu doente Vássya,[65] que passara a

---

[65] Vássya, Vássienka, hipocorísticos de Vassíli. (N. do T.)

O sonho do titio

noite inteira com tanta dificuldade, tanta dificuldade, que talvez não sobrevivesse nem mais um dia. Em prantos, a velha disse a Zina que o próprio Vássya a chamava para se despedir na hora da morte, que ele a esconjuraria, por todos os santos e anjos, de tudo o que houvera antes, e que se ela não fosse ele morreria desesperado. No mesmo instante Zina resolveu ir, apesar de que o atendimento desse pedido confirmaria de modo evidente todos os maldosos boatos anteriores acerca do bilhete interceptado, do seu comportamento escandaloso, etc. Sem dizer à mãe, ela atirou um casaco sobre os ombros e correu no mesmo instante com a velha por toda a cidade rumo a um dos subúrbios mais pobres de Mordássov, à rua mais deserta, onde ficava uma casinhola decrépita, torta e afundada no chão, com algumas fendas em vez de janelas e cercada de montes de neve por todos os lados.

Nessa casinhola, em um quartinho mínimo, baixo e bolorento, onde um enorme forno ocupava exatamente a metade de todo o espaço, estava estendido numa cama de tábuas não pintadas e sobre um colchão fino como uma panqueca um rapaz jovem, coberto por um velho capote. Tinha o rosto pálido e macilento, um fogo doentio brilhando nos olhos, os braços finos e secos como gravetos; respirava com dificuldade e rouquidão. Dava para perceber que algum dia fora bonito; mas a doença havia deformado os traços finos do seu belo rosto, para o qual dava medo e pena olhar, como quando se olha para o rosto de qualquer tísico, ou melhor, moribundo. Sua velha mãe, que por um ano inteiro aguardara a ressurreição do seu Vássienka quase até a última hora, percebeu afinal que ele não era um vivente deste mundo. Agora ela ficava ao pé dele, morta de dor, de braços cruzados, sem uma lágrima, sem se cansar de olhar para ele, e ainda assim não conseguia compreender, mesmo sabendo que, dentro de alguns dias, seu querido Vássya seria coberto pela terra gelada debaixo de um monte de neve, num cemitério pobre. Mas nesse instante não era para ela que Vássya olhava. Todo o seu rosto, descarnado e sofrido, transpirava agora o deleite. Afinal via à sua frente aquela com quem sonhara por um ano e meio, de olhos abertos e fechados, durante as longas e duras noites de sua doença. Ele compreendeu que ela o havia perdoado ao aparecer diante dele como um anjo de Deus na hora da morte. Ela lhe apertava as mãos, chorava diante dele, sorria-lhe, voltava a olhá-lo com seus lindos olhos e todo o passado sem retorno tornou a renascer na alma do moribundo. A vida voltou a arder em seu coração e, ao deixá-lo ir ficando, parecia querer que o sofredor sentisse como era difícil separar-se dela.

— Zina — dizia ele —, Zínotchka, não chores por mim, não te aflijas, não fiques triste, não me lembres que logo morrerei. Vou ficar olhando para ti — assim, vê, como te olho agora, vou sentir que nossas almas novamente estão juntas, que tu me perdoaste, outra vez vou beijar tuas mãos, como antes, e morrer talvez sem notar a morte! Emagreceste, Zínotchka! Meu anjo, com que bondade tu me olhas! Tu te lembras como antes sorrias? te lembras... Ah, Zina, não te peço perdão, não quero nem me lembrar daquilo que aconteceu, porque, Zínotchka, porque mesmo que tenhas me perdoado, eu mesmo nunca me perdoarei. Passei longas noites, Zina, insones, noites terríveis, e nessas noites, aqui nesta mesma cama, estirado, pensei muito, repensei muita coisa e há muito tempo já decidi que para mim o melhor é morrer, juro, o melhor!... Não servi para a vida, Zínotchka!

Zina chorava e apertava em silêncio as mãos dele, como se assim quisesse fazê-lo parar.

— Por que choras, meu anjo? — continuava o doente. — Por que estou morrendo, só por isso? Mas acontece que tudo o mais já morreu há muito tempo, há muito tempo foi enterrado! És mais inteligente que eu, de coração mais puro e por isso desde muito tempo sabes que sou um homem ruim.

Por acaso ainda podes me amar? E quanto me custou suportar esta ideia de que tu sabes que sou um homem ruim e vazio! Quanto amor-próprio houve em tudo isso, talvez até nobre... não sei! Ah, minha amiga, toda a minha vida foi um sonho. Eu estava sempre sonhando, sempre sonhando, e não vivia, enchia-me de orgulho, desprezava a multidão; no entanto, de que eu me orgulhava diante das pessoas? eu mesmo não sei. Da pureza do coração, da nobreza dos sentimentos? Ora, quando líamos Shakespeare tudo eram fantasias, Zina, mas na hora H mostrei minha pureza e nobreza de sentimentos...

— Basta — dizia Zina —, basta!... Tudo isso é dispensável, inútil... tu te martirizas!

— Por que me calas, Zina? Sei que me perdoaste e talvez há muito tempo tenhas me perdoado; mas tu me julgaste e compreendeste quem eu sou; pois é isto que me atormenta. Não mereço o teu amor, Zina! Eras de fato honrada e generosa: foste até tua mãe e disseste que ias te casar comigo e com mais ninguém, e manterias a palavra porque tua palavra não contraria os fatos. Mas eu, eu! Na hora H... Sabes, Zínotchka, que naquele momento eu não consegui nem entender o que sacrificavas casando-te comigo! Nem sequer pude compreender que, casando-te comigo, talvez viesses a morrer de fome. Eu não tinha nenhuma ideia de onde aquilo ia dar! Porque pensava apenas que te casavas comigo pelo grande poeta (isto é, pelo poeta do futuro), não queria entender os motivos que tu alegavas quando me pedias para dar um tempo com o casamento, eu te atormentava, te tiranizava, censurava, desprezava, e a coisa chegou finalmente à ameaça que te fiz com aquele bilhete. Naquele momento eu não fui nem um canalha. Fui simplesmente um lixo de pessoa! Oh, como devias me desprezar! Não, é bom que eu esteja morrendo! Foi bom que não te casaste comigo! Eu não entenderia nada do teu sacrifício, iria te atormentar, te martirizar pela nossa pobreza; os anos se passariam e — quem sabe? — é possível que eu passasse a te odiar como um obstáculo na vida. Mas agora está melhor! Agora pelo menos minhas lágrimas amargas purificaram o meu coração. Ah! Zínotchka! Ama-me ao menos um pouquinho, daquele jeito que antes me amavas! Ainda que seja nesta última hora... Porque sei que não mereço o teu amor, porém... porém... oh, anjo meu!

Durante toda essa fala Zina, em prantos, o fez parar várias vezes. Mas ele não a ouvia; atormentava-o a vontade de exprimir-se, e ele continuava falando, ainda que com dificuldade, arfando, roncando, com a voz sufocada.

— Se tu não tivesses me conhecido, não tivesses me amado, irias viver! — disse Zina. — Ah, por que, por que ficamos íntimos?

— Não, minha amiga, não, não te censures por eu estar morrendo — continuou o doente. — A culpa por tudo é só minha! Quanto amor-próprio houve nisso! Romantismo! Será que te contaram em detalhes a minha tola história, Zina? Vê só; já fazia mais de dois anos que andava por aqui um detento, réu, malfeitor e facínora; mas quando chegou a hora da punição ele se mostrou a pessoa mais pusilânime. Sabendo que não levariam um doente para receber o castigo, conseguiu vinho, fez uma infusão com tabaco e bebeu. Começou a vomitar sangue, e isso durou tanto que lhe prejudicou os pulmões. Foi levado ao hospital e alguns meses depois morreu de tísica. Pois bem, meu anjo, lembrei-me desse prisioneiro naquele mesmo dia... Bem, sabes, depois do bilhete... e decidi me destruir da mesma maneira. E que achas de eu ter escolhido a tísica? Por que não me esganei, não me afoguei? temi uma morte rápida? Talvez tenha sido isso, mas mesmo assim, Zínotchka, tenho a leve impressão de que nem isso se passou sem doces tolices românticas! Ainda assim, naquela ocasião eu tinha uma ideia: como seria bonito eu estar estirado na cama, morrendo de tísica, e tu te consumindo toda,

O sonho do titio   175

te mortificando, sofrendo por ter me levado à tísica; tu mesma vindo a mim, reconhecida e ajoelhada à minha frente... Eu te perdoaria morrendo em teus braços... Uma tolice, Zínotchka, uma tolice, não é verdade?

— Não menciona isso! — disse Zina —, não fales disso! não és assim... Melhor que nos lembremos de outras coisas, daquilo que tivemos de bom, de feliz!

— Estou amargurado, minha amiga, por isso falo. Passei um ano e meio inteiro sem te ver! Acho que agora me abri contigo! Pois durante todo esse tempo, desde aquele momento, vivi na maior solidão, e acho que não houve um minuto em que não pensasse em ti, meu anjo querido! E sabes de uma coisa, Zínotchka? como desejei fazer alguma coisa, conseguir algum mérito para te fazer mudar de opinião a meu respeito. Até o último momento não acreditei que fosse morrer; porque a doença não me derrubou logo, andei muito tempo doente do peito. E quantas suposições ridículas eu fiz! Sonhava, por exemplo, tornar-me de repente um grande poeta, publicar na *Otiêtchestvennie Zapiski*[66] um poema daqueles que o mundo ainda não conhecia. Pensava verter nele todos os meus sentimentos, toda a minha alma, de forma que onde quer que te encontrasses eu estaria sempre contigo, lembrando-te a todo instante de mim com meus versos, e eu teria o meu melhor sonho quando tu enfim meditasses e dissesses: "Não! ele não é um homem tão ruim como eu pensava!". Uma tolice, Zínotchka, uma tolice, não é verdade?

— Não, não, Vássya, não! — dizia Zina. Ela se debruçara sobre seu peito e lhe beijava as mãos.

— E como tive ciúmes de ti durante todo esse tempo! Acho que morreria se ouvisse falar do teu casamento! Eu

[66] *Anais Pátrios*, revista mensal publicada em São Petersburgo entre 1820 e 1830. (N. do T.)

mandava gente às ocultas te espiar, te vigiava, te espionava...
Aquela ali (e apontou a mãe com a cabeça) estava sempre
rondando. Ora, tu não amavas Mozglyákov, não é verdade,
Zínotchka? Oh, anjo meu! Tu te lembrarás de mim depois
que eu morrer? Sei que te lembrarás; mas os anos passarão,
o coração esfriará, virá o frio, o inverno na alma, e tu me
esquecerás, Zínotchka!...

— Não, não, nunca! Não me casarei!... Tu és o meu
primeiro... eterno...

— Tudo morre, Zínotchka, tudo, até as lembranças!...
E os nossos nobres sentimentos também morrerão. Em seu
lugar vem a sensatez. Não há razão para queixa. Aproveita
a vida, Zina, vive uma vida longa, feliz! Ama até outro, caso consigas amar — não hás de amar um morto. Apenas te
lembra de mim, ao menos de raro em raro; não tenhas lembranças ruins de mim; vamos, no nosso amor também houve
coisas boas, Zínotchka! Oh, dias dourados, que não voltam...
Ouve, meu anjo, sempre gostei da hora do crepúsculo. Lembra-te de mim algum dia nessa hora! Oh, não, não! Por que
morrer? Oh, como agora eu gostaria de tornar a viver! Lembra-te, minha amiga, lembra-te, lembra-te daquele tempo!
Era primavera, o sol estava tão claro, as flores desabrocha-
vam, havia alguma festa a nosso redor... Mas agora! Olha só,
olha só!

E o coitado apontou com a mão seca para a janela congelada, baça. Depois agarrou as mãos de Zina, apertou-as
contra seus olhos e caiu em prantos. O pranto quase rasgou
o seu peito dilacerado.

E durante todo aquele dia ele sofreu, angustiou-se e chorou. Zina o consolava como podia, mas sua alma sofria mortalmente. Ela dizia que não o esqueceria e que nunca iria
amar ninguém como o havia amado. Ele acreditava nela,
sorria, beijava-lhe as mãos, mas as lembranças do passado
apenas queimavam, apenas despedaçavam sua alma. Assim

O sonho do titio

passou o dia inteiro. Enquanto isso a assustada Mária Alieksándrovna mandara umas dez vezes procurarem Zina, implorara que voltasse para casa e que não se destruísse definitivamente perante a opinião geral. Por fim, quando já havia escurecido, quase perdendo a cabeça de pavor, ela resolveu ir pessoalmente atrás de Zina. Tendo chamado a filha para o outro cômodo, implorou quase de joelhos que ela "afastasse esse último e grave punhal de seu coração". Zina saiu doente para vê-la: sua cabeça ardia. Ouvia e não compreendia a sua mamãe. Enfim Mária Alieksándrovna se foi em desespero, porque Zina resolvera pernoitar na casa do moribundo. Não arredou de sua cama a noite inteira. Mas o doente piorava cada vez mais. Veio mais um dia, porém já não havia esperança de que o sofredor sobrevivesse. A velha mãe parecia uma louca, andava como se não entendesse nada, dava ao filho remédios que ele não queria tomar. A agonia dele foi longa. Já não conseguia falar, e só uns sons desconexos e roucos escapavam de seu peito. Até o último minuto não parou de contemplar Zina, sempre procurando-a com os olhos, e quando a luz começou a embaçar em seus olhos, ele ainda procurava com a mão errante e vacilante a mão dela para apertá-la na sua. Enquanto isso o breve dia de inverno chegava ao fim. E quando, afinal, o último raio de despedida do sol dourou a solitária janelinha congelada do pequeno quarto, a alma do sofredor voou de seu corpo macilento atrás desse raio. A velha mãe, vendo afinal à sua frente o cadáver do seu querido Vássya, ergueu os braços, deu um grito e lançou-se sobre o peito do morto.

— Foste tu, sua víbora, quem acabou com ele! — gritou em desespero para Zina. — Maldita, miserável, acabaste com ele, tu o tiraste de mim!

Zina, porém, não ouvia mais nada. Estava ao lado do morto como uma louca. Por fim, inclinou-se sobre ele, abençoou-o, beijou-o e saiu maquinalmente do quarto. Seus olhos ardiam, a cabeça girava. Sensações torturantes, duas noites quase insones por pouco não lhe tiraram o juízo. Sentia vagamente que todo o seu passado havia sido como que arrancado de seu coração, e que começava uma nova vida sombria e ameaçadora. Mas ela não deu nem dez passos e Mozglyákov pareceu brotar do chão diante dela: dava a impressão de que a aguardara de propósito naquele lugar.

— Zinaída Afanássievna — murmurou ele com uma voz tímida, olhando apressado para os lados porque ainda estava bastante claro —, Zinaída Afanássievna, eu, é claro, sou um asno! Quer dizer, se a senhora quiser, agora já não sou um asno porque, veja só, apesar de tudo agi com nobreza. Mas apesar de tudo eu me arrependo de ter sido um asno... Parece que estou embaraçado, Zinaída Afanássievna. No entanto... desculpe, há vários motivos para isso...

Zina olhou para ele de modo quase inconsciente e continuou em silêncio o seu caminho. Como a alta calçada de madeira era estreita para duas pessoas que caminhassem lado a lado e Zina não se desviava, Pável Alieksándrovitch pulara da calçada e corria ao lado dela ladeira abaixo, olhando sem cessar para o seu rosto.

— Zinaída Afanássievna — continuou ele —, eu refleti, e se a senhora mesma quiser concordo em renovar minha proposta. Estou até disposto a esquecer tudo, Zinaída Afanássievna, toda a vergonha, estou disposto a desculpar, mas só com uma condição: enquanto estivermos neste lugar, tudo permanecerá em segredo. A senhora sairá daqui o mais depressa possível; eu a seguirei devagarzinho; nós nos casaremos em algum ermo, de sorte que ninguém assistirá, e depois iremos imediatamente para Petersburgo ainda que seja em cavalos de muda, de maneira que a senhora levará apenas uma pequena mala... Então? está de acordo, Zinaída Afanássievna? Diga depressa! Não posso esperar; poderemos ser vistos juntos.

O sonho do titio

Zina não respondeu e apenas olhou para Mozglyákov, mas olhou de tal modo que no mesmo instante ele compreendeu tudo, tirou o chapéu, fez uma reverência e sumiu na primeira esquina de um beco.

"Como é que pode? — pensou ele. — Ainda anteontem à noite ela estava tão emocionada e se acusou de tudo! Vê-se que as coisas mudam!"

Enquanto isso, os acontecimentos se sucediam em Mordássov. Houve um fato trágico. Transferido por Mozglyákov para o hotel, o príncipe adoeceu na mesma noite, e adoeceu gravemente. Os mordassovianos souberam disso na manhã seguinte. Kallist Stanislávitch quase não se afastava do doente. À noite formou-se uma junta de todos os médicos de Mordássov. Os chamados foram escritos em latim. Mas, apesar do latim, o príncipe havia perdido completamente a memória, delirava, pedia a Kallist Stanislávitch que cantasse para ele alguma romança, falava de umas perucas; às vezes parecia assustar-se com alguma coisa e gritava. Os médicos concluíram que por causa da hospitalidade dos mordassovianos o príncipe tinha pegado uma inflamação intestinal que de certo modo havia subido (é provável que durante seu deslocamento para o hotel) para a cabeça. Também não negavam alguma comoção moral. Concluíram que o príncipe já andava há muito tempo propenso a morrer e por isso a morte era infalível. Neste ponto não se equivocaram, porque o pobre velhote morreu no hotel dois dias depois, ao anoitecer. Ninguém esperava tão séria mudança no caso. Precipitaram-se em grande número para o hotel onde jazia o morto, ainda não devidamente vestido; emitiam julgamentos, suposições, meneavam as cabeças e acabaram julgando rispidamente os "assassinos do infeliz príncipe", subentendendo por isso, é claro, Mária Alieksándrovna e a filha. Todos perceberam que esta história, já pelo seu tom escandaloso podia ganhar uma desagradável publicidade, talvez chegasse até a países distantes: ora, o que não conversaram e disseram! Durante todo esse tempo Mozglyákov agitava-se, lançava-se para todos os lados e acabou estonteado. Foi nesse estado que se encontrou com Zina. De fato, sua situação era complicada. Ele mesmo trouxera o príncipe para a cidade, ele mesmo o transferira para o hotel, e agora não sabia o que fazer com o morto: como e onde sepultá-lo? a quem comunicar? levar ou não o corpo para Dukhánovo? Além do mais, ele era considerado sobrinho. Tremia de medo: não fossem acusá-lo pela morte do respeitável velhote! "A coisa talvez ainda venha a repercutir em Petersburgo, na alta sociedade!" — pensava ele, estremecendo. Dos mordassovianos não era possível conseguir nenhuma sugestão; de repente estava todo mundo como que assustado, fugiram do cadáver e largaram Mozglyákov numa espécie de soturna solidão. Mas súbito toda a cena mudou. No dia seguinte, de manhã cedo, entrou na cidade um visitante. Sobre esse visitante toda a Mordássov começou a falar num piscar de olhos, mas a falar de um jeito meio misterioso, por murmúrios, espiando-o por todas as brechas e janelas quando ele passava pela rua Bolcháya em direção à casa do governador. Até o próprio Piotr Mikháilovitch pareceu um pouco amedrontado, sem saber como tratar o visitante. Era ele o príncipe Schepetílov, bastante famoso, parente do morto, um homem ainda quase jovem, de uns trinta e cinco anos, que usava dragonas de coronel e agulhetas. Todos os funcionários públicos foram tomados por um pavor extraordinário daquelas agulhetas. O chefe de polícia, por exemplo, ficou totalmente desnorteado; é claro que apenas no aspecto moral; no físico se fez presente, embora com a cara bastante murcha. Soube-se no mesmo instante que o príncipe Schepetílov estava a caminho de Petersburgo e dera uma passada por Dukhánovo. Não tendo encontrado ninguém em Dukhánovo, voou atrás do tio em Mordássov, onde a morte do velho e todos os minuciosos boatos sobre as cir-

O sonho do titio

cunstâncias dessa morte o atingiram como um raio. Piotr Mikháilovitch ficou até um pouco atrapalhado ao dar as necessárias explicações; ademais, todos em Mordássov estavam com ar de culpa. Além disso, o visitante tinha um rosto muito severo, muito insatisfeito, embora, ao que parece, não desse para ficar insatisfeito com a herança. No mesmo instante ele pôs mãos à obra. Quanto a Mozglyákov, passou em imediato e vergonhoso segundo plano ante a presença do sobrinho autêntico, não impostor, e escafedeu-se não se sabe onde. De pronto decidiu-se transferir o cadáver para um mosteiro, onde foi marcada a missa de corpo presente. O forasteiro deu todas as ordens de modo breve, seco e severo, mas com tato e decoro. No dia seguinte a cidade inteira reuniu-se no mosteiro para assistir à missa de corpo presente. Entre as senhoras espalhou-se o absurdo boato de que Mária Alieksándrovna apareceria pessoalmente na igreja e, ajoelhada diante do caixão, pediria perdão em voz alta e que tudo isso deveria ser feito segundo a lei. É claro que tudo se revelou um absurdo e Mária Alieksándrovna não apareceu na igreja. Nós até nos esquecemos de dizer que tão logo Zina voltou para casa de sua mamãe, resolveram na mesma noite se transferir para o campo, considerando que não seria mais possível permanecer na cidade. Lá, de seu canto, ela prestava ouvidos inquietos aos boatos da cidade, mandava assuntar e tentar descobrir quem era a pessoa de fora, e esteve o tempo todo febricitante. A estrada que ia do mosteiro a Dukhánovo passava a menos de uma versta das janelas de sua casa de madeira, e por isso Mária Alieksándrovna pôde examinar comodamente a longa procissão que se estendia do mosteiro a Dukhánovo depois da missa. O corpo foi transportado num alto carro funerário, atrás do qual se arrastava um longo rosário de carruagens, que acompanharam o falecido até à curva de saída da cidade. Por muito tempo ainda negrejaram no branco campo nevado aqueles carros sombrios que se moviam em silêncio, com a devida majestade. Mas Mária Alieksándrovna não podia ficar olhando por muito tempo e afastou-se da janela.

Uma semana depois ela se mudou para Moscou com a filha e Afanassi Matvêitch, e um mês depois soube-se em Mordássov que a aldeia que Mária Alieksándrovna possuía nos arredores da cidade e sua casa da cidade estavam à venda. Assim, Mordássov perdia para sempre uma dama muito *comme il faut*! Isso não escapou às línguas ferinas. Começaram a assegurar, por exemplo, que a fazenda seria vendida junto com Afanassi Matvêitch... Passou-se um ano, outro, e Mária Alieksándrovna foi quase inteiramente esquecida. Ai! é quase sempre o que acontece no mundo! Contava-se, aliás, que ela havia comprado outra aldeia e se transferido para outra capital de província, onde, é claro, já tinha todo mundo na mão, que Zina ainda continuava solteira, que Afanassi Matvêitch... Mas, pensando bem, não há por que repetir esses boatos; tudo é muito inverídico.

Três anos se passaram desde que escrevi a última linha da primeira parte das crônicas de Mordássov, e quem poderia pensar que mais uma vez eu teria de abrir meu manuscrito e acrescentar mais uma notícia à minha narrativa? Mas mãos à obra! Começo por Pável Alieksándrovitch Mozglyákov. Depois de escafeder-se de Mordássov, ele partiu direto para Petersburgo, onde foi bem-sucedido naquele emprego que há muito tempo lhe haviam prometido. Esqueceu depressa todos os acontecimentos de Mordássov, lançou-se ao turbilhão da vida mundana na ilha Vassílievski e em Galiérnaya Gavana,[67]

[67] Ironia do narrador, pois na ilha Vassílievski e em Galiérnaya Gavana, em São Petersburgo, moravam predominantemente pequenos funcionários. (N. da E.)

entregava-se aos prazeres, arrastava a asa, acompanhava o seu tempo, apaixonava-se, fazia proposta de casamento; engoliu mais uma recusa e, por não suportá-la e levado pela futilidade do seu caráter e pela falta do que fazer, solicitou uma vaga em uma expedição destinada a uma das regiões distantes da nossa pátria sem fim, incumbida de uma inspeção ou de algum outro objetivo que por certo não sei. A expedição percorreu a contento todos os bosques e desertos e, por fim, depois de uma longa peregrinação, apresentou-se ao governador-geral na capital de uma "região distante". Era um general alto, magro e severo, um velho guerreiro que fora ferido em batalhas e portava duas estrelas e uma cruz branca no pescoço. Ele recebeu a expedição com imponência e solenidade e convidou todos os funcionários que a compunham para um baile em sua casa, que dava naquela mesma noite em homenagem ao dia do santo da governadora-geral. Pável Alieksándrovitch ficou muito contente com isso. Engalanado com seu uniforme petersburguense, com o qual tencionava causar impressão, ele entrou sem cerimônia no grande salão, mas murchou um pouco ao ver uma infinidade de grossas dragonas trançadas e fardas civis com estrelas. Precisava cumprimentar a governadora-geral, de quem já ouvira falar que era jovem e muito bonita. Ele se aproximou até com presunção e súbito ficou petrificado com a surpresa. À sua frente estava Zina num magnífico traje de baile e cheia de brilhantes, altiva e soberba. Ela ignorou inteiramente Pável Alieksándrovitch. Seu olhar deslizou com negligência pelo rosto dele e no mesmo instante voltou-se para outro. O perplexo Mozglyákov afastou-se para um lado e no meio da multidão esbarrou num funcionário jovem e tímido, que parecia com medo de si mesmo ao ver-se no baile do governador-geral. Pável Alieksándrovitch foi logo tratando de interrogá-lo e soube de coisas interessantíssimas. Soube que o governador-geral tinha se casado fazia dois anos, quando fora de uma "região distante" a Moscou, e que desposara uma moça riquíssima, filha de uma família nobre. Que a generala era "uma *pessoa* de enorme beleza, podendo-se até dizer que era a primeira beldade, mas que se portava com um orgulho extraordinário e só dançava com generais"; que naquele baile havia nove generais, da cidade e de fora, incluindo-se aí os conselheiros de Estado efetivos;[68] e que, por último, "a generala tem uma mamãe que mora com ela, e que essa mamãe veio da mais alta sociedade e é muito inteligente" — mas que a própria mamãe obedecia sem reservas à vontade da filha, porém o próprio governador-geral não se fartava de admirar sua esposa e desmanchava-se em cuidados com ela. Mozglyákov esboçou uma alusão a Afanassi Matvêitch, mas na "região distante" ninguém tinha nenhuma ideia de quem era ele. Tomando um pouco de ânimo, Mozglyákov percorreu as salas e logo avistou também Mária Alieksándrovna, majestosamente engalanada, abanando um leque caro e conversando entusiasmada com uma pessoa da quarta classe.[69] A seu redor acotovelavam-se várias damas, numa procura servil de proteção, e pelo visto Mária Alieksándrovna dispensava uma extraordinária amabilidade a todas elas. Mozglyákov arriscou-se a se apresentar. Mária Alieksándrovna como que estremeceu um pouco, mas no mesmo instante, quase de pronto, se refez. Foi afável ao dar a honra de reconhecer Pável Alieksándrovitch, perguntou-lhe por seus conhecidos de Petersburgo, perguntou por que ele não estava no exterior. Sobre Mordássov não disse uma palavra, como se a cidade não existisse no mundo. Por fim, perguntou o nome de um importante príncipe de Petersburgo e por sua saúde, embora

[68] No serviço burocrático russo, o ocupante de um posto mais elevado era chamado de general. (N. do T.)

[69] Pessoa bem situada na escala da burocracia civil ou militar. (N. do T.)

Mozglyákov não fizesse ideia de quem era o príncipe, dirigiu-se furtivamente a um alto funcionário que se aproximava com suas cãs perfumadas, e um minuto depois esqueceu completamente Pável Alieksándrovitch, que continuava em pé à sua frente. Com um sorriso sarcástico nos lábios e de chapéu na mão, Mozglyákov voltou para o salão grande. Sentindo-se ofendido e melindrado não se sabe por quê, resolveu não dançar. Um ar de sombria distração e um cáustico sorriso mefistofélico sempre estiveram em seu rosto durante toda a noite. Encostado pitorescamente em uma coluna (como que de propósito o salão tinha colunas) durante todo o baile, ele permaneceu várias horas seguidas postado no mesmo lugar, acompanhando Zina com seus olhares. Mas, ai! todos os seus truques, todas as suas poses inusuais, seu ar frustrado, etc., etc. — tudo foi inútil. Zina o ignorou por completo. Enfim, enfurecido, com as pernas doendo de tanto ficar em pé, faminto — porque não podia ficar para se humilhar na condição de apaixonado e sofredor —, voltou para casa em completa exaustão, como se alguém tivesse lhe dado uma surra. Demorou um tempão para se deitar, lembrando-se de algo há muito esquecido. No dia seguinte pela manhã apareceu uma viagem de trabalho, e Mozglyákov a solicitou com prazer. Até ganhou alma nova ao deixar a cidade. No infinito espaço do deserto, a neve formava uma cortina deslumbrante. No outro extremo, bem no horizonte, bosques negrejavam.

Os diligentes cavalos voavam, revolvendo o pó de neve com as suas patas. A sineta ressoava. Pável Alieksándrovitch pôs-se a matutar, depois caiu no devaneio e em seguida adormeceu na maior tranquilidade. Acordou já na terceira estação, refeito e saudável, com ideias bem diferentes.

SONHOS DE PETERSBURGO
EM VERSO E PROSA

— Oh, maldito seja para todo o sempre o meu ofício: o ofício de folhetinista!...

Não se preocupem, senhores, não sou eu quem exclama! Confesso que um início como esse seria excêntrico demais para o meu folhetim. Não, não faço esse tipo de exclamação, mas antes de minha chegada a Petersburgo eu tinha a plena convicção de que todo folhetinista petersburguense, ao pegar a pena para rabiscar seu folhetim semanal ou mensal, teria de fazer tal exclamação ao sentar-se à escrivaninha. De fato, julguem: sobre o que escrever? Chegou, por exemplo, Ristori[1] e vejam só — tudo quanto é folhetinista começa a rabiscar a mesma coisa em todos os folhetins, em todos os jornais e revistas: Ristori, Ristori, Ristori chegou, Ristori vai representar; ela atua em *Kamma*,[2] e logo em seguida *Kamma*, *Kamma*, qualquer que seja o jornal que se abra sempre aparece *Kamma*; ela está em *Maria Stuart*,[3] e no mesmo instante *Stuart*, *Stuart*, etc. Assim as novidades irrompem uma atrás

[1] Adelaide Ristori (1822-1906), famosa atriz dramática italiana que esteve em turnê em Petersburgo no inverno de 1860. (N. da E.)

[2] História narrada por Plutarco (50-120 d.C.) em *Amatorius* e em *Moralia*, adaptada ao teatro por Giuseppe Montanelli (1813-1862). (N. do T.)

[3] Drama de Friedrich Schiller (1759-1805), poeta e dramaturgo alemão. (N. do T.)

da outra! E o mais lamentável é que eles de fato imaginam que se trata de novidades. A gente pega um jornal, não tem vontade de ler: em toda parte é a mesma coisa, o desânimo se apodera do senhor, que apenas concorda que é preciso ser muito ladino, esperto, ter as mãos e o pensamento saturados de rotina para dizer ainda que seja a mesma coisa sobre a mesma coisa, mas dando um jeito de evitar as mesmas palavras. E os infelizes reviram a sua inteligenciazinha e amaldiçoam o seu destino. E quem sabe quantos dramas, até algo trágico, acontecem em algum canto úmido de um quinto andar, onde em um quarto se acomoda uma família inteira, com fome e frio, enquanto em outro um folhetinista treme em seu roupãozinho esfarrapado, escrevendo um folhetim à la Novo Poeta[4] sobre camélias,[5] ostras e amigos, puxa os cabelos, arranha a pena e tudo isso num clima nada folhetinesco? Mas eu cedi ao arrebatamento; talvez nem exista um folhetinista assim em Petersburgo. Pode ser que todos passeiem de carruagem e se alimentem de pastelões de Estrasburgo...[6] E daí? Será que o folhetim traz apenas uma lista das palpitantes novidades da cidade? Parece que se pode enfocar tudo com o próprio olhar, sedimentar com o próprio pensamento, dizer sua própria palavra, *uma palavra nova*. Mas, meu Deus! o que o senhor está dizendo! Uma palavra nova. Ora, por acaso é possível a gente dizer todo santo dia uma palavra nova,

[4] Trata-se de I. I. Panáiev (1812-1862), escritor e folhetinista, famoso por suas paródias de vários escritores contemporâneos e por seus folhetins publicados sob o pseudônimo "Novo Poeta". (N. do T.)

[5] Referência ao romance *A dama das camélias*, de Alexandre Dumas Filho, publicado em 1848 em Paris, e que teve uma grande repercussão em Petersburgo e Moscou, levando o termo "camélia" a entrar na moda em jornais, revistas etc. (N. do T.)

[6] Iguaria muito popular nos salões russos, já referida por Púchkin em *Evguiêni Oniéguin*. (N. do T.)

quando talvez passe a vida inteira sem consegui-la e, ao ouvi--la, ainda não a reconheça. "Sedimentar com o próprio pensamento", diz o senhor. Mas que pensamento, onde consegui--lo? Tente se afastar ao menos uma vírgula dos pensamentos do dono da revista e no mesmo instante ele o rejeitará e o dispensará. Pois bem, admitamos que até haja pensamento, mas a originalidade, mas a originalidade — onde consegui-la? Seja como for, a ideia não é sua. Para isso é preciso... sim, para isso é preciso inteligência, perspicácia, talento! O senhor está querendo exigir demais do nosso folhetinista! Mas o senhor sabe o que às vezes é um folhetinista (é claro que às vezes, mas não sempre)? Para um garoto que mal emplumou, mal concluiu seu curso e amiúde nem estudou, parece muito fácil escrever folhetim: "Falta um plano, pensa ele, isso não é uma narrativa, escreva sobre o que quiser, aqui zombe, ali trate a coisa com certo respeito, acolá escreva sobre Ristori, mais além sobre virtude e moral, noutro lugar sobre a moralidade, depois sobre a imoralidade, por exemplo, sobre propinas, é forçoso falar de propinas, e o folhetim estará pronto. Ora, hoje em dia se vendem ideias absolutamente prontas, em tabuleiros de rosquinhas. É só preencher uma folha para impressão e assunto encerrado!". A um rabiscador atual (tradução livre da palavra "folhetinista") nem passa pela cabeça que sem ardor, sem pensamento, sem ideias, sem vontade tudo vira rotina e repetição, repetição e rotina. Não lhe passa pela cabeça que em nossa época o folhetim é... é quase o assunto principal. Voltaire passou a vida inteira escrevendo apenas folhetins... Mas, meu Deus! o que estou dizendo! Eu mesmo escrevo folhetim. Onde vim dar com os burros? Novidades! novidades!

Oh, Deus! Estou tão saturado de todas essas notícias, que não entendo como o senhor ainda não está enjoado. Veja, por exemplo: aconteceu alguma coisa com Andriêi Alieksándrovitch! Meu Deus! Bandos inteiros de folhetinistas chegam

Sonhos de Petersburgo em verso e prosa

voando de todos os lados como aves de rapina em cima de uma vaca tombada. Cada um agarra o seu pedacinho, todos bicam, bicam, chilreiam, gritam, brigam como pardais quando passam de um galho a outro. O problema não é que gritem, pois sobre Andriêi Alieksándrovitch pode-se, afinal, dizer ao menos alguma coisa útil; bem, ao menos interessante. O problema não está aí, mas em que... bem, senhores, permitam que eu não conclua em quê. Nem sobre Andriêi Alieksándrovitch quero falar; mudemos de assunto, falemos de outra coisa.

Eu penso assim: se eu não fosse um folhetinista casual e sim um jurado permanente, acho que desejaria apelar para Eugène Sue[7] ao descrever os mistérios de Petersburgo. Sou um terrível adepto de mistérios. Sou um fantasista, sou místico e, confesso aos senhores que, sem que eu saiba a razão, Petersburgo sempre me pareceu algum tipo de mistério. Desde a infância, quase perdido, largado em Petersburgo, eu sentia uma espécie de medo da cidade. Lembro-me de um incidente no qual não havia quase nada de especial mas que me deixou impressionadíssimo. Vou contá-lo em todos os detalhes; por outro lado, não se trata nem de um incidente — foi simplesmente uma impressão: ora, pois, sou fantasista e místico!

Lembro-me de que certa vez, numa tarde de inverno em janeiro, eu ia às pressas do lado Víborgski[8] para a minha casa. Eu era então ainda muito jovem. Chegando ao Nievá,

---

[7] Eugène Sue (1804-1857), escritor francês conhecido por seus romances de folhetim, nos quais era muito forte a presença do cômico. (N. do T.)

[8] Um dos bairros da periferia de Petersburgo, separados do centro da cidade pelo rio Nievá. O termo "lado" era de uso corriqueiro para designar bairro afastado, como ocorre com o famoso "lado Petersburgo", muito frequente nas obras de Dostoiévski. (N. do T.)

parei por um momento e lancei um olhar penetrante ao longo do rio na direção do horizonte fúmido que o frio embaçava e que de repente ficara vermelhejado pela última púrpura do poente que se extinguia no firmamento brumoso. A noite caía sobre a cidade, e toda a vasta clareira do Nievá, inchada de neve gelada, com o último reflexo do sol cobria-se de infinitas miríades de uma geada cristaloide. Começava a fazer um frio de vinte graus negativos... Um vapor gelado se desprendia em grossas baforadas dos cavalos cansados e das pessoas que passavam às correrias. O mínimo som fazia tremer o ar comprimido e, como se fossem gigantes, colunas de fumaça subiam pelo céu frio de todos os telhados dos dois lados da avenida marginal, entrançando-se e desentrançando--se, de sorte que parecia que novos edifícios se projetavam sobre os antigos, que uma nova cidade se formava no ar... Tive, afinal, a impressão de que todo este mundo, com todos os seus viventes, fortes e fracos, com todas as suas moradias, abrigos de miseráveis ou palácios banhados em ouro, se parecia com um devaneio fantástico e mágico, com um sonho que, por sua vez, desaparece imediatamente e é tragado pelo vapor que sobe ao céu azul-escuro. Súbito um estranho pensamento agitou-se em minha cabeça. Estremeci, e nesse instante meu coração pareceu banhar-se de um jato quente de sangue que de repente ferveu com a chegada de uma sensação poderosa, mas que até aquele momento eu desconhecia. Nesse instante foi como se eu tivesse compreendido alguma coisa que até então se agitava em mim, mas que eu ainda não havia compreendido; é como se tivesse me dado o estalo de alguma coisa nova, de um mundo totalmente novo que eu ignorava e só conhecia por rumores obscuros, por sinais misteriosos. Suponho que a partir daquele exato momento começou a minha existência. Digam, senhores: não sou um fantasista, não sou um místico desde a infância? Que incidente foi aquele? o que aconteceu? Nada, nada vezes nada, apenas

Sonhos de Petersburgo em verso e prosa

uma sensação, todo o resto correu bem. Se eu não temesse ofender as ideias do sr. -bov,[9] eu me prescreveria a vara de açoitar como remédio, por exemplo, por causa de minha tendência sorumbática... Oh, estou vendo, estou vendo levantar-se à minha frente a figura corpulenta do falecido Faddiêi Vienedíktovitch.[10]

Oh, com que prazer ele secundaria em seu folhetim de sábado minha frase sobre as varas.

— Vejam só, leitores e amáveis leitoras! — exclamaria ele durante quatro sábados consecutivos — eles mesmos reconhecem que precisam de varas. Eu pelo menos escrevi *Vijiguin*,[11] ao passo que eles... — etc., etc. Mas espero que o Novo Poeta, que herdou a popularidade de Faddiêi Vienedíktovitch com seus catorze anos de serviço prestados à arte, não me prescreva a vara.

Pois bem, desde então, desde aquela visão (chamo de visão a sensação que tive no Nievá) passaram a acontecer comigo as mesmas coisas estranhas. Antigamente, em minhas fantasias juvenis eu às vezes gostava de me imaginar ora Péricles, ora Mário,[12] ora um cristão dos tempos de Nero, ora um cavaleiro em torneio, ora Edward Glendinning do romance *O mosteiro* de Walter Scott, etc., etc. E o que é que eu não exorbitava nas fantasias em meus verdes anos, o que não vivenciei com todo coração, com toda a alma em meus devaneios dourados e inflamados como se fosse movido pelo ópio. Em minha vida não houve momentos mais plenos, sagrados e puros. Caía de tal forma no devaneio que deixei escapar

---

[9] Referência a N. A. Dobroliúbov (1836-1861), poeta, crítico e publicista russo, defensor da extinção dos castigos corporais. (N. da E.)

[10] F. V. Bulgárin (1789-1859), editor do jornal *Siévernaia Ptchelá*, no qual publicava regularmente um folhetim aos sábados. (N. da E.)

[11] *Ivan Vijiguin*, romance de F. V. Bulgárin. (N. da E.)

[12] Caio Mário (157-86 a.C.), general e político romano. (N. do T.)

toda a minha juventude, e quando de repente o destino me empurrou para a vida de funcionário público eu... eu... servi de modo exemplar, no entanto, mal terminava o expediente, eu corria para o meu sótão, vestia meu roupão furado, abria Schiller e ficava sonhando, deitava-me e sofria dores que eram a coisa mais doce de todos os prazeres do mundo, amava, amava... e queria fugir para a Suíça, para a Itália, e imaginava ter à minha frente Elizabeth, Luiza, Amália. Mas a Amália autêntica eu também deixei escapar; ela vivia no mesmo lugar que eu, bem ao lado, atrás de um biombo. Naquela época morávamos todos em cantos e nos alimentávamos de café de cevada. Atrás de um biombo morava um homem, apelidado de Mlekopitáiev;[13] ele passou a vida inteira procurando um emprego e a vida inteira passando fome com a mulher tísica, usando botas gastas e com seus cinco filhos famintos. Amália era a filha mais velha, e, aliás, não se chamava Amália, mas Nádia, pois que fique sendo para sempre Amália para mim. Quantos romances relemos juntos. Eu lhe emprestava livros de Walter Scott e Schiller. Estava inscrito na biblioteca de Smírdin,[14] mas não comprei um par de botas para mim e cobria os buracos das minhas com tinta de escrever; lemos juntos a história de Clara Mowbray...[15] ficamos tão emocionados que até hoje ainda não consigo me lembrar daquelas tardes sem um estremecimento nervoso. Por eu ler e lhe recontar romances, ela cerzia minhas meias velhas e engomava meus dois peitilhos. Por fim, ao se deparar comigo em nossa escada suja, onde o que mais havia eram cascas de ovos, súbito começava a corar de um modo estranho, de

[13] Literalmente, "mamífero". (N. do T.)

[14] Biblioteca do livreiro e editor A. F. Smírdin (1795-1857), situada na Avenida Niévski. (N. da E.)

[15] Protagonista do romance de Walter Scott *St. Ronan's Well* (1823). (N. do T.)

repente ficava muito inflamada. E como era bonitinha, bondosa, dócil, cheia de sonhos secretos e ímpetos reprimidos como eu. Eu não percebia nada; talvez até percebesse, mas... achava prazeroso ler *Kabale und Liebe*[16] ou novelas de Hoffmann. E como éramos então puros, castos! Mas de repente Amália se casou com o homem mais pobre do mundo, um homem de uns quarenta e cinco anos, que tinha um calombo no nariz, morara algum tempo conosco em um dos cantos, mas arranjara um emprego e no dia seguinte propôs a Amália sua mão e a completa pobreza. Tudo o que possuía era um capote como o de Akáki Akákievitch,[17] com gola de gato "que, aliás, sempre se podia confundir com marta". Eu até desconfio de que, se ele tivesse gato que não pudesse ser tomado por marta, talvez nem decidisse casar-se, mas ainda estivesse esperando. Lembro-me de minha despedida de Amália: beijei sua mãozinha bonita, pela primeira vez na vida; ela me deu um beijo na testa e um sorriso meio estranho, tão estranho, tão estranho, que aquele riso me arranhou depois o coração. E mais uma vez foi como se tivesse me dado o estalo... Oh, por que ela sorriu daquele jeito — eu não teria notado nada! Por que tudo aquilo ficou gravado de modo tão torturante em minhas lembranças! Hoje é com tormento que me lembro de tudo aquilo, apesar de que, se eu houvesse me casado com Amália, na certa teria sido infeliz! Neste caso, onde eu iria meter Schiller, a liberdade, o café de cevada e as doces lágrimas, e os devaneios, e minha viagem à Lua... Ora, mais tarde decidi ir à Lua, senhores!

Mas que ela, Amália, fique com Deus. Tão logo arranjei um apartamento e um empreguinho modesto, o mais, mais modesto de todos os empreguinhos do mundo, comecei a ter

---

[16] *Intriga e amor* (1784), drama de Schiller. (N. da E.)

[17] Personagem central do conto "O capote", de Nikolai Gógol. (N. do T.)

outros sonhos... Antes, quando morava naquele canto, no tempo de Amália, morei quase meio ano com um funcionário, o noivo dela, que usava um capote com gola de gato que sempre se podia confundir com marta e não queria sequer pensar sobre essa marta. E de repente ficando só, comecei a meditar nisso. Foi então que passei a prestar atenção nas coisas, e súbito vi umas caras estranhas. Eram todas umas figuras estranhas, esquisitas, perfeitamente prosaicas, nenhum Dom Carlos e Posa,[18] mas autênticos conselheiros titulares e ao mesmo tempo pareciam conselheiros titulares fantásticos. Alguém fazia caretas à minha frente escondido atrás de toda aquela multidão fantástica e manuseava uns barbantes, umas molas, e aqueles bonecos se moviam enquanto ele dava uma risada atrás da outra! E então pareceu-me ouvir num daqueles cantos outra história envolvendo um certo coração titular, honrado e puro, ético e leal aos superiores, acompanhado de uma mocinha, ofendida e triste, e essa história me dilacerou profundamente o coração. E, se eu juntasse toda aquela multidão com que eu então sonhei, daria uma ótima mascarada... Agora, agora a coisa é outra, agora, mesmo que eu sonhe com a mesma coisa, ela envolve, porém, outras pessoas, embora vez por outra velhos conhecidos me batam à porta. Vejam só o que recentemente eu sonhei: era uma vez um funcionário, naturalmente de um departamento. Nunca protestava nem se ouvia sua voz; seu rosto era todo inocência. Também quase nunca usava camisa branca; sua farda deixara de cumprir a sua função. Meio esquisitão, andava curvado, olhando para o chão, e quando, ao voltar do trabalho para casa no lado Petersburgo,[19] passava pela avenida Niévski, na certa ali nunca estivera um ser

[18] Personagens da ópera *Don Carlos*, de Schiller. (N. da E.)

[19] Bairro degradado de Petersburgo, antes habitado por nobres e altos funcionários burocráticos. (N. do T.)

Sonhos de Petersburgo em verso e prosa

mais obediente e calado, de sorte que até o cocheiro que uma vez lhe deu uma chicotada, assim, para afagá-lo quando ele atravessava correndo nossa magnífica rua, quase ficou surpreso porque ele sequer lhe voltou a cabeça, nem para lhe dizer um desaforo. Tinha em casa uma tia velha, que nascera com dor de dente e a mandíbula enfaixada, e uma mulher rabugenta com seis filhos. E quando em casa todos pediam comida, camisas e calçados, ele ficava sentado lá no seu cantinho junto ao forno, não dizia uma palavra em resposta, escrevia papéis burocráticos ou calava tenazmente com a vista baixa, ao mesmo tempo murmurando, como se se penitenciasse perante Deus pelos seus pecados. Por fim nem a mãe nem os filhos tiveram mais paciência. Moravam num mezanino de uma casinha de madeira, da qual uma metade já havia caído e a outra estava caindo. E quando, afinal, as lágrimas, os reproches e os tormentos chegaram ao último grau, o coitado levantou de repente a cabeça e começou a falar como a égua de Balaão, mas falou de modo tão estranho que o levaram para um manicômio. E ele conseguiu meter na cabeça que era Garibaldi! Sim! todos os seus colegas funcionários lhe mostraram que já fazia duas semanas que ele se preocupava com isso: ele se inteirara de algo por acaso em um jornal que encontrara aberto sobre a mesa. Ele quase nunca falava com ninguém e de uma hora para outra começou a se preocupar, a atrapalhar-se, a perguntar tudo sobre Garibaldi e os problemas italianos, como Popríschin[20] com os espanhóis... E eis que pouco a pouco foi-se formando nele a certeza incontestável de que ele era o próprio Garibaldi, flibusteiro e violador da ordem natural das coisas. Depois de tomar consciência do seu crime, ele tremia dia e noite. Nem os gemidos da mulher, nem as lágrimas dos filhos, nem a

---

[20] Protagonista do conto "Diário de um louco", de Gógol, que a certa altura da novela imagina-se rei da Espanha. (N. do T.)

arrogância dos criados nas entradas dos prédios, que lhe punham calços na avenida Niévski, nem o corvo que certa vez pousou na rua sobre o seu chapéu amarrotado, provocando o riso geral de seus colegas de departamento, nem os chicotes dos cocheiros de carruagens de luxo, nem a própria barriga vazia — nada, nada mais lhe interessava. Todo o mundo de Deus deslizou à sua frente e desapareceu, o chão sumiu debaixo dos pés. Em tudo e em toda parte ele só via uma coisa: seu crime, sua vergonha e sua desonra. O que diria Sua Excelência, o que diria o próprio Dementii Ivánitch, chefe do departamento, o que diria enfim Emelian Lúkitch, o que diriam eles, todos eles... uma desgraça! E eis que numa manhã ele se lançou de pronto aos pés de Sua Excelência: sou culpado, diz ele, confesso tudo, sou Garibaldi, faça comigo o que quiser!... Bem, e fizeram com ele... o que cabia. Quando tive esse sonho comecei a rir de mim mesmo e do que havia de estranho em meus sonhos. E de repente era um sonho profético. O que acham, senhores: faz pouco tempo que me inteirei por um jornal de mais um mistério. Realmente um mistério; os jornais publicaram e discutiram, mas ainda assim é um mistério. Descobriu-se de repente um novo Harpagão,[21] que morrera na mais terrível miséria em cima de montes de ouro. Esse velhote, que deve ser incluído entre os magníficos tipos do doutor Krupov,[22] era um tal de Solovióv, conselheiro titular aposentado, que tinha cerca de oitenta anos. Ocupava um canto atrás de um biombo pelo qual pagava três rublos. Morava em seu canto sujo há mais de um ano, não tinha nenhuma ocupação, queixava-se constantemente de

[21] Personagem-símbolo da peça O avarento, de Molière. (N. do T.)

[22] Personagem da novela de A. I. Herzen (1812-1870), Doutor Krupov (1847), médico materialista, para quem toda a humanidade era louca, e os dementes são "mais singulares, mais independentes, mais originais e, pode-se até dizer, mais geniais que todos os outros". (N. da E.)

escassez de recursos e, fiel à natureza de sua aparente pobreza, não pagava o aluguel em dia e morreu devendo um ano inteiro. Durante esse ano o novo Plyúchkin[23] esteve sempre doente, sofria de dispneia, de doença do peito e frequentava a casa de saúde Maksimiliánovskaya[24] à procura de conselhos médicos e remédios. Recusava a si mesmo comida fresca, inclusive em seus últimos dias de vida. Depois da morte de Solovióv, que falecera em cima de farrapos, no meio de uma pobreza repugnante e sórdida, encontraram entre seus papéis cento e sessenta e nove mil e vinte e dois rublos de prata em notas e em dinheiro sonante. Um comunicado de jornal diz que o dinheiro encontrado foi entregue à guarda da Gestão do Decoro de um Departamento e o corpo do morto será submetido à autópsia...

Eu meditava sobre esse acontecimento e me aproximava da *Gostíni Dvor*.[25] Caía a tarde. Nas lojas, atrás de vidraças inteiriças levemente embaçadas acenderam a luz a gás. Trotões com oficiais voavam pela Niévski; rangendo pesadas pela neve, passavam carruagens suntuosas atreladas a cavalos orgulhosos, com cocheiros orgulhosos e criados arrogantes. De quando em quando ouvia-se a batida sonora de ferraduras tocando a pedra através da neve; bandos circulavam pelas calçadas... era véspera de Natal... E eis que no meio da multidão lobriguei uma figura, não real mas fantástica. Sabe como é, não consigo me livrar de minha disposição fantástica. Ainda nos anos quarenta, provocavam-me e me chamavam de fantasista.[26] Hoje, é claro, estou grisalho, tenho experiên-

---

[23] Personagem do romance *Almas mortas*, de Gógol, que leva a avareza ao paroxismo. (N. do T.)

[24] Trata-se do hospital Maksimiliánovskaya, destinado aos pobres e situado no centro de Petersburgo. (N. da E.)

[25] Famosa galeria de lojas no centro de Petersburgo. (N. do T.)

[26] Referência à reação profundamente negativa do crítico Vissarion

cia de vida, etc., etc., e não obstante continuei um fantasista. A figura que deslizou à minha frente vestia um capote forrado de algodão, velho e surrado, que sem dúvida servia ao dono em lugar de cobertor durante a noite, o que dava para perceber até à primeira vista. O chapéu em frangalhos, com a aba quebrada, caía sobre a nuca. Tufos de cabelos grisalhos escapavam por baixo dele e caíam sobre a gola do capote. O velhote se apoiava num cajado. Movia os lábios e, olhando para o chão, ia apressado para algum lugar, é provável que para a sua casa. Um porteiro que tirava neve da calçada lançou de propósito uma pá inteira diretamente em seus pés; mas o velhote sequer o percebeu. Ao emparelhar comigo olhou-me e me piscou um olho, um olho morto, sem luz e força, como se na minha frente levantassem a pálpebra de um defunto, e adivinhei no ato que aquele era o próprio Harpagão, que morrera com meio milhão de rublos entre os seus trapinhos e frequentava a casa de saúde Maksimiliánovskaya. E eis que (minha imaginação é veloz) desenhou-se à minha frente uma imagem muito parecida com o *Cavaleiro avaro* de Púchkin. Súbito me pareceu que o meu Solovióv era uma pessoa colossal. Fora para trás do seu biombo, fugindo do mundo e de todos os seus atrativos. O que encontraria em todo esse brilho vazio, em todo esse nosso luxo? Para que o sossego e o conforto? O que ele tinha a ver com essa gente, com esses criados aboletados nas carruagens, com esses senhores e senhoras acomodados nas carruagens; com esses senhores que passeiam em trotões, com esses senhores que perambulam errantes, com esses encantadores jovens em cujo rosto se vê estampada uma insaciável sede de camélias e ru-

Bielínski (1811-1848) à publicação da novela *O duplo* (1846). Sem entender a complexidade da obra, ele chamou Dostoiévski de fantasista e afirmou que naquele momento só havia lugar para o fantástico em manicômios. (N. do T.)

Sonhos de Petersburgo em verso e prosa

blos de prata?... O que ele tem a ver com essas camélias, Minnas e Armances?... Não; ele não precisa de nada, ele tem tudo — lá, o seu travesseiro ainda está com uma fronha do ano passado. Vamos que seja do ano passado: ele dá um assobio e se arrasta obedientemente em sua direção tudo o que ele precisa. Se quiser, muitas pessoas lhe darão o prazer de um sorriso atencioso. Eis o vinho — e aqueceria o seu sangue; o ajudaria, até mesmo um vinho barato... Ele não precisa de nenhum. Ele está acima de todos os desejos... mas quando eu me entregava a esse tipo de fantasia, tive a impressão de que batia na tecla errada, de que estava roubando Púchkin e a coisa acontecia de modo bem diferente. Não, com certeza a coisa não era assim. Sessenta anos antes, Solovióv na certa trabalhara em alguma repartição; era jovem, tinha uns vinte anos. É possível que também vivesse paixões, viajasse de carruagem, conhecesse alguma Luiza e fosse ao teatro assistir ao *A vida de um jogador*.[27] Mas de uma hora para outra acontecera com ele alguma coisa como se o tivessem tocado no cotovelo — um daqueles acontecimentos que num abrir e fechar de olhos mudam um homem inteiro de tal forma que nem ele mesmo o percebe. Talvez em algum momento tenha lhe dado o estalo de alguma coisa e ele se intimidou diante de algo. E eis que Akáki Akákievitch junta os seus trocados para comprar a marta, mas separa dos seus vencimentos e junta, junta para momentos difíceis, não se sabe para quê, mas não é para a marta. Às vezes ele treme, e sente medo, e se esconde por trás da gola do capote quando caminha pelas ruas para não se assustar com alguém, e tem o ar de quem parece ter acabado de ser açoitado. Passam-se os anos, e eis que ele põe com sucesso seus trocados para render juros, emprestando-os a funcionários e cozinheiras sob o mais se-

---

[27] *Trente ans, ou La vie d'un joueur*, peça do dramaturgo francês Victor Ducange (1783-1833). (N. da E.)

guro penhor. Já amealhou uma quantia, mas está cada vez mais tímido. Passam-se dezenas de anos. Já tem guardados depósitos de milhares e dezenas de milhares de rublos. Cala e junta, está sempre juntando. Sente doçura e pavor, e o pavor atormenta cada vez mais o seu coração, a tal ponto que de repente ele realiza todo o seu capital e se esconde num canto pobre. A princípio manteve em sua casa bolorenta, de paredes amarelas, uma cozinheira e uma gata; a cozinheira era tola mas honesta por causa da tolice. Ele sempre a destratava e censurava; comia batata, bebia sumo de chicória e o dava de beber à cozinheira, calada e obediente. Comprava carne apenas para a gata, uma libra por mês, e por isso ela miava terrivelmente, e quando miava e olhava queixosa em seus olhos pedindo carne de gado e esfregando-se nele de rabo ereto, ele a afagava, chamava-a de Macha,[28] mas carne de gado não lhe dava. Toda a sua riqueza era composta de um relógio de parede com pêndulo seguro por barbante e, por falta do que fazer, ele olhava para esse relógio como se estivesse interessado em saber as horas. Mas a gata esticou as canelas, o marido mandou alguém de sua aldeia buscar a cozinheira, o relógio há muito tempo parou e virou ruína. O velhote ficou só, olhando ao redor e movendo os lábios, e vendeu por uns trocados em um brechó suas três cadeiras quebradas e uma mesa de jogo da qual há muito tempo tivera a ideia de arrancar o pano e usá-lo como forro do seu roupão, mas não o usou e, movendo os lábios, o enrolou e escondeu cuidadosamente em sua trouxa. Vendeu também o relógio e foi morar pelos cantos. Nesses cantos, atrás de um biombo, dormia, comia batata, reduzindo a cada dia a sua quantidade, tremia e temia, não pagava o aluguel e, sem pagá-lo, mudava-se para outro canto para depois lá também

[28] Um dos diminutivos do nome Mária. (N. do T.)

Sonhos de Petersburgo em verso e prosa

não pagava. E quantas vezes, talvez, uma alemã pobre, sua senhoria, com papelotes na cabeça e suja, o importunava a fim de que ele lhe desse pelo menos uns trocados por sua dívida! Ele se limitava a dizer ah! e oh!, e lhe falava de piedade, paciência infinita e misericórdia, benzia sua boca e adormecia inquieto e trêmulo, temendo que alguém ficasse sabendo do seu segredo, que a senhoria descobrisse... E por que ele frequentava a casa de saúde Maksimiliánovskaya! Para que tinha de tratar-se? Para que lhe servia a vida? Será que pressentia que todo o seu meio milhão iria para a guarda da Gestão do Decoro? Aliás, quiseram autopsiar seu cadáver para se certificarem de que ele era louco. Acho que a autópsia não esclarece semelhantes mistérios. E que louco era ele!

Entrei na *Gostíni Dvor*. Uma multidão fervilhava sob os arcos, por entre a qual era difícil abrir caminho. Todos compravam e se abasteciam para as festas. Debaixo dos arcos vendiam-se predominantemente brinquedos e havia, já prontas, árvores de Natal de todas as espécies, pobres e ricas. Diante de um montão de brinquedos postara-se uma mulher gorda de lornhão, acompanhada por um criado metido numa libré inviável. A senhora estava acompanhada por um jovem extremamente desgastado e de nariz arrebitado. A senhora piava e escolhia brinquedos; gostou em particular de uma figura de farda azul e pantalonas vermelhas.

— C'est un Zouave, c'est un Zouave — piava a senhora —, voyez, Victor, c'est un Zouave; car enfin Il a... enfin c'est rouge; c'est un Zouave![29]

E a senhora comprou o zuavo extasiada.

Não longe deles, junto a um outro montão de brinque-

---

[29] "É um zuavo, é um zuavo, veja, Victor, é um zuavo, porque ele tem, quer dizer... ele é vermelho; é um zuavo!", em francês no original. Zuavo: soldado das tropas coloniais francesas, formadas por norte-africanos. (N. do T.)

dos, havia entre os compradores um senhor e uma senhora escolhendo há muito tempo o que comprar, e que fosse bom e mais barato. Isso parecia ocupar o senhor:

— Olhe, queridinha, ele estala — dizia ele à sua amiga da vida, mostrando-lhe um canhãozinho de madeira que de fato estalava. — Olhe, veja, ele estala!

E o senhor o fez estalar várias vezes diante dos olhos de sua preocupada senhora. Mas esta queria um brinquedo melhor; olhava perplexa para o canhão.

— Pelo menos esta boneca seria melhor — disse ela, apontando sem esperança com o dedo.

— Esta boneca? hum... — proferiu o senhor. — Por que, queridinha, olhe, ela estala?

Sua meditação de cenho franzido, sério, preocupado com cada centavo, era uma prova de que o dinheiro não fora uma dádiva. Ele não se decidia e, carrancudo e calado, continuava estalando com seu canhão. Não sei o que compraram. Continuei abrindo caminho por entre a multidão, perseguido pela lembrança de Schiller e Vitor Emanuel. De raro em raro ouvia-se da multidão uma tímida voz de criança pedindo esmola às furtadelas.

— Meu caro senhor, desculpe a ousadia de incomodá--lo...

Atrás de mim caminhava um senhor que usava o casaco da farda, e desconfio que fora expulso do serviço público. Não poderia ser outra coisa. Depois de exonerados, todos eles usam o casaco da farda, mormente aqueles que responderam a processo. Era um senhor de altura superior a um metro e oitenta, com aparência de uns trinta e cinco anos e irmão de sangue de Nozdriov[30] e do tenente Givnóvski,[31]

---

[30] Personagem de *Almas mortas*, de Gógol. (N. do T.)

[31] Personagem de *Gubiérnskie ótcherki* [Relatos de província], do escritor russo Mikhail Saltikóv-Schedrin (1826-1889). (N. da E.)

Sonhos de Petersburgo em verso e prosa

usava boné e cinta vermelha, tinha um rosto repugnantemente fresco e uma fisionomia barbeada com extremo apuro, tão franca e "nobre" que, ao vê-la, a gente tem uma vontade incontida de dar uma cusparada nessa fisionomia. Eu o conheço; mais de uma vez deparei com ele na rua.

— Sou perseguido pelo infortúnio. Eu mesmo cheguei a dar quinze rublos aos necessitados. Meu caro senhor... de sua parte... se me atrevo a ter esperança...

Não foi só com aquele senhor, que dava quinze rublos aos necessitados (seria preciso saber quanto *ele* arrancara de outros necessitados) que andei deparando nas ruas de Petersburgo. Ou sou muito azarado ou tenho uma qualidade peculiar para esbarrar neles. Lembro-me ainda de um senhor, que também usava o casaco cinza da farda, incomum de tão limpo e novo, que tinha umas suíças esplêndidas e uma nobreza estampada no rosto impossível de retratar. Esse rosto irradiava saúde, as mãos brancas brilhavam de limpas. Importunava-me em alemão, talvez para não se comprometer diante do "público"; não sabia como me livrar dele. Nunca encontrei em minha vida tamanha desfaçatez... Quantos desses mendigos dariam excelentes operadores de bombas ou ferroviários! que força, que saúde! Mas a nobreza atrapalha! E que dentistas[32] devem ter sido em seu tempo...

Mas o encontro com o cidadão de casaco de aparência repugnantemente nobre lembrou-me outro encontro que tive no verão em um dia de agosto. Naquele dia tive dois encontros; um me deixou uma impressão mais que agradável. Eu passava pela Fontanka[33] ao lado de uma casa senhorial. À

---

[32] Dentista; denominação satírica de policial com sentido de quebra-dentes, empregada pela primeira vez por Gógol em *Almas mortas*. (N. da E.)

[33] Braço do rio Nievá que atravessa o centro de São Petersburgo. (N. do T.)

entrada estacionara uma elegante carruagem para duas pessoas. Num átimo o porteiro abriu a porta e saiu um casal jovem e elegante. A mulher, metida num traje suntuoso e rico, era muito bonitinha e bem jovem, adejou para a carruagem e atrás dela precipitou-se um cidadão ainda muito jovem, que vestia um brilhante uniforme militar, e mal o criado conseguiu bater as portinholas da carruagem, o jovem cravou um beijo nos lábios da senhorinha bonita, que aceitou com prazer o seu carinho. Observei toda aquela cena momentânea pelo vidro da portinhola da carruagem. Os dois não me notaram; a carruagem arrancou e caí na risada em pé na calçada. Não havia dúvida de que aqueles "jovens" saíam de alguma visita. Casais em lua de mel não se beijam em carruagens.

Por volta das cinco da tarde do mesmo dia eu caminhava pela avenida Voznessiênski. De repente ouvi às minhas costas uma voz tímida, fraca; voltei-me e à minha frente estava um menino de uns doze ou treze anos, com o rostinho amável e bondoso, fitando-me com um olhar de súplica e envergonhado. Dizia alguma coisa, mas sua voz se interrompia e tremia um pouco. Usava uma roupa pobre porém muito limpa, casaco leve de verão, boné, mas botas bastante gastas. A gravatinha de seda bem velhinha estava cuidadosamente presa ao pescoço. Via-se por todos os indícios que pertencia a uma família pobre, porém limpa e que conhecera dias melhores. Percebia-se que a gravata havia sido colocada pela própria mamãe dele ou por uma irmã mais velha. A gola da camisa bastante grossa estava limpa. As maneiras do menino eram simples e amistosas. Em seu rosto cansado havia muito de uma expressão nobre, sincera.

— Desculpe-me pelo incômodo — disse ele. — Tenha a bondade de me dar alguma coisa, por favor... — Ao dizer isto ele corou levemente.

Recuei um passo levado pela surpresa, tão estranho me pareceu o seu pedido.

Sonhos de Petersburgo em verso e prosa

— Mas quem é você? — perguntei perplexo — e que história é essa... de pedir? Palavra que não esperava.

— De manhã, meu pai e minha mãe me mandaram procurar uns parentes nossos no lado Petersburgo. Eles achavam que lá eu conseguiria almoçar. Mas lá... não consegui almoçar; esperei muito tempo e agora vou para casa. Estou muito cansado e com muita vontade de comer...

— E onde você mora?

— Ao lado do mosteiro de Smólni...[34] Dê-me seis copeques, aqui tem uma barraca que vende pastelões, vi pela janelinha; esses pastelões custam seis copeques, compro um, descanso um pouco na barraca, e depois vou para casa...

Por sorte eu tinha no bolso uma moeda de vinte e cinco copeques e dei ao pobre menino.

— Diga-me, quem são os seus pais? — perguntei.

— Antes meu pai trabalhava no serviço público — respondeu o menino — e eu frequentava o colégio. Nós somos quatro filhos, irmãos e irmãs. E como este ano meu pai perdeu o emprego, não frequento mais o colégio; ele ficou sem os vencimentos e agora... somos muito pobres...

Toda uma história em algumas palavras.

Muito pobres, muito pobres!

A pobreza, evidentemente, é um fato... mas, admitamos que excepcional; não discutimos. Ora, também existem ricos e abastados; eles têm filhos, amáveis, inteligentes, educados; para eles compram-se zuavos, e os zuavos talvez não impeçam que com o tempo venham a ser pessoas muito boas... Ora, em nosso país tudo é extremamente estranho; é feito com base em alguma lei desconhecida, mas mesmo assim deve ser lei; pela lei age também a natureza e vive o homem. Entretanto, isso é estranho. De uma família de mujiques sai

---

[34] Mosteiro que ficava num extremo de Petersburgo, muito distante do "lado Petersburgo" onde morava o menino. (N. da E.)

de repente um poeta, e ainda que poeta; de um estabelecimento especial sai um pensador; por isso estou tranquilo quanto ao menino com quem me deparei. Não vai se perder; tenho pena do pai dele, é claro, mas ele dará um jeito de conseguir um abrigo, de encontrar um emprego, de safar-se. Provavelmente já é um homem feito. Além disso, pois, a Terra não escapa de pequenas desgraças; ademais, ele não é o único, não é verdade? Mas, não obstante, é insuportável quando — digamos, ainda que seja de modo involuntário — a gente pensa; quanto cinismo triste, quantas impressões duras vem suportando esse menino desde a sua infância! Esse menino já estudou, já compreende muita coisa; ele cora e se envergonha. É honrado e já pensa, porque a infelicidade ensina a pensar, às vezes até cedo demais. Então, como ele responderá mais tarde a essa casual mendicância? Lembrar-se-á deste dia com repugnância e estremecimento ou se converterá num parasita de casaco da farda e aparência repugnantemente nobre? Mas... acalmemo-nos; por que essas perguntas sem nenhuma utilidade? A pobreza sempre é uma exclusão; todos vivem e vivem de algum jeito. A sociedade não pode ser toda rica; a sociedade não pode passar sem infelicidades casuais. Não é verdade? Posso até lhes contar uma história muitíssimo original, inclusive de uma pobreza muito graciosa. Mas deixo essa história para o final do meu folhetim. Acrescento apenas que se todos fossem, por exemplo, só ricos, seria ao menos uniforme, e além do mais a pobreza desenvolve o homem, às vezes lhe ensina a virtude... não é verdade? Se em todos os cantos do mundo exalassem perfumes, não apreciaríamos o cheiro dos perfumes. Oh, Kuzmá Prutkov,[35] aceite este aforismo entre as frases famosas pronun

---

[35] Kuzmá Prutkov é um escritor fictício, criado pelos talentosos poetas e dramaturgos A. K. Tolstói (1817-1875) e A. M. Jemtchújin (1821-

Sonhos de Petersburgo em verso e prosa

ciadas por tua sabedoria! Mas não é de Kuzmá Prutkov que agora pretendo falar. Quero dizer duas palavras sobre o nosso Novo Poeta, justo a respeito da pobreza. Em seu último folhetim ele descreve o insano luxo de Petersburgo e... a pobreza — não de Petersburgo, mas do lado Petersburgo, perto do mosteiro de Smólni e nas extremidades da cidade que, como se sabe, já não é Petersburgo. Contudo, ao mencionar a pobreza ele informa que o custo de vida em Petersburgo começa a despertar algumas preocupações entre seus habitantes, nas pessoas em geral bem-intencionadas e naqueles cidadãos aptos a fazer alguma coisa na cidade. Ele cita, por exemplo, o rumor de que teria sido criado um Comitê de Saúde Pública em que, além dos médicos, seriam incluídos representantes das camadas urbanas, fabricantes e artesãos. É claro que esse Comitê sempre dirá alguma coisa e atuará da maneira mais útil; em linhas gerais, essa notícia é magnífica. Nós gostamos dos Comitês e os respeitamos. Veja-se o Comitê da Fundação para a Literatura:[36] como fez muito em favor dos literatos, com que extraordinária rapidez multiplica o seu capital, como são atuantes todos os seus membros, como sua atividade é visível aos olhos de todos! Eis que já estamos em um ano novo e já houve uma leitura pública em proveito dos literatos e cientistas necessitados. Já aconteceu, já houve tempo de acontecer. E note-se que as leituras são uma coisa importante. As leituras são uma das principais fontes de renda da Fundação para a Literatura. Quanto dinheiro elas conseguiram no ano passado. Além do Comitê de Saúde Pública, houve ainda a história de um engenheiro, o

---

1908), a quem são atribuídos muitos aforismos de cunho filosófico, folclórico, literário etc. (N. do T.)

[36] Trata-se da Sociedade de Apoio aos Literatos e Cientistas Necessitados, fundada em Petersburgo em 1859. (N. da E.)

senhor Vassíliev,[37] também mencionada pelo Novo Poeta, e ela foi publicada em forma de uma brochura específica. O senhor Vassíliev expõe seu ponto de vista sobre o andamento das melhorias de Petersburgo e também chama atenção para a carestia da vida de Petersburgo. Sim, pode-se prestar atenção a isto; até merece. Dizem que hoje em dia não se consegue gastar em Petersburgo menos de mil e quinhentos rublos de prata, e com menos de mil, um pai de família já está na pobreza. Onde conseguir mil rublos? Claro que se eu fosse Ivan Alieksándrovitch Gontcharóv[38] eu escreveria algo assim como uma folha e meia para impressão, algo assim como um extrato (cada grãozinho de homem altamente talentoso é uma preciosidade) e eis que eu já teria em mãos mil rublos de prata. No entanto, nem todo mundo é Ivan Alieksándrovitch Gontcharóv.

Enfim, o Novo Poeta menciona também os pensamentos do senhor Lavrov na Passagem...[39] Ah, perdão! isto já não é para melhorar Petersburgo. É, digamos, para filosofar... Então? até a filosofia pode servir para melhorias. Ela enfeita a mente, lhe dá diferentes ideias, enfim, etc. e tudo o mais. Sempre gosto imensamente quando o Novo Poeta fala, por exemplo, de filosofia, de arte... e de tudo sobre virtude. É verdade que quando escreve sobre arte, a pretexto de referir os pensamentos do senhor Lavrov, um pouco... como dizer isso? — bem, ao menos um pouco surpreende o senhor La-

---

[37] Trata-se de um certo engenheiro Vassíliev, autor do relatório "O estado atual das melhorias de Petersburgo", apresentado em uma reunião de engenheiros e arquitetos no dia 4 de dezembro de 1860. (N. da E.)

[38] O escritor russo Ivan Gontcharóv (1812-1851), autor do famoso romance *Oblómov*. Gontcharóv publicava extratos de seus romances em revistas, muito antes de editá-los em livro. (N. da E.)

[39] Galeria de lojas situada no centro de Petersburgo. (N. do T.)

Sonhos de Petersburgo em verso e prosa

vrov, ainda mais porque o Novo Poeta lhe pergunta o que ele mesmo pensa sobre o que diz? Ora, pois, não dá para um homem conhecer tudo, todos os segredos; satisfaz julgar tudo do mesmo modo; porque às vezes um homem se engana. Repito: se não houvesse diversidade, haveria um grande tédio. Por que privar até o Novo Poeta dessa diversidade? Ao contrário, cabe lhe desejar exatamente certa diversidade, embora todos nós o leiamos com o maior prazer, inclusive na forma atual e, ao recebermos a *Sovremiênnik*[40] — a única revista russa onde podemos ler *todos* os artigos com curiosidade —, sempre destacamos em primeiro lugar o Novo Poeta e o sr. -bov.

> *Bombásticos em discussões,*
> *Sem propósito e ousados,*
> *Esses publicistas*
> *Logo estarão calados.*
> *Um fim na vida eles tem,*
> *Suas pequenas vaidades —*
> *E de novo a nós, camélias,*
> *Cantarão também.*

Discordo! Discordo totalmente! Esse poema chegou por acaso às minhas mãos e eu o repeti sem querer; mas discordo! Claro, cada um pode ter suas opiniões. Pode-se discordar do sr. -bov, mas acho que eu morreria de tédio com os seus artigos se ele mudasse ainda que minimamente o caráter das ordens que dá à literatura russa:

---

[40] O *Contemporâneo*, famosa revista literária de Petersburgo, na qual publicavam os escritores mais progressistas e destacados da época. (N. da E.)

Até na crueza das matas há prazer,
Nos artigos de Dudíchkin há feitiço,[41]
As feiras literárias vêm a ser,
À prosa e à poesia ilustrativas.
Têm enlevo os sofismas de Guimalé,[42]
Pérolas a voragem das revistas,
À socapa Voiskobóinikov gentil é,[43]
Juntando escândalos em grandes listas.
Oh, crítico -bov, tudo isso me apraz,
Mas todo o meu apreço está contigo!
Superas todas as mentes, sem pensar eu digo,
E pensando direi coisa igual.
Tua crítica pode promover ou destruir,
O mundo das revistas se orgulha de ti,
E medir forças contigo só quem pode
É Conrad Lilienschvager.[44]

Contudo, além do sr. -bov, também gosto do Novo Poeta, até mais que do sr. -bov. Uma coisa sempre me deixou indignado; o fato de sempre o considerarem o criador dos escândalos literários. Não acredito, nem quero acreditar. Até hoje ele tem um nome honrado e irrepreensível na literatura. Desde muito tempo, quase em minha infância, comecei a ler o Novo Poeta. Sempre gostei de imaginar a aparência dos poetas e prosadores que me impressionaram. Mas, coisa estranha, nunca consegui ver um retrato do Novo Poeta. Pro-

[41] Stiepan Semeónovitch Dudíchkin (1820-1866), jornalista e crítico literário russo. (N. do T.)

[42] Pseudônimo do jornalista Yúri A. Vólkov, colaborador do jornal *S.-Peterburgskii Viédomosti* (Boletim de São Petersburgo). (N. do T.)

[43] N. Voiskobóinikov, publicou no *S.-Peterburgskii Viédomosti* de 30/11/1860 o artigo "Parem de brigar, senhores literatos". (N. da E.)

[44] Máscara satírica criada por N. A. Dobroliúbov. (N. da E.)

Sonhos de Petersburgo em verso e prosa

curei-o entre os retratos do senhor Kraiévski,[45] do senhor Startchevski,[46] entre os retratos de todos os ativistas da palavra e do pensamento editados pelo senhor Münster[47] e, dos que hoje já estão editados, talvez uns cem, e de maneira nenhuma consigo encontrar entre eles o do Novo Poeta. Mas chega de referência ao Novo Poeta. Posso até ser acusado de parcialidade. Pois só passei a falar propriamente dele por causa de uma ode que *teria sido* escrita por camélias de Petersburgo; o que gente ociosa não inventa! Eis a tal ode:

ODE DAS CAMÉLIAS DE PETERSBURGO
AO NOVO POETA

Ouro, luxo, enfeites, diamantes
Espalham-se ao redor de nosso espaço,
À ópera, ociosas, deslumbrantes,
Vamos à mostra de todos os ricaços.
Pérolas, corais e trajes raros,
Carruagens, arreios, cavalos —
Tudo isso nos deu com suas "Notas"
O Novo Poeta.

Todas nós — Charlottes, Armances, Amélias —
Antes não sabíamos de tais bens;
Desprezava-se o nome camélia,
Em dívidas afundávamos também:
Súbito a sorte nos sorriu em diamantes.
Recebeu-nos a sociedade extasiada,

[45] A. A. Kraiévski (1810-1889), jornalista, empresário e liberal moderado. (N. da E.)

[46] A. V. Startchévski (1818-1901), jornalista. (N. da E.)

[47] A. E. Münster, jornalista, então redator da revista *Sin Otiétchestva* (O Filho da Pátria). (N. da E.)

Só de camélias fala neste instante
O Novo Poeta.

Das heteras do Nievá o ideal
Pôs-se ele a pintar com especial amor.
Anciões, sangue fervente, se excitaram,
Um círculo de jovens se sublevou.
Nossos cativos nos deram montes de ouro.
Da pobreza nem vestígio sobrou.
Na Sovremiênnik ganhamos uma coroa
Do Novo Poeta.

Que venha a maldição do descarado asceta —
Inimigo do progresso feminino,
Das injúrias de Askotchenski[48] o Novo Poeta
Salvará as camélias sulinas.
Que os publicistas cuidem da Itália,
O sr. -bov censure o mundo inteiro —
De novo cantará nossos ombros e talhes
O Novo Poeta.

Cantaste o ideal das camélias
Imbuído de um nobre fim,
E à saúde de todas elas
Bebeste tua taça nos festins.
Se tua velhice terminares —
Em tua senda literária
Te honraremos com uma urna de mármore
Novo Poeta.

---

[48] V. I. Askotchenski (1813-1879), publicista reacionário, redator da revista *Domáchnie Besedi dliá Narodnogo Tchtiénia* (Palestras Domésticas para a Leitura do Povo). (N. da E.)

Brincadeira, uma amável travessura! porém totalmente inverossímil. Em primeiro lugar, nenhuma camélia iria escrever versos. Todas as obras desse tipo pecam por sua inverossimilhança, embora isso as torne inofensivas. Assim, por exemplo, o famoso epigrama em prosa do senhor Kraiévski, publicado numa edição do *Iskra*[49] do ano passado, se o leitor está lembrado, já mencionava o senhor Pereira,[50] o senhor Dudíchkin e os sansimonistas. É um epigrama totalmente inverossímil! A propósito do senhor Kraiévski: num dos anúncios do ano passado sobre uma edição da *Otiêtchestvennie Zapiski*[51] em 1861 foi dito que a partir do ano seguinte o setor de crítica seria dirigido pelos senhores Dudíchkin e Kraiévski. Esse anúncio provocou certo falatório, como o famoso artigo "A literatura dos escândalos", publicado na *Otiêtchestvennie Zapiski*; até me pediram para informar ao público que esse anúncio sobre as futuras críticas do senhor Kraiévski devia ser considerado o mais importante e o mais impertinente escândalo literário de todo o ano passado. A meu ver isso já é forte demais. Não é? Por que o senhor Kraiévski não poderia escrever uma boa crítica? Ele é o redator da *Entsiklopedítcheski Leksicon*.[52] Já vem editando a revista há muito mais de vinte anos. Se até hoje não escreveu

---

[49] *A Fagulha*, revista editada em Petersburgo até a segunda metade do século XIX. Em 1900, Lênin e seus companheiros fundaram em Leipzig uma revista com o mesmo nome, que viria a desempenhar um importante papel na formação do Partido Bolchevique. (N. do T.)

[50] Isaac Pereira (1806-1888), banqueiro e publicista francês. (N. da E.)

[51] *Anais Pátrios*, revista mensal fundada em 1818 e editada em Petersburgo. (N. do T.)

[52] Trata-se do *Entsikopedítcheski Slovar* (Dicionário Enciclopédico), fundado por cientistas e literatos russos. A nomeação de Kraiévski como seu redator provocou indignação nos meios literários da época. (N. da E.)

tal crítica, ainda não se pode dizer que não venha a escrever. Aliás, parece-me demasiado injusta a notícia da futura atividade crítica do senhor Kraiévski. Apresso-me a ressalvar: posso ter me enganado e, em todo caso, esperarei com ansiedade a saída da edição da *Otiêtchestvennie Zapiski* com o artigo do respeitável redator. Não obstante, ainda assim me parece que neste momento o senhor Kraiévski não está em condições de tratar de literatura russa; ele já tem muitos afazeres. Além do seu trabalho sério, tem sobre os ombros quarenta futuros volumes da *Entsiklopedítcheski Leksicon*. Além do *Entsiklopedítcheski Leksicon*, precisa levantar a *Otiêtchestvennie Zapiski*, torná-la mais viva, mais atualizada, sacudir a adormecida revista, senão talvez não haja assinantes... Neste momento não está em condições de tratar de literatura.

Entretanto, apesar de neste momento ele não estar em condições de tratar de literatura, para concluir minhas palavras sobre o senhor Kraiévski, ainda assim direi que o considero uma pessoa assaz útil à literatura russa, e o digo com absoluta seriedade. Se ele não escreveu quase nada ao longo de toda a sua atividade literária, em compensação teve a capacidade de editar uma revista. Hoje isto está mais fácil, mas antes não era nada fácil. Em nossos dias as revistas ganharam entre nós uma importância altamente social e o senhor Kraiévski, como editor de revista, muito contribuiu de fato para isso. Aliás, ele enfoca a revista de um ponto de vista comercial (como era mesmo necessário fazer no tempo do senhor Kraiévski); sentiu-se nisto uma imperiosa necessidade e pode-se dizer, de modo positivo, que ele foi o primeiro a revestir a atividade editorial de um caráter sério de empresa comercial e de um esmero extraordinário. Mencionarão a *Bibliotéka dliá Tchtiénia*,[53] dirão que ela apareceu antes da *Otiêtches-*

---

[53] *Biblioteca para Leitura*, revista mensal de literatura, ciências, ar-

tvennie Zapiski e também que foi editada com um esmero até então inaudito no jornalismo russo. Reconheço que o primeiro passo é o mais importante, no entanto o segundo passo tem, talvez, um significado nada inferior. Vez por outra se atribui o sucesso do primeiro passo a circunstâncias casuais, mas o sucesso do segundo passo justifica o negócio de forma definitiva. Demonstra a todo mundo não só a possibilidade mas também a solidez, assim como a maturidade do negócio. Com o esmero e a exatidão de sua edição, o senhor Kraiévski habituou o público a acreditar na solidez das empresas literárias, e essa certeza animou o público e multiplicou o número de assinantes. Se o senhor Kraiévski pouco fez para os literatos, fez bastante como ativista social. Foi por ser um dos editores mais esmerados que acabou de receber a incumbência de editar a *Entsiklopedítcheski Leksicon*. Mas o senhor Kraiévski sempre acha (e mais uma vez isto é de suma importância) que merece mais; ele anuncia que deseja escrever críticas. Deus o proteja! Mas se ao senhor Kraiévski ocorrer, por exemplo, publicar em nome próprio uma carta nos jornais e nesta carta começar a explicar até onde vai sua participação na publicação da *Entsiklopedítcheski Leksicon*, dirá que assumiu toda a responsabilidade moral pelos verbetes do futuro léxico; que lerá os verbetes de todos os campos do conhecimento — da filosofia, das ciências naturais, da história, da literatura, da matemática; que irá corrigir, reduzir e completar esses verbetes na medida da necessidade; então é desculpável que o senhor fique ao menos um pouco surpreso. Isso será até por demais embaraçoso. Pois é isso que leva ao ridículo, pois é isso que compromete! Acho que se Bacon editasse a *Entsiklopedítcheski Leksicon* com a mesma responsabilidade, ainda assim faria o público rir. Não é

tes, indústria e moda, editada em São Petersburgo entre os anos de 1834 e 1865. (N. da E.)

possível reconhecer tudo, todas as ciências do mundo! Não é possível saber fazer tudo. Shakespeare foi um grande poeta, mas não se atreveria a construir a basílica de Pedro em Roma. E o senhor Kraiévski não é nenhum Shakespeare...

Mas, meu Deus, onde dei com os burros! Sempre esqueço que sou um folhetinista. Quem entra na dança tem que dançar! É necessário escrever sobre novidades, mas escrevo sobre a *Entsiklopedítcheski Leksicon*. Novidades! novidades! Além de tudo, estamos no momento de maior burburinho, no meio do inverno, no Natal. Ano-novo, festas, festas do Natal; festas do Natal! A propósito, estão lembrados do poema:

> *Um salgueiro, na encruzilhada,*[54]
> *Está a prumo, dorme um soninho...*
> *Junto a uma cerca a cancelinha*
> *Range baixinho, arruinada.*
> *Furtivo, alguém se esgueira ao longe*
> *Passam voando uns trenós...*
> *Sonora, ouve-se uma voz:*
> *— Como é teu nome?*

Um sonhador de Petersburgo me assegurou que a graça silenciosa desse poema é inacessível a um poeta petersburguense[55] nativo, e que em Petersburgo ele seria forçosamente parafraseado nos seguintes versos:

> *No beco onde o Fontanka*
> *Jaz congelado...*
> *Um realejo frente à venda postado*

---

[54] Citação de um poema de Afanassi Fiet (1820-1892). (N. da E.)

[55] De fato, Fiet não era oriundo de Petersburgo. (N. da E.)

Queixoso ronca.
Trás da guarita alguém se esconde;
Lampiões ardem...
Sensível se ouve uma pergunta:
Quem vem lá? — Um soldado.

É um poema de um sonhador sentimental. Mas eis um poema de outro sonhador, um sentimental progressista, um sentimental ativista ou ativista sentimental:

Em tudo estampamos progresso e razão,[56]
São frias todas as nossas paixões,
Somos firmes no entusiasmo
E em nossos gozos reservados.
Pelo próximo formamos montanha,
Mas, venerando Voltaire e Rousseau,
Às vezes não olvidamos
De comer as ostras de Dussot.[57]
Sem ousar desgostar de coração
De grandes pistolões, postos rendosos,
Ao falar em público nós gostamos
De estimular o talento de alguém;
De bancar um pouco o liberal.
No calor da discussão em piqueniques,
Extasiados com Suzor,[58]

[56] Versos de Dmitri Mináiev (1835-1889) parodiando um poema de Púchkin, redigidos para o periódico *Vrêmia* [O Tempo]. Insatisfeito com o resultado, Dostoiévski escreveu um novo texto (o presente *Sonhos de Petersburgo...*), incorporando ao final o poema de Mináiev. (N. da E.)

[57] Proprietário de um famoso restaurante de Petersburgo, frequentado por clientela aristocrática. (N. da E.)

[58] Pável Suzor (1844-1919), arquiteto russo, autor de vários edifícios em Petersburgo. (N. do T.)

Depois de um piquenique visitá-lo.
Distraem-nos os whigs e os tories,
Roma e as paixões do parlamento;
Em coro aplaudimos Ristori.
Em Medeia, Kamma e Stuart
Distrai-nos por igual:
Como mudou de plano Cavour[59]
E o que vem respondendo a Kátkov[60]
Na Moskovskie Viédomost Tur,[61]
Que aconteceu com Itska,[62] *nosso Creso,*[63]
O que disse da tribuna -bov
E como em estrangeiro ut'diez
Pela última vez cantou Kravtsov.[64]
Nas assembleias dos nobres, entre danças,
Só uma coisa se tem em vista:
Expulsar e publicamente
Belliústin de todas as revistas.[65]
A ignorância, reconhecemos,
É o que perverte a nossa gente;

[59] Camillo Benso, conde de Cavour (1810-1861), líder político e um dos artífices da unificação da Itália. (N. do T.)

[60] Mikhail Kátkov (1818-1887), crítico e editor de revistas. (N. do T.)

[61] Evguiênia Tur, pseudônimo da condessa e escritora Elizaveta Salias de Turnemir (1815-1852). (N. da E.)

[62] Referência a Isaac Ossípovitch Útin, milionário de São Petersburgo. (N. da E.)

[63] Último rei da Lídia (560-546 a.C.). (N. da E.)

[64] Trata-se do tenor Ivan Kravtsov, muito popular na época. (N. da E.)

[65] I. S. Belliústin (1818-1880), padre e publicista, contrário à alfabetização e à educação do povo. (N. da E.)

Sonhos de Petersburgo em verso e prosa

E que entre nós ninguém lê mais
Nem Kraiévski, nem Dumas.
Da vida servindo aos fins supremos
Nós, em toda parte e em surdina,
Camélias no luxo todos mantemos
E deixamos as esposas na ruína;
Ao celebrar datas famosas,
Exaltamos o humanitarismo,
E todos, pelas escolas de domingo,
À larga cantamos, dançamos e comemos.

Fazemos planos e cara feia,
Fazemos a corte e casas também —
Tudo no âmbito da nova raça,
Do progresso, da medida e da razão.

Mas que Deus fique com vocês, sonhadores! Ristori...
Mas, ainda assim, antes de Ristori cabe mencionar o monumento que afinal será erigido a Púchkin no jardim do antigo colégio Alieksándrovski; ainda assim caberia falar ao menos da atual venda de livros, ao menos das escolas de domingo que se multiplicam com tanta rapidez; ao menos das publicações que de fato visam à leitura popular. Por último, caberia obter, ainda que fosse de debaixo da terra, alguma notícia particularmente interessante, ainda desconhecida ou pouco conhecida de outros folhetinistas, para fazer fita diante deles; mas... mas deixo tudo isto para uma outra ocasião! Falarei com maiores detalhes sobre o monumento quando ele for erigido; falarei da venda de livros no devido momento. Sobre as escolas de domingo pretendemos publicar um artigo especial; sobre as publicações destinadas à leitura popular também. Quanto a uma notícia que ninguém conhece, prometo obtê-la sem falta para o próximo folhetim caso não seja advertido. Resta agora escrever apenas sobre Ristori...

Entretanto, senhores, parece-me que leram tanto sobre Ristori, ouviram tanto sobre Ristori que, enfim, estão saturados de ler sobre isso. É claro que não ficarão saturados de contemplar Ristori, e vejam só o que pensamos: é melhor nos fartarmos primeiro de contemplá-la e assistir a todo o seu repertório, a tudo o que ela pretende representar em Petersburgo, e então... e então eu lhes darei sobre ela a resposta detalhada e definitiva. Pois bem, sobre Ristori nossa história também chegou ao fim. Até logo, senhores, até a próxima. É possível que até lá eu sonhe com mais alguma coisa e então... até logo!

Ah, meu Deus, esqueci! Ora, eu queria contar o meu sonho com uma pobreza graciosa. Porque prometi contar esse sonho no final do folhetim. Mas não! eu o deixo para a próxima vez. O melhor mesmo é contar tudo junto. Que tipo de narrativa será, não sei, mas asseguro que a história é interessante.

Sonhos de Petersburgo em verso e prosa

A GRANDE GARGALHADA DE DOSTOIÉVSKI

Paulo Bezerra

As duas narrativas que ora oferecemos aos leitores brasileiros marcam a ressurreição de Dostoiévski como escritor após seu exílio de praticamente dez anos na Sibéria — primeiro cumprindo pena na prisão de Omsk, depois servindo no exército em Semipalatinsk, de onde retorna finalmente para Petersburgo em setembro de 1859. Marcam, igualmente, sua genial capacidade de pensar várias obras ao mesmo tempo e de mesclar gêneros, esbatendo as fronteiras entre eles, sobretudo entre poesia e prosa.

O sonho do titio foi publicado em 1859 na *Rússkoie Slovo* [Palavra Russa], revista liberal de literatura e crítica que teve grande importância na divulgação de novas ideias e tendências da literatura e da crítica no início do decênio de 1860 na Rússia. Essa novela passou por um longo período de gestação, no qual o engenho dostoievskiano esboçou, ao mesmo tempo, mais de uma modalidade de gênero. Segundo o próprio escritor confessa, em 1856, ainda em Semipalatinsk pensou em escrever uma comédia. À medida que a ideia ganhava corpo, ia-se configurando outra paralela: a de um romance cômico.

Ele descreveu esse processo de gestação em carta ao editor V. N. Máikov, em 18 de janeiro de 1856: "Comecei por brincadeira uma comédia, e por brincadeira criei uma situação tão cômica, evoquei tantas personagens cômicas e gostei tanto do meu herói que abandonei a forma de comédia... para acompanhar o máximo possível as aventuras do meu novo herói e eu mesmo rir dele. *Esse herói tem alguma afinidade comigo* [grifos meus]. Para encurtar a conversa, estou escrevendo um romance cômico, mas até agora só escrevi aventuras isoladas, já escrevi bastante e neste momento *estou urdindo tudo em um conjunto*".[1]

O plano do referido romance cômico em que Dostoiévski trabalhava entre 1855 e 1856 compreendia a fusão, "em um só conjunto", de vários episódios de duas diferentes histórias — *O sonho do titio* e *A aldeia de Stepántchikovo e seus habitantes*[2] —, mas a dinâmica do processo criativo foi mostrando ao autor a dificuldade de semelhante fusão. Em carta enviada ao irmão Mikhail em 18 de janeiro de 1858, ele mesmo reconhece: "[...] em meu volumoso romance há um episódio plenamente acabado, por si só bom, mas que *prejudica o conjunto* [grifos meus]. Pretendo cortá-lo do romance. Ele é do tamanho de *Gente pobre*,[3] mas de conteúdo cômico".[4]

O referido episódio é precisamente a história narrada em *O sonho do titio*, cujo número de páginas é quase equivalente ao de *Gente pobre*. Assim, para não "prejudicar o conjunto", o autor é levado a definir com mais precisão cada objeto, separando e particularizando as respectivas histórias; disso resulta que a urdidura do processo narrativo acaba desaguando em duas obras independentes. Mas esse "enxugamento" de duas histórias, inicialmente concebidas como

---

[1] Fiódor Dostoiévski, "Notas à edição", *Obras completas em trinta tomos*, Leningrado, Ed. Naúka, 1972, tomo II, p. 510.

[2] Ver *A aldeia de Stepántchikovo e seus habitantes*, tradução, posfácio e notas de Lucas Simone, São Paulo, Editora 34, 2012.

[3] Ver *Gente pobre*, tradução, posfácio e notas de Fátima Bianchi, São Paulo, Editora 34, 2009.

[4] Fiódor Dostoiévski, *ibidem*.

Posfácio

"um conjunto", não foi simples, o que acabou retardando a conclusão tanto de O *sonho do titio* como de *A aldeia de Stepántchikovo e seus habitantes*. Entretanto, escritas de forma descontínua, esse curioso percurso não prejudicou a unidade interna das obras. Às dificuldades próprias desse processo de criação bastante peculiar somaram-se as condições de vida e saúde do escritor, conforme ele relata ao irmão em carta de 13 de dezembro de 1858: "Eis que já estamos em dezembro e minha novela não está pronta. Muitos motivos atrapalharam: meu estado doentio, minha indisposição e o embotamento provinciano...".[5]

As dificuldades, contudo, foram superadas, e assim O *sonho do titio* foi publicado em março de 1859 pela *Rússkoie Slovo*, e *A aldeia de Stepántchikovo e seus habitantes*, em novembro do mesmo ano, pela revista *Otiêtchestvennie Zapiski* [Anais Pátrios].

O "embotamento provinciano" mencionado por Dostoiévski é produto de suas impressões e observações agudas da vida em Semipalatinsk, e ele, naturalmente, o toma como sedimento psicológico e social da vida de Mordássov, cidadezinha fictícia dos confins da Rússia que parece ter parado no tempo e só se destaca como capital provinciana dos mexericos, única manifestação cultural que consegue quebrar a rotina de um cotidiano asfixiante.

Como tudo na obra de Dostoiévski, a novela O *sonho do titio* é um diálogo com o universo literário russo do mais distante ao mais atual, especialmente com sua atualidade literária. Ele dialoga com *A desgraça de ter espírito* (1825), de A. S. Griboiêdov (1795-1829), com *Evguiêni Oniéguin* (1833), de A. S. Púchkin (1799-1837), com *Relatos de província* (1857), de Saltikóv-Schedrín (1826-1899), tomando

[5] *Ibidem.*

Paulo Bezerra

de empréstimo a este último a forma de crônica de província (que ele reformula à sua maneira, delegando a narração a um cronista provinciano que vive em Mordássov, conhece todos os "podres" de cada um de seus moradores, narra, com a propriedade de quem vive, a intimidade de suas histórias, e assim dá à narrativa aquele tom da forma realista de narrar, que era tão caro a Dostoiévski e que ele retomou doze anos depois na construção de *Os demônios*). Por último, a novela dialoga com a comédia *A provinciana* (1851) de Ivan Turguêniev (1818-1883), que Dostoiévski leu ainda na prisão e cujo clima psicológico e cultural recriou a seu modo nas figuras femininas que circulam pelos "salões" de Mordássov.

Como ocorre na obra de todo grande escritor, também em Dostoiévski sempre transparece algum detalhe autobiográfico. Quando, na referida carta a Máikov, ele afirma que "Esse herói tem alguma afinidade comigo", está aludindo a um traço do seu comportamento pouquíssimo conhecido dos leitores. De fato, grande parte da crítica, ao comentar a personalidade do romancista, quase sempre o pinta como um homem sombrio, retraído, mal-humorado e arredio ao contato com as pessoas. No entanto, Anna Grigórievna, sua segunda e última esposa, 24 anos mais nova do que ele, oferece alguns dados de sua personalidade que contrariam totalmente aquela visão de um homem sombrio.

Referindo-se ao período em que ainda era solteira e morava com a mãe, período imediatamente anterior ao casamento, ela recorda: "Fiódor Mikháilovitch sempre chegava à nossa casa de bom humor, com ar jovial e alegre. Frequentemente eu não entendia como podiam ter criado a lenda de seu caráter sombrio, taciturno, lenda essa que tive oportunidade de ouvir da boca de gente conhecida".

E acrescenta que nos anos 1860, já depois de casados, Dostoiévski vez por outra brincava de representar o papel daquele velho príncipe que deixou Mordássov de pernas para

Posfácio

o ar. "Eu ficava muito descontente quando Fiódor Mikháilovitch assumia o papel do velhote rejuvenescido. Ele era capaz de passar horas a fio falando com palavras e pensamentos do seu herói, o velho príncipe de *O sonho do titio*. Emitia ideias sumamente originais e imprevistas...".[6]

Esse aspecto da personalidade de Dostoiévski corresponde àquilo que, em sua teoria da carnavalização, Bakhtin chama de autoparódia, e não foi à toa que ele descobriu justamente em Dostoiévski o grande carnavalizador da literatura na Rússia. Em seu livro sobre Rabelais, Bakhtin considera que vencer o medo cósmico — o medo da autoridade religiosa, política, social e até mesmo da própria imagem — é condição essencial para que se chegue a um critério de objetividade no julgamento das coisas, dos fatos da vida real e da história. Como afirmam os organizadores dos comentários a *O sonho do titio*, "a figura do príncipe foi, em certa medida, uma original 'máscara' do autor: ao narrar as paixões do príncipe, Dostoiévski pareceu correlacioná-la com seu próprio 'romance' retardatário com a jovem Maria Dmitrievna Issáieva".[7]

Ao rir do seu velho herói, Dostoiévski ri de si mesmo e assim está livre para rir do resto do mundo, e rir principalmente da aristocracia (como em *Bobók*) através de seus representantes provincianos. É o que ele faz em *O sonho do titio*. A escolha do nome da cidade já revela essa intenção. Mordássov deriva de *morda*, que significa "fuça", "focinho", e também pode associar-se à expressão russa *bróssit v mórdu*, isto é, "lançar na fuça" ou "dizer na fuça". Quando as se-

---

[6] Anna Grigórievna Dostoiévskaia, *Vospominaniya* [Lembranças], Moscou, Khudójestvennaya Literatura, 1981, pp. 99-100.

[7] "Notas à edição", em Fiódor Dostoiévski, *Obras completas em trinta tomos*, Leningrado, Ed. Naúka, 1972, tomo II, p. 513.

nhoras se reúnem, acabam sempre lançando "nas fuças" umas das outras as verdades (ou inverdades) acumuladas a seu respeito através das fofocas, e assim fazem jus ao nome da cidade que habitam.

Duas personagens dominam a história: Mária Alieksándrovna Moskalióva, a heroína, é a primeira-dama da cidade e sua mexeriqueira-mor (segundo o cronista-narrador, "a maior mexeriqueira do mundo"). Seu único objetivo na vida é casar a filha Zina com um homem rico e deixar a cidade, onde, apesar de tudo, é a primeira-dama. A outra personagem é Pável Alieksándrovitch Mozglyákov, sobrenome derivado de *mozglyák*, que à primeira vista pode significar "homem cerebral", "racional", "alguém que usa o intelecto" — coisa que ele procura demonstrar a cada instante —, mas também está imediatamente associado a *mozglyávi*, que significa "fraco", "mirrado". Assim, Mozglyákov carrega essa ambiguidade em seu sobrenome do início ao fim da história. É, de fato, um impostor que se apresenta como sobrinho do príncipe, enquanto procura mostrar sua faceta de homem cerebral; mas quando o príncipe morre e as coisas se complicam para Mozglyákov, um parente real do príncipe chega à cidade e ele desaparece como por encanto, revelando o lado fraco de sua personalidade, deixando cair a máscara atrás da qual até então se escondera.

A inesperada chegada do velho príncipe, que se hospeda em casa de Mária Alieksándrovna, quebra de modo radical a rotina daquela vida bolorenta, põe a cidade em polvorosa, criando aquele mundo às avessas que Bakhtin vislumbra como antessala do espaço carnavalesco, da queda de toda espécie de barreiras e da instalação do discurso livre e familiar capaz de desvendar todas as verdades até então ocultas e desfazer as mentiras que davam o tom ao dia a dia de Mordássov. Como ninguém escapará ao desmascaramento, caímos nós, leitores, numa grande e contínua gargalhada.

Posfácio

Em termos de composição, *O sonho do titio* inverte inteiramente o procedimento de representação do sonho na tradição da literatura em geral e da russa em particular. Em três clássicos da representação do sonho na literatura russa — "O fazedor de caixões" e "A dama de espadas", de Púchkin, e "O morto vivo", de Odóievski, todos anteriores à novela de Dostoiévski —, o sonho ocorre com as personagens primeiro em estado de embriaguez e, depois, dormindo. Ou seja, em todos esses casos existe a precondição do fantástico que permite a justaposição de duas realidades (a realidade como tal e a realidade do sonho), ao passo que em *O sonho do titio* não há aquela precondição do fantástico para que a realidade se desdobre. Aqui, o velho príncipe vive a realidade do pedido da mão de Zina e vai dormir perturbado pela emoção de velho. Como a senilidade o priva da capacidade de discernir a distância entre os fatos da vida real e a fantasia, acorda meio perturbado, sem saber direito o que aconteceu, lembra-se muito vagamente do pedido de casamento, que confunde com um sonho. Mozglyákov, interessado em Zina e na eventual herança do velho, infunde-lhe a ideia de que tal pedido não passou de um sonho e ele, senil, acaba concordando. Isto vai provocar o grande quiproquó que desembocará no escândalo com seu desdobramento carnavalesco, cujo resultado será a desmoralização e a queda da primeira-dama mordassoviana Mária Alieksándrovna, o que na ótica carnavalesca corresponde ao destronamento do rei carnavalesco.

Como acontece no conto *Bobók*,[8] de 1873, com a transformação do reino dos mortos num espaço carnavalizado em que todas as verdades são ditas e todos os podres da aristocracia vêm à tona, o salão de Mária Alieksándrovna transforma-se num inferno carnavalesco de pessoas vivas, no qual

---

[8] Ver *Bobók*, tradução, posfácio e notas de Paulo Bezerra, texto de Mikhail Bakhtin, São Paulo, Editora 34, 2012.

tudo se escancara, a própria Zina desmascara as maquinações da mãe para casá-la com o velho príncipe por causa da sua fortuna, Mozglyákov confessa que manipulou sordidamente a senilidade do príncipe e as damas "nobres" de Mordássov desmascaram-se umas às outras. Como em *Bobók*, a nobreza mordassoviana se revela uma casta reles, condenada a continuar levando sua vida cinzenta numa cidade dominada pelo bolor moral, tão morta em termos de valores humanos como os mortos de *Bobók*.

Publicando *O sonho do titio* em 1859 — portanto, dois anos antes da reforma que aboliu na Rússia o regime da servidão (mescla de feudalismo e escravidão que dava sustentação à nobreza como classe social), abriu caminho para o desenvolvimento do capitalismo no país e misturou no mesmo saco os remanescentes da velha nobreza e a nova burguesia em ascensão —, Dostoiévski percebeu as tendências da história e o grau de decadência a que a nobreza havia chegado. O casamento da jovem e bela Zina com um velho general no final da história, longe de representar o progresso, revela apenas o grau de decadência de sua casta.

Com seu talento excepcional para mesclar gêneros, Dostoiévski intercala a uma história fortemente carnavalesca o melodrama romântico da despedida entre Zina e seu velho amor no seu leito de morte, e fecha a narrativa com o aventureiro Mozglyákov percorrendo o caminho de uma personagem romanesca à procura do seu destino.

ENTRE POESIA E PROSA

Publicado em 1861, *Sonhos de Petersburgo em verso e prosa* é uma narrativa de múltiplos tons no tocante ao gênero. Foi escrita como folhetim — em russo *felleton* —, que é um gênero na tradição russa, onde transita entre o literário e o semiliterário, e distingue-se do folhetim tradicional por ser matéria jornalística centrada em temas do cotidiano, ridicularizar e censurar todos os tipos de mazela e deformação do dia a dia. Aliás, o próprio narrador de *Sonhos de Petersburgo em verso e prosa* apresenta sua receita de folhetim e sua função logo no início de sua narrativa, dando o seguinte conselho a um folhetinista principiante:

> "[...] escreva sobre o que quiser, aqui zombe, ali trate a coisa com certo respeito, acolá escreva sobre Ristori, mais além sobre virtude e moral, noutro lugar sobre a moralidade, depois sobre a imoralidade, por exemplo, sobre propinas, é forçoso falar de propinas, e o folhetim estará pronto."

Dada a receita do folhetim, ele mesmo passa a matérias do seu cotidiano, mostrando como no novo capitalismo em formação tudo vira objeto de compra e venda: "Ora, hoje em dia se vendem ideias absolutamente prontas em tabuleiros de rosquinhas". Ele é implacável com a falta de originalidade e criatividade do folhetinista, que chama de "rabiscador" e diz que "sem ardor, sem pensamento, sem ideias, sem vontade tudo vira rotina e repetição, repetição e rotina".

Consciente da necessidade de uma cobertura jornalística da velocidade das transformações por que passa a Rússia, enxerga no folhetim o veículo adequado a semelhante função. "Em nossa época o folhetim é... é quase o assunto principal". E como se não bastasse sua reflexão sobre a importância do folhetim, procura respaldá-la com uma autoridade maior no gênero: "Voltaire passou a vida inteira escrevendo apenas folhetins...".

Dostoiévski, contudo, revestiu sua narrativa de tal riqueza formal que o que deveria ter sido um simples folhetim acabou se transformando numa obra-prima sumamente elástica em termos de gênero. Assim contribuiu para que o folhetim encontrasse na literatura uma de suas vertentes mais ricas, sobretudo a satírica, que teria em Tchekhov um de seus maiores representantes.

Dostoiévski fora encarregado de escrever um folhetim para a primeira edição da revista *Vrêmia* [O Tempo], que seu irmão Mikhail M. Dostoiévski fundara em 1861, mas transferiu a incumbência para o poeta Dmitri Mináiev, que o fez em versos. Segundo alguns críticos, o autor de *Gente pobre* não teria gostado do texto de Mináiev e resolveu escrever um novo de próprio punho, mas aproveitou o texto de Mináiev e com ele encerrou o seu. Mesmo sendo absoluto o predomínio da narrativa em prosa no texto, ao manter no título a expressão "em verso e prosa" em vez de "em prosa e verso", como seria mais natural, ele respeitou o primeiro texto de Mináiev, que fora escrito em verso.

Perpassam a narrativa de *Sonhos de Petersburgo em verso e prosa* muitos dos temas reincidentes em toda a obra dostoievskiana, como a preocupação com o estado de penúria e a humilhação da gente pobre, a crueldade cometida contra as crianças, o cinismo moral e a indiferença pelo destino das pessoas, que o romancista vê como uma degradação reflexa da própria condição humana. Coerente com a crítica que faz aos folhetinistas de plantão pela falta de ideias e originalidade, quer dar ao folhetim uma nova função, como deixa claro logo no início da narrativa: "Será que o folhetim traz apenas uma lista das palpitantes novidades da cidade? Parece que se pode enfocar tudo com o próprio olhar". E é através desse olhar próprio que ele escolhe a estratégia do seu discurso: "dizer sua própria palavra, *uma palavra nova*". Essa "palavra nova" se tornará recorrente em todo o pensamento de Dostoiévski nos anos 1860 e estará presente em todos os seus romances. Por trás de tudo o que seu folhetim registra avulta o tema da acumulação, o tema do dinheiro como fator de

Posfácio

desintegração do psiquismo humano, da própria essência do homem. Em diálogo com o conto "O capote", de Gógol, evoca a figura do pobretão Akáki Akákievitch, que passara grande parte da vida privando-se de tudo para juntar os seus trocados e comprar um capote. Observe-se a sutileza com que Dostoiévski transfere a personagem de Gógol, que é de 1842, ainda do estágio pré-capitalista, para a nova realidade da Rússia capitalista. Aquele Akáki mal conseguira juntar meios para a aquisição do capote. Transferido, porém, para o clima da agiotagem capitalista dos anos 1860, transforma-se num contumaz juntador de dinheiro; "separa dos seus vencimentos e junta, junta para momentos difíceis". O medo da realidade, a insegurança que faz tremerem as criaturas pobres na obra dostoievskiana transforma esse Akáki da nova Rússia capitalista num autômato, num acumulador mecânico e inconsciente de dinheiro; ele junta, mas "não se sabe para quê. Às vezes ele treme, e sente medo, e se esconde por trás da gola do capote... e tem o ar de quem parece ter acabado de ser açoitado". Mas o sistema é demoníaco, submete os indivíduos a uma espécie de alquimia. Se o indivíduo se privar de tudo e conseguir transformar os trocados em capital, poderá integrar o próprio sistema e reduplicá-lo. Eis o novo Akáki fazendo dinheiro às custas de criaturas que hoje estão na mesma situação que ele estivera quando personagem de "O capote": "Passam-se os anos, e eis que ele põe com sucesso seus trocados para render juros, emprestando-os a funcionários e cozinheiras sob o mais seguro penhor". É o novo Akáki elevado à condição de capitalista, mas degradado em sua condição humana.

Ao dizer sua "palavra nova", mostrando o funcionamento do sistema em sua interioridade, Dostoiévski põe *Sonhos de Petersburgo em verso e prosa* em dialogo com Gógol, Molière e Balzac na representação de miseráveis transformados em ricos, mas enfoca tudo "com o próprio olhar", fazendo com que a acumulação de dinheiro-capital seja acompanhada pela degradação moral e a perda da afetividade das personagens que, na nova condição de ricos, tornam-se indiferentes ao destino dos seus semelhantes. Ao enfocar o dinheiro como elemento de destruição do psiquismo humano, retoma um tema já representado em seu conto "O senhor Prokhartchin", de 1846, e antecipa sua representação ampliada e aprofundada em futuras obras como *Memórias do subsolo*, *Crime e castigo*, *O idiota* (vale lembrar a cena impressionante em que Nastácia Filíppovna lança na lareira um pacote com cem mil rublos), faz do tema o fio condutor de todo o enredo de *O adolescente* e o reveste de características demoníacas em *Os irmãos Karamázov*, onde ele é o elemento devastador da relação de Dmitri com o pai e leva Smierdiakóv ao parricídio. Sob a batuta de um mestre genial, um simples folhetim acaba transcendendo os limites de seu gênero e transformando-se numa obra-prima de densidade e abrangência raramente atingidas por outros autores.

As leis do sonho

O sonho na obra de Dostoiévski é um componente essencial do processo narrativo e exerce frequentemente a função de juntar partes aparentemente desconexas ou estabelecer pontes entre margens dispersas da narração. O sonho, porém, tem uma característica específica: dentro de uma situação que pareceria imutável surgem, de repente e sem que se saiba como, novas personagens até então ausentes; uma situação passa imperceptivelmente a outra, ficando o herói sem saber por que aquelas personagens estão ali, o que desejam, qual o seu papel.

Ao narrar sua história com Amália e falar de seu novo emprego e da nova moradia, o narrador de *Sonhos de Pe-*

tersburgo passa a viver situações inusitadas muito similares ao sonho, e assim as narra:

"E de repente ficando só, comecei a meditar nisso. Foi então que passei a prestar atenção nas coisas, e súbito vi umas caras estranhas. Eram todas umas figuras estranhas, esquisitas, perfeitamente prosaicas, nenhum Dom Carlos e Posa, mas autênticos conselheiros titulares e ao mesmo tempo pareciam conselheiros titulares fantásticos. Alguém fazia caretas à minha frente escondido atrás de toda aquela multidão fantástica e manuseava uns barbantes, umas molas, e aqueles bonecos se moviam enquanto ele dava uma risada atrás da outra! E então pareceu-me ouvir num daqueles cantos outra história [...]"

Tudo é muito movediço como nas leis do sonho: uma situação sucede a outra, personagens estranhas se metamorfoseiam inesperadamente, movimentos e sons se alternam sem que o herói saiba exatamente de onde vêm.

OS FRÁGEIS LIMITES ENTRE POESIA E PROSA

Em seu livro *Dostoiévski: prosa poesia*, Boris Schnaiderman faz ampla e acurada análise da relação entre poesia e prosa na obra dostoievskiana, e escreve: "Na fase inicial de sua obra, Dostoiévski está muito próximo da linguagem poética, seus escritos parecem localizar-se num limiar entre poesia e prosa".[9]

[9] Boris Schnaiderman, *Dostoiévski: prosa poesia*, São Paulo, Perspectiva, 1982, p. 108.

Toda a narrativa de *Sonhos de Petersburgo* é marcada por passagens de forte lirismo, nas quais o ritmo e a linguagem parecem próprios da poesia. Vejamos uma entre várias passagens do texto em que é patente o "limiar entre poesia e prosa" a que Boris Schnaiderman se refere:

"Lembro-me de que certa vez, numa tarde de inverno em janeiro, eu ia às pressas do lado Víborgski para a minha casa. Eu era então ainda muito jovem. Chegando ao Nievá, parei por um momento e lancei um olhar penetrante ao longo do rio na direção do horizonte fúmido que o frio embaçava e que de repente ficara vermelhejado pela última púrpura do poente que se extinguia no firmamento brumoso. A noite caía sobre a cidade, e toda a vasta clareira do Nievá, inchada de neve gelada, com o último reflexo do sol cobria-se de infinitas miríades de uma geada cristaloide."

O que difere a linguagem dessa passagem da linguagem poética em sua forma mais moderna? Resposta difícil, tendo em vista as peculiaridades do estilo da poesia moderna. Os poemas que fecham a narrativa de *Sonhos de Petersburgo* só confirmam o "limiar entre poesia e prosa" que caracteriza sua narrativa.

SOBRE O AUTOR

Fiódor Mikháilovitch Dostoiévski nasceu em Moscou a 30 de outubro de 1821, num hospital para indigentes onde seu pai trabalhava como médico. Em 1838, um ano depois da morte da mãe por tuberculose, ingressa na Escola de Engenharia Militar de São Petersburgo. Ali aprofunda seu conhecimento das literaturas russa, francesa e outras. No ano seguinte, o pai é assassinado pelos servos de sua pequena propriedade rural.

Só e sem recursos, em 1844 Dostoiévski decide dar livre curso à sua vocação de escritor: abandona a carreira militar e escreve seu primeiro romance, *Gente pobre*, publicado dois anos mais tarde, com calorosa recepção da crítica. Passa a frequentar círculos revolucionários de Petersburgo e em 1849 é preso e condenado à morte. No derradeiro minuto, tem a pena comutada para quatro anos de trabalhos forçados, seguidos por prestação de serviços como soldado na Sibéria — experiência que será retratada em *Escritos da casa morta*, livro que começou a ser publicado em 1860, um ano antes de *Humilhados e ofendidos*.

Em 1857 casa se com Maria Dmitrievna e, três anos depois, volta a Petersburgo, onde funda, com o irmão Mikhail, a revista literária *O Tempo*, fechada pela censura em 1863. Em 1864 lança outra revista, *A Época*, onde imprime a primeira parte de *Memórias do subsolo*. Nesse ano, perde a mulher e o irmão. Em 1866, publica *Crime e castigo* e conhece Anna Grigórievna, estenógrafa que o ajuda a terminar o livro *Um jogador*, e será sua companheira até o fim da vida. Em 1867, o casal, acossado por dívidas, embarca para a Europa, fugindo dos credores. Nesse período, ele escreve *O idiota* (1869) e *O eterno marido* (1870). De volta a Petersburgo, publica *Os demônios* (1872), *O adolescente* (1875) e inicia a edição do *Diário de um escritor* (1873-1881).

Em 1878, após a morte do filho Aleksiêi, de três anos, começa a escrever *Os irmãos Karamázov*, que será publicado em fins de 1880. Reconhecido pela crítica e por milhares de leitores como um dos maiores autores russos de todos os tempos, Dostoiévski morre em 28 de janeiro de 1881, deixando vários projetos inconclusos, entre eles a continuação de *Os irmãos Karamázov*, talvez sua obra mais ambiciosa.

SOBRE O TRADUTOR

Paulo Bezerra estudou língua e literatura russa na Universidade Lomonóssov, em Moscou, especializando-se em tradução de obras técnico-científicas e literárias. Após retornar ao Brasil em 1971, fez graduação em Letras na Universidade Gama Filho, no Rio de Janeiro; mestrado e doutorado na PUC-RJ; e defendeu tese de livre-docência na FFLCH-USP, "*Bobók*: polêmica e dialogismo", para a qual traduziu e analisou esse conto e sua interação temática com várias obras do universo dostoievskiano. Foi professor de teoria da literatura na UERJ, de língua e literatura russa na USP e, posteriormente, de literatura brasileira na Universidade Federal Fluminense, pela qual se aposentou. Recontratado pela UFF, é hoje professor de teoria literária nessa instituição. Exerce também atividade de crítica, tendo publicado diversos artigos em coletâneas, jornais e revistas, sobre literatura e cultura russas, literatura brasileira e ciências sociais.

Na atividade de tradutor, já verteu do russo mais de quarenta obras nos campos da filosofia, da psicologia, da teoria literária e da ficção, destacando-se: *Fundamentos lógicos da ciência* e *A dialética como lógica e teoria do conhecimento*, de P. V. Kopnin; *A filosofia americana no século XX*, de A. S. Bogomólov; *Curso de psicologia geral* (4 volumes), de R. Luria; *Problemas da poética de Dostoiévski, O freudismo, Estética da criação verbal, Teoria do romance I, II e III, Os gêneros do discurso, Notas sobre literatura, cultura e ciências humanas* e *O autor e a personagem na atividade estética*, de M. Bakhtin; *A poética do mito*, de E. Melietinski; *As raízes históricas do conto maravilhoso*, de V. Propp; *Psicologia da arte, A tragédia de Hamlet, príncipe da Dinamarca* e *A construção do pensamento e da linguagem*, de L. S. Vigotski; *Memórias*, de A. Sákharov; e *O estilo de Dostoiévski*, de N. Tchirkóv; no campo da ficção traduziu *Agosto de 1914*, de A. Soljenítsin; cinco contos de N. Gógol reunidos no livro *O capote e outras histórias; O herói do nosso tempo*, de M. Liérmontov; *O navio branco*, de T. Aitmátov; *Os filhos da rua Arbat*, de A. Ribakov; *A casa de Púchkin*, de A. Bítov; *O rumor do tempo*, de O. Mandelstam; *Em ritmo de concerto*, de N. Dejniov; *Lady Macbeth do distrito de Mtzensk*, de N. Leskov; além de *O duplo, O sonho do titio* e *Sonhos de Petersburgo em verso e prosa* (reunidos no volume *Dois sonhos*), *Bobók, Escritos da casa morta, Crime e castigo, O idiota, Os demônios, O adolescente* e *Os irmãos Karamázov*, de F. Dostoiévski.

Em 2012 recebeu do governo da Rússia a Medalha Púchkin, por sua contribuição à divulgação da cultura russa no exterior.

Este livro foi composto em Sabon, pela Bracher & Malta, com CTP da New Print e impressão da Graphium em papel Pólen Natural 80 g/m² da Cia. Suzano de Papel e Celulose para a Editora 34, em julho de 2024.